파링 판타지 장편 소설

FANTASY FRONTIER SPIRIT

브레이브

THE BRAVEST OF THE BRAVE

브레이브 3

파령 판타지 장편 소설

초판 1쇄 찍은 날 § 2006년 12월 15일
초판 1쇄 펴낸 날 § 2006년 12월 25일

지은이 § 파령
펴낸이 § 서경석

편집장 § 문혜영
편집책임 § 최하나
편집 § 서지현 · 심재영

펴낸곳 § 도서출판 청어람
등록번호 § 제1081-1-89호
등록일자 § 1999. 5. 31
어람번호 § 제1-0776호

주소 § 경기도 부천시 원미구 심곡1동 350-1 남성B/D 3F (우) 420-011
전화 § 032-656-4452 팩스 § 032-656-4453
http://www.chungeoram.com
E-mail § eoram99@chollian.net

ISBN 89-251-0318-4 04810
ISBN 89-251-0315-X (세트)

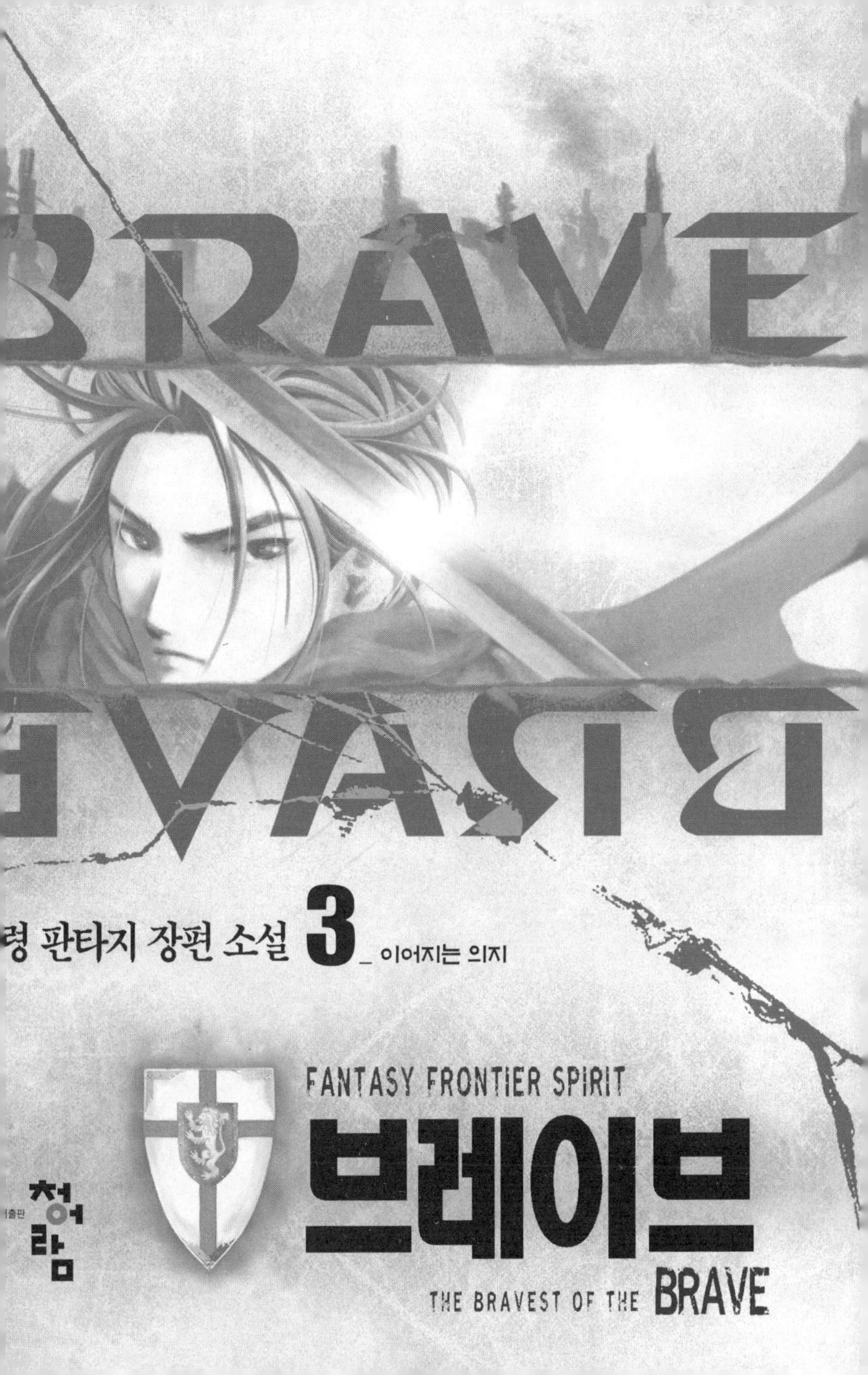

BRAVE

BRAVE

령 판타지 장편 소설 **3** _ 이어지는 의지

FANTASY FRONTIER SPIRIT

브레이브

THE BRAVEST OF THE BRAVE

청어람

CONTENTS

Chapter 26

시작

선과 악은 누가 정한 것일까.

선에서 태어났다 하여 선이 될 것이고, 악에서 태어났다 하여 악이 될 것임은 누가 정한 것일까.

선에서 악이 태어남은 곧 악이 되어야 할진대, 어째서 선이라 칭할까. 악에서 선이 태어남은 곧 선이 되어야 할진대, 어째서 악이라 칭할까.

나는 선인가 악인가.

선에서 태어났으나 그곳에서 내몰려 악을 선택한 나는 선인가 악인가.

대륙의 동북방 끄트머리에 위치한 안드레아센 영지에는 주인과 노예, 오로지 이 두 종류의 사람만이 살았다.

주인과 노예.

오래전, 제국에서는 일반 노예제도를 폐지했다. 나라에 큰 죄를 짓거나 큰 죄인의 직계 자손들만이 노예가 될 뿐, 더 이상 부모가 노예였다고 하여 자식까지 노예가 될 필요가 없게 된 것이었다.

사람들은 그렇게 믿었다.

물론 귀족들을 비롯한 많은 이들이 반발해 왔지만 강건한 황권의 힘 앞에 그들은 침묵을 지킬 수밖에 없었다.

하지만 시간이 지나고 굳건했던 제국의 기강이 조금씩 흐트러지기 시작하자 다시금 노예제도가 조금씩 고개를 들기 시작했다. 아직 국법에서 노예제도의 제약이 풀린 것은 아니지만 그렇다고 이전처럼 강력한 수사와 처벌이 따르지도 않았다.

그래서 탄생한 것이 바로 현재의 안드레아센이었다.

현재의 안드레아센 영주는 원래 귀족이 아니었다. 겉으로는 평범한 상단인 척 가장하고 있었지만 속으로는 노예 밀거래를 통해 돈을 버는 악독한 노예 상인이었다.

그렇게 노예 밀거래로 큰 재력을 갖추게 된 그는 당시 안드레아센의 영주를 찾아갔다.

안드레아센은 황무지다. 동북방이라는 지리적 위치 때문

에 내내 추운 날이 계속되기 때문에 허허벌판엔 풀 한 포기 자라지 않는 차가운 얼음 땅이었다.

그런 영지를 가지고 있던 당시 안드레아센의 영주는 가난에 허덕이는 몰락 귀족이었다. 몰락하는 가문을 다시 일으키기 위해선 막대한 자금이 필요했지만, 아무리 긁어내도 부스러기밖에 나오지 않는 영지의 특성 때문에 이러지도 못하고 저러지도 못하는 중이었다.

그때 노예 상인이 그를 찾은 것이다.

노예 상인은 안드레아센의 영주에게 어마어마한 돈을 건네며 자신을 양자로 삼아주길 청했고, 가문의 재도약과 중앙으로의 진출을 위해 큰 자금이 필요한 안드레아센 영주는 그 청에 응했다.

안드레아센 영주보다 노예 상인의 나이가 열 살가량 많았지만 그것은 아무런 문제가 될 수 없었다.

하지만 안드레아센 영주는 꿈에도 그리던 중앙으로의 진출을 시도조차 해보지 못했다. 그해가 지나기 전 병으로 숨을 거두었기 때문이다.

허약한 귀족답지 않게 평소에 감기 한 번 걸리지 않던 영주가 왜 그리 갑자기 병으로 숨을 거두었는지에 대해 사람들의 입소문이 나돌았지만, 곧 소문은 잠들었다. 그럴 수밖에 없었던 것이 전 영주의 뒤를 이어 노예 상인이 안드레아센의 영주에 취임했기 때문이다.

현 영주에게 찍히면서까지 전 영주에게 지킬 충성심과 의리 같은 것은 남아 있지 않던 영지민이었다. 중앙의 진출을 위해 매년 가난에 찌든 영지민들의 피를 짜내던 전 영주였으니 영주가 바뀌었다고 해서 더 이상 나빠질 것이 없다고 생각한 것이었다.

하지만 그것은 그들의 큰 착각이었다.

노예 상인은 영주가 되자마자 멍청한 전 영주가 부리지 못했던 권력을 마음껏 휘두르기 시작했다. 그것은 영지민들에게서 세금을 늘린다거나 하는 것이 아니었다.

노예 상인은 갖은 수를 써 영지민들에게 갖가지 죄를 뒤집어씌우기 시작했다. 죄가 없으면 만들어내기까지 하며 영지민들을 죄인으로 만들었다.

그렇게 졸지에 죄인이 된 영지민들은 벌금형을 받았다. 하지만 입에 풀칠하기에도 빠듯한 영지민들이 벌금을 낼 수 있는 능력이 있을 리 없었고, 때문에 그들은 하나둘씩 노예가 되어갔다.

시간이 지나자 결국 영지에 남은 것은 노예와 그 주인뿐이었다. 아무것도 태어나지 않는 땅이며, 대륙 변방에 위치한 작은 영지였기에 제국의 눈길이 잘 닿지 않는다는 점을 악용하여 전 영지민을 노예로 만든 것이었다.

노예 상인, 현 영주는 바보가 아니었다.

아무리 영지민들을 노예로 만들었다 하더라도 그들을 팔

아버리면 끝이다. 노예를 팖으로써 돈을 벌 순 있지만, 그렇게 되면 결국에 가선 노예가 모두 사라져 버리고 안드레아센 영지에는 자신밖에 남지 않게 된다. 그래서 그가 생각한 방법이 노예들의 대여였다.

비록 제국이 일반적인 노예를 부리는 것을 어느 정도 묵인하고 있다지만, 엄연히 국법은 국법이었고 때문에 거느릴 수 있는 노예의 숫자엔 제한이 있었다. 때문에 돈을 주고도 노예를 쉽게 구하지 못하는 상황까지 가고 말았다.

하지만 그때 안드레아센의 신임 영주가 나타나 매달 일정한 돈을 받고 노예를 빌려주니 귀족들을 비롯한 자산가들은 얼씨구나 하지 않을 수 없었다.

안드레아센 영지의 노예가 되어버린 영지민들은 대륙 곳곳으로 대여됐고, 사람을 물건 다루듯 하는 영주는 계속해서 납치와 노예 만들기를 반복하여 큰 부를 축척해 갔다.

결국 그는 큰 부를 축적한 자산가로서 변방의 영지를 가진 영주답지 않게 중앙 귀족 사회에서도 큰 영향력을 가지게 되었다. 게다가 매년 나라에 큰돈을 바치고 있으니 작금에 와선 제국에서도 그를 쉽게 건들일 수 있는 사람은 거의 없다고 봐도 무방했다.

많은 사람들이 그에게 아부를 떨었고, 친해지기 위해 노력했으나 진심으로 그를 좋아하는 사람은 없었다. 사람들은 노예가 되어버린 영지민들의 피를 마시고 살을 씹어 먹어 제 배를 불리는 그를 악마라 칭했으며 뒤에서 쉬쉬하고 있는 이들도 그를 악마라 생각하기에는 마찬가지였다.

하지만 영주는 상관없었다. 바로 앞에서 대놓고 말하지 않는 이상 악마라 부르든 말든 그의 재산에 손해가 가는 것은 없었고, 그럴수록 그는 더욱 악마처럼 노예들을 혹독하게 다루었다.

지금에 와선 그 자신조차 자신이 정말 악마가 아닐까 하는 생각이 들 때도 있을 정도였다.

"킄킄! 악마라… 천사같이 살다 바보같이 죽는 것보다는 악마같이 살다 악마로서 죽는 게 백배천배 낫지."

그는 노예가 되어 뼈 빠지게 고생하는 영지민들을 생각하며 입가에 비웃음을 가득 실었다. 설령 세상에 천국과 지옥이 있다 하더라도 돈이라면 천국행 티켓조차 살 수 있다고 믿고 있는 그였다.

그렇게 또 보람찬 하루를 보내기 위해 침상에서 몸을 일으키던 그는 순간 한기가 드는 것을 느꼈다. 그는 인상을 잔뜩 찌푸렸다.

"빌어먹을. 이 추위 때문이라도 영지를 얼른 다른 곳으로 옮기든 해야겠군."

그는 그렇게 중얼거리더니 시녀를 불렀다. 비록 이제 해가 뜬 아침이긴 해도 추위에는 역시 여자를 품에 안는 게 제일이라 생각한 것이었다. 하지만 아무리 불러도 시녀는 그의 침실에 나타나지 않았고 그는 점점 더 화가 치밀어 오르기 시작했다.

"그동안 예뻐해 줬더니 아주 기어오르는구나! 내 이년을 당장! 여봐라! 거기 아무도 없느냐?"

건방진 시녀를 자신의 앞에 꿇어앉히기 위해 이번에는 자신의 방 앞에서 경비를 서고 있을 경비병들을 불렀지만, 역시 대답은 들려오지 않았다.

결국 머리끝까지 화가 난 그는 오늘 제대로 살풀이를 해야겠다고 생각하며 방을 나섰다. 그런데 이게 웬일인지 자신의 방 앞에서 번을 서고 있어야 할 경비병의 모습이 하나도 보이지 않는 것이 아닌가.

영주는 직감이 경고하는 것을 느꼈다.

그동안 수많은 악행을 저질러 오고도 아직 멀쩡히 살아 있는 영주에게는 직감이 큰 방패나 다름없었고, 그는 그런 직감을 믿었다.

영주는 자신의 방 안으로 들어가 검을 들고 나오며 중얼거렸다.

"만약 아무런 일도 없이 내게 이런 일을 시키게 만들었다면, 내 이것들을 이 검으로 단매에 쳐죽일 테다!"

검술 따위를 배운 적은 없었다. 따로 검술을 배우지 않아도 그의 주변엔 언제나 각지에서 엄선하여 뽑은 믿음직한 호위병들이 있었고, 그가 검을 필요로 하는 때는 오로지 반항 못하는 이를 죽일 때뿐이었다. 하지만 곧 그는 검을 손에서 놓칠 뻔하고 말았다.

"헉!"

시뻘건 피가 복도를 메우고 있었다. 그리고 그 피를 복도에 쏟아내고 있는 경비병의 시체가 그를 반겼다.

"이, 이게!?"

그러고 보니 주변에 피비린내가 심하게 감돌았다. 평소에 사람 목숨을 파리 목숨으로 아는 그였으니 피비린내에 익숙해져 미처 알아차리지 못한 것이었다.

그는 부들부들 떨리는 몸을 진정시키며 경비병의 시체를 지나쳐 계속해서 앞으로 나아갔다. 손이 얼얼해질 정도로 검을 꽉 쥐었지만 그럼에도 몸의 떨림은 가시질 않았다. 게다가 앞으로 걸어가면 걸어갈수록 그 떨림은 오히려 강도를 더해갔다. 그가 가는 곳마다 시체들이 시뻘건 피를 토해내며 쓰러져 있었기 때문이다.

하지만 그는 마치 무엇인가에 이끌리기라도 하듯이 계속해서 시체를 따라갔다. 그리고 시체들을 따라 마침내 홀에 도착했을 때였다. 그는 기어코 손에서 검을 놓치고 말았다.

채챙!

검이 바닥에 떨어지며 금속음을 냈지만 영주는 미처 그 금속음조차 들을 수 없었다. 그의 눈은 경악으로 물들어 있었다. 그의 시선은 시체로 가득한 홀 중심에서 눈을 감은 채 흑색 검을 들고 서 있는 한 사내에게 머물러 있었다.

그 사내는 찬란한 금발에 새하얀 피부를 가지고 있었고, 가는 얼굴 선과 이목구비가 뚜렷하여 여자라고 해도 믿을 정도로 무척이나 아름다웠다. 아니, 그것이 지나쳐 두려운 마음까지 느껴지는 뇌쇄적인 아름다움을 가지고 있었다. 경악에 휩싸인 영주조차 그의 외모에 눈길이 갈 정도였다. 하지만 사내가 천천히 눈을 떠 영주를 바라보는 순간, 영주는 신음을 지를 수밖에 없었다.

"헉!"

황금빛 눈동자. 사내는 머리카락 색과 마찬가지로 황금빛 눈동자를 가지고 있었다. 평소에는 그렇게나 흡족하게 느껴지지 않을 수 없던 황금빛이었으나, 지금 이 순간에는 그 어느 색보다 두려운 색이 되어버렸다. 그만큼 사내의 무심한 눈동자는 영주에게 알 수 없는 공포를 주고 있었다.

안드레아센 영주를 보며 사내가 천천히 입을 열었다.

"네가 안드레아센의 영주인가?"

사내의 물음에 영주는 무심코 고개를 끄덕였다. 그러다가 자신의 행동에 깜짝 놀라며 얼른 땅에 떨어진 검을 주워 들었다. 그리고 큰 소리로 외쳤다.

"게, 게 아무도 없느냐!"

하지만 아무리 외쳐 봐도 그 누구도 답을 들려주진 않았다. 그러자 영주는 사내의 손에 모두가 죽었음을 깨달았다. 그때

등 뒤에서 인기척이 느껴졌다.

영주는 아직 자신 외에도 누군가 살아 있었다는 기쁨에 얼른 뒤를 돌아보았지만, 그가 본 것은 황금빛 눈동자 속에서 뿜어져 나오는 지독히도 암울한 어둠이었다. 어느새 홀의 중심에 있던 사내가 그의 뒤편으로 자리를 옮긴 것이었다.

영주는 비명조차 지르지 못했다. 머릿속이 하얗게 탈색된 것처럼 아무런 생각이 나지 않았다. 그는 바닥에 털썩 주저앉고 말았다.

"안드레아센의 영주. 악마라고 불리는 최악의 노예 상인이자 돈이라면 나라조차 팔아먹을 쓰레기 같은 인간. 그리고… 황태자를 팔아먹고 반역자로 몬 게틀린 후작의 심복. 내 말에 틀린 점이 있는가?"

영주의 얼굴이 다시 경악으로 물들었다.

설마 이 사내는 그들이 꾸민 일조차 알고 있단 말인가! 그러다가 그는 사내의 얼굴이 낯익다는 것을 느꼈다.

너무나 아름답고도 두려운 미모와 달라진 분위기 때문에 한동안 알아차리지 못했지만, 사내의 외모는 그가 아는 누군가와 무척이나 흡사했다. 아니, 그가 틀림없었다.

"다, 당신은… 데, 데미안 황태자?!"

영주의 말을 들은 사내는 잠시 걸음을 멈추었다. 그리고 잠시 감흥에 젖은 듯 눈을 감았다. 하지만 영주는 어떠한 미증유의 힘이 그를 붙잡아둔 것같이 꼼짝도 할 수 없었다. 그리고 사내가 눈을 떴다.

"그래… 그랬지. 내 이름이 데미안이었지."

사내는 이제야 생각이 난다는 듯이 입을 열었다. 마치 지금까지 자신이 누군지도 몰랐던 사람 같았다. 그는 계속해서 '그래, 내 이름은 데미안이었어'라고 중얼거렸다.

영주는 몸이 움직이질 않자 사내, 황태자 데미안이 자신에게 무슨 짓을 한 것이라 생각했다. 그러자 그는 다급해졌다. 평소 교활하게 머리를 잘 굴리던 그였지만 이제는 아무 생각도 나지 않았다.

"화, 황태자 전하! 저, 저는 아닙니다. 저, 저는 황태자 전하께 역모를 뒤집어씌운다는 건 상상도 못하는 일입니다! 그, 그래! 전부 그 게틀린 후작이 꾸민 일입니다. 그, 그놈이 쳐죽일 놈입니다!"

더듬으면서도 다급히 내뱉는 그의 말에 가만히 눈을 감고 있던 사내, 데미안이 다시 눈을 떴다. 영주는 그 황금빛 눈동자를 다시 대하자 심장이 오그라드는 것 같았지만 그럴수록 삶에 대한 의지가 더더욱 커졌다.

"화, 황태자 전하, 제, 제가 돕겠습니다! 미천한 저이지만 제가 가진 전 재산을 모두 쏟아 부어서라도 황태자 전하께서 다시 궁으로 돌아가실 수 있도록 돕겠습니다! 부, 부디 황태자 전하……!"

역모죄라는 것이 전 재산을 바친다고 사라지는 것이 아님을 모르지도 않았고, 정말 전 재산을 그런 곳 따위에 쏟아 부을 생각도 없었지만 나중에야 어떻게 되든 지금은 살아야 했다. 그러니 겨우 이런 말 몇 마디 정도 못할 리가 없었던 것이다.

그런 그의 설득에 넘어간 것이었을까? 데미안의 입술이 서서히 열렸다.

"…고맙구나."

"아, 아닙니다! 다, 당연……."

영주는 말을 끝마치지 못했다. 그러기도 전에 흑색의 검이 그의 목을 날려 버린 때문이다. 단숨에 목뼈까지 베어져 나간 영주의 머리는 차가운 바닥에 굴러 떨어졌고, 그의 몸뚱어리는 앞으로 쓰러져 버렸다.

그런 영주를 무심히 바라보며 데미안은 또다시 입을 열었다.

"내 이름을 가르쳐 준 것은 고맙다만… 네놈 따위가 입에 담을 이름이 아니다."

그것이 평생 돈을 위해 온갖 악행을 범하며 살아오던 안드레아센의 영주였던 노예 상인의 허무하다 싶을 정도의 최후였다.

데미안은 목이 잘려 죽은 영주의 시체를 아무 말도 없이 내려다보다가 이내 웃음이 터뜨렸다.

"큭! 크큭… 크크, 크하하하!"

미친 듯이 웃음을 터뜨리는 그의 모습은 광인과 다를 바 없었지만, 자세히 본다면 그의 눈에서 한 방울의 눈물이 흘러내리고 있음을 알 수 있을 터였다.

그때였다, 그의 머릿속으로 한줄기 목소리가 울려 퍼진 것은.

[슬퍼하고 있군.]

머릿속에서 목소리가 울려 퍼지자 데미안은 광소를 뚝 그쳤다.

[같은 인간을 죽였다는 자책감, 허무함, 고독함 때문에 슬퍼하는군.]

"닥쳐."

데미안은 나직이 중얼거렸다. 하지만 머릿속 목소리는 계속해서 들려왔다.

[나약한 인간. 어리석은 인간. 자신의 감정조차 제어하지 못해 나약하고, 그것을 인정하지 못하는 어리석은 인간.]

"닥쳐!"

[너 역시 그런 인간에서 벗어나지 못하는군.]

"닥치란 말이다!"

데미안이 눈을 부릅뜨며 소리칠 때서야 목소리는 더 이상 들려오지 않았다. 데미안은 억제되지 않는 감정에 숨을 몰아쉬었다. 모든 것을 부숴 버리고 싶은 욕망이 피어올랐지만 그는 애써 참아내었다.

그렇게 숨을 몰아쉬며 감정을 조절하던 그의 금빛 눈동자가 어느 순간 싸늘하게 식어가며 자신이 들고 있는 검으로 향했다.

검은 검었다. 단순히 묵빛이 감도는 것이 아닌, 마치 짙은 어둠으로 둘러싸인 듯. 그 어둠 속으로 조금씩 빨려 들어갈 듯한 검이었다. 겉모습만 본다면 누구나 눈을 떼지 못할 정도의 명검이라 할 수 있을 것이었다. 하지만 데미안은 그런 검의 겉모습엔 아무런 감흥도 없는 듯했다.

데미안은 이를 악물었다.

"다신 함부로 지껄이지 마라. 아직 인간의 감정을 충고받을 정도로 타락한 것은 아니니까. 알겠나, 마검이여."

데미안의 눈빛은 흑색 검에 고정된 채 조금도 흔들리지 않았다.

그렇다면 머릿속 목소리의 주인이 검이기라도 하단 말인가. 믿기지 않는 사실이지만 그것은 분명 흑색 검에게서 들려온 소리였다.

검을 바라보던 데미안의 입에서 억눌린 듯한 목소리가 다시 새어 나왔다.

"…나는 너에게 결코 먹히지 않을 것이다."

[기대해 보지.]

마검의 대답은 어쩐지 의미심장했지만, 더 이상 문제 삼지 않기로 했다. 어차피 마검과 그는 떨어지려야 떨어질 수 없는 계약 관계였기 때문이다.

그는 성 밖으로 발걸음을 옮기며 낮게 중얼거렸다.

"이제 시작이다, 이제……."

소녀… 이제 한 열셋 남짓 되었을까 하는 작고 어린 소녀는 주변을 둘러보았다.

보이는 거라고는 오로지 짙은 녹음의 풍경들. 어디를 보나 산밖에 보이지 않았다. 그것이 지금껏 거의 평생을 보아온 모습이었다.

들고 있던 나무 작대기를 내렸다. 사부가 만들어준 목검이다.

검신이 어린아이의 손가락 두 개 정도로 폭이 무척이나 좁고 또 길어 매우 날렵하게 보이는 모습이었다. 또한 일반적인 롱 소드나 브로드 소드와 부딪치기라도 한다면 단번에 부러질 것만 같은 가냘파 보이는 모습이기도 했다.

하지만 그런 목검도 소녀가 쥐기에는 너무 무겁고 또 길어 보였다.

소녀는 고개를 돌렸다. 그리고 나직이 중얼거렸다.

"…난 괜찮아."

그리고는 저 멀리 보이는 작은 초옥을 향해 걸어가기 시작했다.

당장이라도 쓰러질 듯한 낡고 허름한 집 앞에 도착한 소녀는 한쪽에 목검을 세워두고 방 안으로 들어갔다. 좁지만 변변찮은 가구 하나 없이 휑하기에 두 명이 살기엔 넉넉했다.

방 안에는 산발을 한 사내가 눈을 감은 채 정좌를 하고 있었다. 제멋대로 자란 머리카락이 사내의 얼굴을 가렸기에 제대로 된 나이를 분간할 수는 없었지만 무릎 위에 올려진 손의 주름진 피부로 보아 적은 나이가 아님을 짐작할 수 있었다.

그는 소녀가 방 안으로 들어온 것을 알아차렸는지 눈을 감은 채 조용히 입을 열었다.

"여기 앉아보거라."

"네, 사부."

소녀는 사내의 앞에 얌전히 무릎을 꿇고 앉았다. 그러자 사부라 불린 사내가 눈을 뜨고 소녀를 쳐다보았다.

"네가 올해로 몇 살이나 됐느냐."

"열다섯이 되었어요."

열다섯? 소녀의 나이가 예상보다 많았다.

겉으로 보기엔 잘 쳐줘야 열셋으로 보일 정도다. 앳되어 보이는 외모가 그렇게 보이게 만들었다. 물론 외모뿐만이 아니었다.

작고 가녀린 체구…….

그것이 소녀를 더욱 어리게 보이도록 만들었다. 그래서 사내는 안타까웠다. 한창 부모님의 사랑을 받으며 무럭무럭 자랄 나이건만, 어릴 때부터 잘 먹이지도 못하고 힘든 수련만

시켰기에 제대로 자라지 못한 것이다.

사내는 소녀의 말에 지그시 눈을 감았다.

"벌써 13년이나 지났다는 말이구나."

13년 전, 사내는 여행을 하는 도중 버려진 아이를 발견했다. 굶주림에 지쳐 있던 아이… 그렇게 죽어가던 아이였다.

무엇 때문이었을까. 사내는 그 아이를 데려와 제자로 삼았다.

동정심 때문은 아니었다. 여행을 하면서 수많은 고아들을 보아왔기에 새삼 그런 감정으로 인해 아이를 제자로 삼을 리는 없었다. 만약 그랬다면 이미 그의 곁에는 수많은 고아들이 존재했을 터였다.

지금 생각해 보아도 어째서 이 아이를 데려와 제자로 삼았는지 의아할 뿐이었다.

다만 그때는 그러지 않으면 안 될 것 같았다. 알 수 없는 무엇인가에 이끌리듯, 사내는 아이를 데려와 제자로 삼았다.

그 아이가 바로 눈앞의 소녀였다. 정확한 나이는 알 수 없었지만 당시 두 살쯤으로 보였기에 두 살을 아이의 나이로 생각하고 키워온 것이 벌써 13년 전이다.

"13년이라……."

사내는 지난 세월을 곱씹듯 나직이 중얼거렸다. 그러다가 곧 소녀를 쳐다보며 입을 열었다.

"이제 때가 되었구나."

"네?"

"이제 네가 떠날 때가 되었단 말이다."

사내의 말에 소녀의 눈이 휘둥그레졌다. 너무나 갑작스러워 당황한 것이다.

"사, 사부? 농담하시는 거죠?"

"내가 너를 키운 지 13년이나 지났구나. 그리고 너에게 검을 쥐어준 것은 10년이나 되었다. 이제 내가 더 이상 가르칠 것이 없구나."

농담이라 생각했건만, 사내의 굳은 얼굴은 그것이 아님을 알려주었다. 소녀는 다급해졌다.

"아, 아니에요. 아직 배울 게 많잖아요."

"더 이상 네가 여기에 있을 이유가 없구나."

다급한 목소리를 냉담히 끊어버리는 사내의 말에 소녀는 도저히 정신을 차릴 수가 없었다.

"시, 싫어요! 안 갈 거예요! 떠나지 않을 거예요!"

떼를 쓰는 소녀를 바라보는 사내의 눈빛은 무심했다. 조금의 흔들림도 없이 소녀가 떠나가기를 종용하고 있었다. 소녀의 목소리가 조금씩 떨려왔다.

"사, 사부, 왜 이러시는 거예요. 제가 뭘 잘못했나요? 열심히 수련을 하지 않아서 화나신 건가요? 그, 그렇다면 고칠게요. 잘못한 게 있으면 고치고, 앞으로 더욱 열심히 수련할게요."

"네가 잘못한 것은 없다. 또한 네가 누구보다 열심히 수련을 한다는 것 또한 알고 있다. 그런 것이 아니야."

"그럼 왜 그러세요. 왜 저더러 떠나라는 거예요!"

"떠날 때가 되었기 때문이지. 이미 예전에 내렸어야 할 결정이었다. 하지만 내 욕심이 너를 이렇게 잡아두고 있었구나."

"사, 사부……."

사내의 말에 가늘게 떨리는 소녀의 음성은 이내 조금씩 잦아들기 시작하고, 그 자리를 흐느낌이 대신해서 채워갔다. 어느새 소녀는 흐느끼고 있었다. 그런 소녀의 모습에 계속 무심한 눈빛을 지켜오던 사내의 눈빛이 흔들렸다. 그의 눈빛엔 안타까움이 짙어져 가고 있었다.

소녀는 사내가 자신을 버리는 것이라 생각한 것이다.

어릴 적, 부모에게 버려진 그 아픔이 한 맺힌 가시처럼 아직도 가슴에 남아 있어 누군가에게 버림을 받는다는 것이 소녀에게 견딜 수 없을 만치 두려운 것이었다.

안타까운 눈빛으로 소녀를 바라보던 사내가 두 팔을 뻗어 소녀를 감싸 안았다.

"널 버리는 게 아니다. 넌 내 딸이야. 그러니 어찌 아비 되는 자가 딸을 버릴 수 있겠느냐."

"그, 그런데 어째서 떠나란 말씀을 하세요."

"검이란 혼자 익히는 것이지만, 또한 혼자 익힐 수 없는 것이기도 하다. 너의 검은 나의 검을 이미 오래전에 뛰어넘었지만, 실제로 부딪친다면 나를 이길 수 없는 이유가 여기 있는 것이다."

"……."

"세상으로 나가거라. 세상에 나가 더욱 많은 것을 보고 많은 것을 듣고, 또 많은 것을 배워야 한다. 그래야 네 검을 완성할 수 있을 것이다."

언젠가부터 소녀는 느끼고 있었다, 계속해서 발전해 오던 자신의 검이 더 이상 나아가지 않고 있다는 사실을. 더욱 열심히 목검을 휘두르고 또 휘둘러왔지만 조금도 나아지지 않았다.

사내 역시 그것을 알아차린 것이다. 오래전, 소녀가 검이 더 이상 발전하지 않음을 느낀 그 순간 이미 그는 알아차린 것이다. 그래서 소녀를 떠나보내려 하고 있었다.

소녀가 떠나기 위해 특별히 준비할 것은 없었다.

그나마 챙겨야 할 짐도 오래전부터 소녀를 위해 사내가 준비해 온 것인지 이미 모두 다 챙겨져 있었다.

소녀는 며칠을 더 머물기를 바랐지만 사내는 그것을 용납하지 않았다. 결국 소녀는 그날로 그곳을 떠나야 했다. 그렇게 사부의 곁을 떠나야 했다.

소녀는 고개를 돌렸다. 소녀의 눈동자엔 눈물이 그렁그렁

맺혀 있었다. 소녀의 시선이 멀리서 그녀를 바라보는 사내를 향했다.

"아버지……."

한 번도 불러보지 못한 이름.

그토록 불러보고 싶었던 이름.

끝내 사내에게 아버지라 부르지 못하고 소녀는 그렇게 산을 내려가야 했다. 그것이 그가 바라는 것이었으므로.

사내는 저편으로 사라져 가는 소녀의 모습을 물끄러미 지켜보고 있었다.

"언제부터였을까. 태어날 때부터 천재라는 소리를 들은 나였지만, 너의 재능에 비하면 태양 앞의 반딧불에 불과하다는 걸 깨닫고 난 뒤로 난 다시 꿈을 꾸게 되었다."

너무나도 뜨겁게 타올랐지만, 단 한 번의 패배로 포기할 수밖에 없었던 꿈. 그것을 소녀가 다시 꿈꾸게 만들었다.

"그 꿈, 대륙 제일 검사의 꿈, 네가 이뤄주려무나."

사내가 소녀에게 한 말은 빈말이 아니었다.

정말 그는 더 이상 소녀에게 가르칠 것이 없었다. 이미 오래전에 그가 가진 것을 솜이 물을 빨아들이듯 단숨에 습득해버린 소녀다.

세븐스타 중 일인이자 '제국의 검'이라 불리는 카고라스와의 대결에서밖에 패배한 적 없는 그의 검을 이미 오래전에 뛰어넘어 버린 소녀였다.

자신이 조금만 더 뛰어난 재능을 가졌다면, 조금만 더 높은 경지에 이르렀다면 조금 더 소녀를 가르칠 수 있었을지도 모른다는 사실에 사내는 안타까움과 아쉬움이 가득했다.

하지만 이내 아무리 뛰어난 재능을 가졌다 한들, 아무리 높은 경지에 이르렀다 한들 소녀 앞에선 그것조차 몇 년 가지 못했을 것이라는 생각이 들었다.

그가 아는 한 소녀는 최고였다. 그리고 곧 세상은 그것을 인정하게 될 것이었다.

"부디… 너는 나처럼 살지 않길 바란다."

소녀가 사라진 곳을 바라보는 사내의 눈동자는 짙은 애한으로 젖어갔다. 한때 '바람의 레이피어' 라 불린 사내는 더 이상 존재하지 않았다. 그저 딸을 떠나보내는 늙은 아버지의 모습만이 존재할 뿐이었다.

현 대륙에서 가장 위세를 떨치고 있는 이를 뽑으라면 열에 아홉은 주저없이 타이온을 뽑을 것이다.

강력한 용병 연합을 이끌고 충격적인 황태자의 반역에 종지부를 찍었으며 검술로는 누구도 당할 자 없다는 제국의 검 카고라스를 꺾고 용병왕이란 이름을 우뚝이 세븐스타에 올린 이.

그가 바로 전장의 야수 용병왕 타이온이기 때문이었다.

그는 대륙의 수많은 용병들의 전폭적인 지지하에 새로운 영웅으로 발돋움하고 있었다.

그런 그가 조용히 눈을 감은 채 홀로 서 있었다.

그곳은 작은 소리를 내며 주변에서 타오르는 횃불만 아니었다면 사람의 흔적조차 발견할 수 없었을 곳이다. 타이온은 그곳에 홀로 서 누군가를 기다리는 듯했다.

그렇게 조금의 시간이 흐르고, 타이온의 곁으로 누군가가 모습을 드러냈다.

그는 눈에 띄는 거라고는 하나 찾을 수가 없는 회색 머리카락의 평범한 사내였다. 그렇게 젊은 것도, 그렇다고 늙은 것도 아닌 그저 어디서든 볼 수 있는 그런 모습을 하고 있었다. 하지만 그런 평범함이 어딘지 모르게 이질감을 느끼게 만들었다.

눈을 감은 채 서 있던 타이온은 사내가 곁으로 다가오자 눈을 떠 그를 바라보았다. 그러자 사내가 천천히 고개를 숙여 인사를 했고, 타이온 역시 목례로 사내의 인사에 답했다.

"나를 부른 이유가 무엇인가."

타이온은 바로 본론에 들어가고자 했다.

그에게 주어진 시간은 많지 않았다. 유능한 부하들을 거느리고 있었지만 용병왕으로서 직접 처리해야 할 일이 산더미처럼 많았다. 특히 세븐스타에 오르고 용병 길드 연합 총단의 위세가 날로 치솟자 더욱더 바빠졌다.

시간은 금이다. 타이온은 그 말을 뼛속 깊이 체감하고 있는 중이었다.

사내 역시 타이온의 시간을 오래 뺏을 생각이 없는지 곧 입을 열어 본론을 꺼내기 시작했다.

"타이온님을 부른 것은 다름이 아니라……."

높낮이가 느껴지지 않는 사무적인 어조로 천천히 말을 꺼내는 그였지만, 이어지는 내용은 결코 평범한 것이 아니었다.

"팔론님이 죽었습니다."

그의 이 한마디에 타이온의 눈가가 꿈틀했다.

적지 않게 놀란 듯했다. 아니, 그보다는 마치 기분이 상한 듯한 표정이었다. 하지만 그런 타이온의 표정에도 굴하지 않고 사내는 이야기를 계속해서 잇기 시작했다.

키메라를 이끄는 흑마법사들을 통솔하고 있던 팔론의 목적, 행보, 그와 함께 침묵한 키메라들의 숫자에 대한 것까지 조금의 멈춤도 없이 줄줄이 사내의 입에서 흘러나왔다. 마치 단순히 책을 읽는 듯한 평범하고 사무적인 어조였다.

그의 얘기를 듣는 타이온의 표정은 더 이상 변하지 않았다. 그저 묵묵히 그의 얘기를 경청할 뿐이었다.

"땅의 정령과의 마법적 충돌 흔적이 곳곳에 포착되는 것으로 미루어 사망 경로는 땅의 정령사와의 전투로 인한 것으로 추정됩니다."

그는 그렇게 문서를 읽어 내리는 듯이 말을 끝마쳤다.

"팔론과 함께 한 무리의 키메라까지 세상에서 지워 버린 땅의 정령사라… 대륙에 그 정도의 정령사가 심심찮게 나돌 정도였나?"

타이온이 낮게 중얼거렸다.

한 무리의 키메라라면 서른에 가까운 수다. 서른에 가까운 키메라라면 능히 제국의 훈련된 병사 200과도 싸울 수 있을 정도의 전력. 그런 키메라를 차치하더라도 팔론을 죽음으로 몰고 갈 정도의 정령사가, 그것도 땅의 정령을 다루는 정령사가 그리 많을 리 없었다.

최소한 그가 알고 있는 사람들 중에서 그럴 가능성을 지닌 이는 단 한 명뿐.

"대지의 빅톤. 그로군."

타이온의 차가운 목소리가 사위를 울렸다.

정의를 외치며 세븐스타의 일인으로 땅의 정령을 다루는 자. 대지의 빅톤, 그라면 가능한 일이었다.

"크큭!"

타이온의 입에서 낮은 웃음소리가 흘러나왔다.

"극한의 흑마법을 연성했다고 큰소리치더니… 결국 거기까지였나 보군. 크큭! 크크큭!"

잠시 웃음을 터뜨리던 타이온은 갑자기 웃음을 딱 그치더니 신형을 돌렸다. 하지만 들려오는 회색 머리카락 사내의 목소리가 그의 발걸음을 멈춰 세웠다.

"얘기는 아직 끝나지 않았습니다."

"흥! 어차피 나더러 대지의 빅톤, 그자를 죽이라 부른 것이 겠지? 자신의 힘을 과신하다 죽음을 맞은 어리석은 팔론의 뒤 치다꺼리를 하는 건 마음에 들지 않지만 상대가 빅톤 정도라면 내가 나설 수밖에."

요행이든 실력이든 팔론을 죽일 정도라면 얕볼 수 없는 상대다. 게다가 세븐스타라면 이미 상대해 본 바, 결코 지루하지는 않을 터. 가뜩이나 용병단의 업무에만 시달리느라 온몸이 근질근질하던 차였으니 한번 화끈하게 풀어줄 수 있는 이런 기회를 타이온이 놓칠 리 없었다.

하지만 들려오는 사내의 말은 끓어오르는 타이온을 단숨에 식히기에 충분했다.

"아직 그를 죽여선 안 됩니다."

"음?"

"지금 그를 죽인다면 기껏 보안을 허술하게 방치해 두었던 수고가 모두 허사가 됩니다."

타이온의 눈매가 가느다랗게 좁아졌다.

사내의 말대로 보안은 허술했다. 사람들의 발길이 닿지 않는 금역을 중심으로 활동을 하긴 했지만 특별히 키메라의 흔적들을 지우지 않은 것만 봐도 알 수 있는 사실이었다. 아니, 오히려 그 외에도 키메라의 존재를 알 수 있는 많은 흔적들까지도 남겨두었다.

누구든지 발견할 수 있도록 일부러 말이다.

이 모든 것이 다음 계획으로의 진행을 위한 과정, 미끼에 불과했다. 그리고 팔론이라는 예상 밖의 큰 먹이를 지불하기는 했지만 대신 커다란 사냥감이 덫에 걸려들었다.

하지만 타이온은 덫에 걸려든 사냥감이 내키지 않는 듯했다.

"분명 그러면 키메라의 존재를 제국에 확실히 알릴 수 있겠지. 하지만 빅톤을 뜻대로 조종할 수 있다고 생각한다면 그건 그를 너무 얕보는 것일 텐데?"

덫에 걸린 사냥감이다. 하지만 덫에 걸렸다고 해서 맹수가 금방 먹잇감이 되지는 않는다. 언제든 날카로운 이빨을 들이대며 달려들지도 모르는 맹수, 그것이 빅톤이다. 그에게 팔론마저 당하지 않았는가.

사내 역시 그 사실을 모를 리 없으련만 여전히 표정에 일말의 변화도 주지 않은 채 사무적인 어투로 짧은 한마디를 내뱉을 뿐이었다.

"센티넬, 그가 빅톤에게 갔습니다. 이 정도면 대답이 될까요?"

"……!"

짧은 한마디였지만 파장은 생각보다 컸다. 당장이라도 빅톤을 향해 달려갈 것만 같던 타이온의 발걸음을 완전히 멈춰 세웠고, 그의 얼굴에 잠시 놀라움의 표정을 스쳐 지나가게 만들었다.

그러던 타이온은 이내 흥이 식었다는 듯이 중얼거렸다.

"큭! 그가 나섰다면 내가 가봐야 이미 상황은 끝나 있겠군. 거기까지 준비했다는 건 결국 나를 부른 이유는 그저 곧 닥쳐올 키메라의 파장을 준비하라는 것뿐인가?"

"…그것이 그분의 뜻."

사내의 입에선 긍정의 대답이 흘러나오지는 않았다. 하지만 '그분'을 칭하며 고개를 조아리는 사내의 모습에서 타이온의 자신의 생각이 틀리지 않았다는 것을 알 수 있었다.

전장의 야수 용병왕 타이온, 그 역시도 '그분'의 뜻에 따라 움직이고 있을 뿐이었으니.

작은 바람이 불어오며 벽에 나열해 꽂혀 있는 횃불이 일렁거렸다.

흔들리는 불씨에 맞춰 주황빛으로 벽을 물들이던 빛들이 살아 움직이듯 넘실대며 을씨년스런 분위기를 풍겼다.

그곳을 타이온이 걷고 있었다.

그는 조금 전 사내와의 대화를 계속 떠올리는 듯 등 뒤로 비스듬하게 매어져 있는 그레이트 소드가 쩔그럭 소리를 내며 시끄럽게 울었지만 눈길 한 번 주지 않았다.

그렇게 걷기만 하던 타이온이 마침내 입을 열었다.

"언제까지 쥐새끼마냥 숨어 있을 거지?"

누구에게 하는 말일까?

주변에는 아무도 없었다. 하지만 어느새 걸음을 멈춘 타이온의 시선은 횃불의 불빛이 닿지 않는 깊숙한 곳을 향한 채 떨어지지 않았다. 그리고 곧 어둠 속에서 기분 나쁜 웃음소리가 들렸다.

"키킥!"

웃음소리에 맞춰 어둠 속을 걸어나오는 그는 보라색으로 전신을 물들인 듯한 괴이한 모습을 하고 있었다. 보랏빛 중절모 아래 보랏빛 눈동자와 입술로 미소 짓는 그의 모습에선 사람을 매혹하는 듯한 묘한 분위기가 흘러나왔다.

보랏빛 괴신사, 메니데스는 천천히 어둠 속을 걸어나왔다.

"눈치가 아주 빨라."

"마기에서 풍기는 역겨운 냄새가 코를 찌르니 모르려야 모를 수가 없지."

타이온의 말대로 메니데스에게선 미약한 마기가 새어 나오고 있었다. 마기에 민감하게 반응하는 푸우의 신관들조차도 눈치 채지 못할 정도의 말 그대로 미약한 마기.

그것을 타이온은 너무도 당연한 듯이 눈치를 챘다. 정말로 마기에서 역겨운 냄새가 풍기는 것인지 아니면 그의 동물적 감각 덕분인지는 알 수 없었지만 평범한 능력이 아닌 것만은 사실이었다.

하지만 메니데스는 놀라지 않은 채 웃음을 터뜨렸다.

"정말 개 코로군, 개 코야."

빈정대는 메니데스를 일별한 타이온은 다시금 걸음을 옮기기 시작했다. 상대할 가치가 없다는 뜻이었다.

하지만 그의 걸음은 오래가지 못했다.

그는 발걸음을 멈추고 입을 열어 나직이 중얼거리듯 말했다.

"골치 아픈 일이 생겼더군."

"호오, 천하의 용병왕을 골치 아프게 할 일이라?"

"대륙 동북방에 안드레아센이라는 영지가 있지. 그런데 어느 날 영주가 사는 성안의 모든 사람들이 다 죽어버렸다는군, 단 하룻밤 새에 그 모든 사람들이."

타이온은 날카로운 눈빛을 빛내며 뒤를 돌아 메니데스를 바라보았다. 해명이라도 해보라는 듯한 눈빛이었다.

하지만 메니데스는 여전히 입가의 미소를 지우지 않고 있었다. 그저 옛날얘기를 듣는 어린아이마냥 재미난 표정으로 타이온을 주시하고 있을 뿐이었다.

타이온은 냉기가 뚝뚝 떨어지는 말투로 다시 입을 열었다.

"모른다고는 하지 않겠지."

어느 누구든 그런 타이온을 보았다면 그의 기도에 짓눌려 숨조차 쉬지 못하겠지만 메니데스는 달랐다. 그는 더욱 짙은 미소를 지으며 거침없이 대답했다.

"아니, 모르는 일인걸."

"……."

타이온은 가만히 서서 메니데스를 노려볼 뿐이었다.

하루에도 수많은 일들이 벌어지는 대륙이었기에 메니데스의 짓이라 단정 지을 수는 없었지만, 타이온의 감은 안드레아센 영지의 사건이 메니데스와 어떻게든 연관이 있음을 말하고 있었다.

그러나 끝내 메니데스의 입에선 올바른 대답이 나오지 않았다. 그러자 타이온의 전신에서 숨 막힐 듯한 살기가 줄기줄기 뿜어져 나왔다.

그것만으로도 사람을 죽일 수 있을 정도의 엄청난 살기!

그 순간 타이온의 그레이트 소드가 어느새 그의 손에 쥐어져 있었고, 거대한 굉음을 남기며 쏜살같이 메니데스의 목을 벨 듯 날아들었다. 그리고 메니데스의 목으로부터 손가락 하나의 거리를 남겨둔 채 그레이트 소드가 멈췄다.

마음만 먹었다면 얼마든지 벨 수 있었던 일격.

아차 하는 순간에 목이 달아날 상황에 처했음에도 메니데스는 웃고 있었다. 지독히도 매혹적이지만 뼛속까지 얼어붙게 만드는 차가운 조소…….

타이온은 불타는 듯한 눈빛으로 메니데스를 뚫어져라 쳐다보았지만 끝내 메니데스 입가의 미소를 지울 수 없었다. 그의 입이 천천히 열렸다.

"난 네놈이 정말 싫다."

메니데스의 목을 베어버릴 듯이 움찔거리던 그레이트 소

드가 거두어졌다. 그리고 사방을 압박하던 살기도 씻은 듯이 사라졌다. 마치 조금 전 아무런 일도 일어나지 않은 듯한 모습이었다.

타이온은 그대로 몸을 돌려 가던 길을 계속해서 걸어갔다. 그리고 메니데스는 사라지는 타이온을 물끄러미 바라보며 미소 짓다가 손가락을 들어올려 자신의 목을 쓰다듬었다.

손가락에 묻어나는 온기라고는 조금도 느껴지지 않는 차가운 피. 타이온의 그레이트 소드는 메니데스에게 닿지 않았지만 그 예리함이 먼저 앞서 그의 살갗을 조금 갈라놓은 듯했다.

아마 한 치만 더 깊게 들어왔어도 메니데스의 목은 땅바닥을 구르고 있을지도 몰랐다. 그럼에도 메니데스의 입가에선 미소가 더더욱 짙어지고 있었다.

"쿡! 쿠쿡! 크크크! 타이온, 아직 덜 여물었군. 키키킥!"

그는 참지 못하고 계속해서 웃음을 터뜨렸다. 그의 웃음이 그쳤을 때는 그의 목에 남아 있던 상처가 흔적도 없이 사라진 후였다. 순간이라도 해도 좋을 짧은 시간. 그 짧은 시간에 상처가 사라진 것이었다. 하지만 메니데스는 그것에 대해 대수롭지 않게 여겼다.

그것보다는 오히려 타이온이 했던 말을 떠올렸다.

안드레아센 영지, 그리고 참살.

"안드레아센 영지라… 키킥! 드디어 나오셨나, 황태자여?"

그는 갑자기 북동쪽으로 몸을 돌렸다. 그리고 그곳을 향해 정중히 허리를 숙이며 인사했다.

"그럼 더더욱 날뛰어 주시길, 어리석은 황태자 전하. 키키 킥!"

"늦으셨군요."

"아아, 타이온을 만나게 돼서 말이지. 키킥!"

메니데스는 빙긋이 웃으며 사내의 말에 대답했다. 그의 너무나도 매혹적인 웃음에 보통 사람이라면 넋을 놓고 바라볼만도 하건만 회색 머리카락의 사내는 무덤덤한 눈빛으로 메니데스를 바라볼 뿐이었다.

그러던 사내가 이내 입을 열었다.

"메니데스님은 한 사람을 데려와 주셔야 합니다."

"흐웅, 나에게 시킬 일이 고작 납치인가?"

"그분의 뜻입니다."

내키지 않는다는 듯이 빈정거리던 메니데스는 사내의 입에서 흘러나온 그분의 뜻이라는 말에 보랏빛 입술을 조용히 다물어야 했다. 그런 그에게 사내는 작은 문서를 하나 건넸다.

조용히 문서를 건네받아 내용을 읽어 내려가던 메니데스의 표정이 흥미롭다는 듯이 변해갔다.

"키키킥! 과연. 팔론의 죽음조차도 예상했단 말인가?"

"팔론님의 죽음은 예상 밖의 일입니다. 하지만 빈자리가 생겨서는 안 되겠지요."

사내의 말에 메니데스의 눈초리가 얇아졌다.

"좋아, 데려오도록 하지. 단, 한 가지 물어볼 게 있는데 말이야?"

"……."

"이렇게 철저하게 팔론의 대역까지 준비해 둔 마당이니… 타이온이나 나의 대역 역시 준비해 둔 상태겠지? 언제든지 자리를 메울 수 있도록?"

"……."

메니데스의 물음에 사내는 아무런 대답도 하지 않았다. 그저 요사스런 보랏빛 기운을 흘리며 어느 누구든 홀려놓을 것만 같은 메니데스의 두 눈동자를 덤덤히 바라보고 있을 뿐이었다.

마치 그의 질문은 듣지도 못했다는 듯이.

그런 사내의 모습에 메니데스는 다시 한 번 웃음을 터뜨렸다.

"키키킥! 역시 그랬군, 그랬어. 정말 대단해. 이렇게 철저하다니 말이야."

"……."

"아아, 오해하지 말라구. 기분 나쁘다는 게 아니야. 단지 재미있을 뿐이거든. 마족을 속이는 인간이 있다는 게 말이야. 킥!"

메니데스는 웃음을 멈추지 않았다.

그의 웃음은 특이했다. 하나의 웃음인데도 항상 수많은 웃음이 느껴졌다. 때로는 너무나 즐거운, 때로는 너무나 두려운, 때로는 참지 못할 만큼의 모멸감마저 느껴졌다.

수많은 영혼이 부르짖는 듯한 악마의 웃음, 그것이 그의 웃음이었다.

그렇게 한참을 웃고 나서야 메니데스의 웃음은 천천히 잦아들었다.

"아아, 그럼 이만 가보도록 하지. 마족 주제에 그분의 명령에 충실해야 하지 않겠어? 키킥!"

메니데스는 그렇게 말하며 횃불의 불빛이 닿지 않는 곳, 어둠을 향해 천천히 걸음을 옮기기 시작했다. 그리고 점차 그의 모습이 어둠에 젖어들고 그 속으로 동화되어 가며 서서히 메니데스는 사라져 갔다.

남은 것은 회색 머리카락의 사내와 아직도 귓가에서 사라지지 않는 듯한 메니데스의 보랏빛 웃음소리뿐이었다. 사내는 귓가를 맴도는 메니데스의 웃음소리 속에서 고개를 조아리며 조용히 입을 열었다.

"모든 것은 그분의 뜻대로……."

Chapter 27

여정의 목적지

흐름.

세상 모든 것에는 각자 나름대로의 흐름이 있다.

흐르는 물과 바람에 흐름이 있는 것은 물론이고, 자라나는 나무와 제자리를 지키는 바위와 피어오르는 불에도 흐름이라는 것이 있다.

이 흐름은 누구나 느끼고 있는 것이지만, 너무나 익숙하기에 사람들은 잊고 산다. 물이 흐르면 흐르는 대로, 바람이 불면 부는 대로, 나무와 돌과 불… 모든 것이 그냥 존재하는 것으로 생각한다.

느끼고 있지만 생각하지 못하고 깨닫지 못하는 것이다.

하지만 세상 모든 사람들이 이 흐름을 모르는 것이 아니다. 몇몇 이들이 대륙에 있어 흐름을 배우고 익히며 발전해 나간다.

그들이 바로 마법사나 정령사 같은 사람들이다.

마법사는 마나를 느끼고 생각하며 깨닫는다. 마나란 세상 모든 것의 흐름과 같은 것. 마나를 느끼고 받아들여 마법을 펼친다.

정령사는 자연의 흐름을 느끼고 생각하며 깨닫는다. 얼핏 보면 세상의 흐름인 마나를 느끼는 마법사와 비슷한 것 같지만 세상과 자연은 엄연히 다른 것. 자연 속에 숨 쉬는 모든 흐름을 느끼고 그 느낌을 바탕으로 정령과 교감을 나누는 것이 바로 정령사다.

이들은 너무나 익숙하기에 오히려 잊어버린 흐름을 기억하고 그 흐름 속에서 힘을 얻어낸다.

때문에 마법사와 정령사가 대륙에서 그 이름을 떨치는 것이었다.

잊은 자와 기억하는 자의 차이가 바로 그것이다. 그리고 빅톤이 아렌에게 처음 요구한 것이 바로 이것이었다.

흐름을 느끼고 생각하며 깨달으라는 것. 또한 그것을 기억하라는 것. 만약 이것을 이룰 수 있다면 마법과 정령에게도 어느 정도 대처할 수 있을 것이라는 게 빅톤의 설명이었다.

하지만 결코 쉬운 일이 아니었다.

아주 오랫동안 인간이 잊고 살아온 것을 한순간에 깨닫는 것은 불가능에 가까운 일이다.

마법사와 정령사는 태어날 때부터 타고난다고 알려진 것이 이 때문이다. 태어날 때부터 이 흐름을 느끼는 소수의 이들이 마법사가 되고 정령사가 되는 것이다. 그렇기에 마법사와 정령사의 숫자가 적은 것이었다.

그나마 마법사는 인위적으로 마나를 상대의 몸에 투과시켜 마력으로 바꿔주는 작업을 통해 어느 정도 마나를 느낄 수 있는 체질로 변하게 만들 수 있지만, 정령사는 그것마저 불가능했다.

자연의 흐름, 정령 친화력은 인위로 움직일 수 있는 게 아니었기 때문이다.

어쨌든 중요한 것은 아렌은 아무것도 없는 맨땅에서 맨몸으로 흐름을 느끼고 생각하며 깨달아야 한다는 것이었다.

'지금 당장 가능할 리가 없지.'

빅톤은 아렌을 떠올리며 고개를 저었다.

비록 그가 아렌에게 흐름을 이해하라 말하긴 했지만, 그것이 가능하리라 생각하지는 않았다. 이것이 성공한 사례는 거의 찾아볼 수도 없을뿐더러 설령 그 가능성이 있다 치더라도 매우 오랜 기간을 거쳐야 일말의 흐름이라도 잡을 수 있을 터였다. 노력한다고 해서 단시간에 금방 성공할 수 있는 것이 아니었다.

빅톤은 단지 아렌에게 이 흐름의 개념을 잡아주고 싶었다. 더 많은 것을 알고 이해하는 시야를 넓혀주고 싶었을 뿐이다. 같은 마법사를 상대하더라도 흐름의 존재를 알고 싸우는 것과 그렇지 않은 것에는 큰 차이가 있게 마련이니까. 또한 만에 하나라도 훗날 그의 가르침을 밑거름 삼아 정말 흐름을 이해할 수 있게 된다면 아렌에겐 큰 도움이 될 터.

그렇기에 아렌에게 흐름의 존재를 알려주고 이해하라 한 것이었다.

'하지만 지금 당장 중요한 것은 다른 것이지.'

흐름을 느끼라 한 것이 미래를 위해서라면 혹여나 지금 당장 들이닥칠지도 모를 위험에 대한 대비도 해야 했다. 그것을 위해 빅톤은 지금 땅의 정령, 놈을 이용하여 몸을 숨긴 채 아렌을 주시하고 있는 것이었다.

솟아오른 나무들이 우거진 숲. 기습을 행하기에 더없이 좋은 장소이며, 또한 방어하기엔 더없이 어려운 장소였다. 특히나 기습을 준비하는 이가 마법사나 정령사라면 더욱 그러했다.

그 한복판에 아렌이 서 있었다.

한 자루의 철검을 거머쥐고 조용히 호흡을 고르는 아렌의 모습에선 긴장감을 쉬이 찾아볼 수 없었다. 그렇다고 풀어진 것은 아니었다. 단숨에 세포를 촉진시킬 수 있을 만큼의 적당한 긴장감이 오히려 아렌을 더욱 편안하게 보이도록 만들고 있었다.

'이런, 편안하면 안 되지.'

빅톤은 입가에 미소를 지었다.

그 순간, 아렌의 발밑에서 갑작스럽게 치솟아오르는 돌기둥!

큰 굉음과 함께 돌기둥이 솟아오르며 단숨에 아렌을 꿰뚫어 버리려 했다. 하지만 아렌은 돌기둥이 솟아오르기 직전 몸을 날려 그곳을 벗어난 상태였다.

그것으로 끝난 것이 아니었다. 다시금 그의 발밑에서 돌기둥이 솟구쳐 오른 것이었다. 하나 아렌은 이번에도 한걸음 빨랐다.

그렇게 몇 번이나 돌기둥이 솟아오르고 아렌은 피하는 것을 반복했다. 그러자 아렌은 수많은 돌기둥 사이에 갇힌 꼴이 되고 말았다.

그 순간, 돌기둥이 폭발했다.

터져 나간 돌기둥에서 수백, 수천 개의 돌멩이들이 사방을 가득히 메웠다. 마치 하늘의 재앙이라도 내린 듯한 모습이었다. 그리고 돌멩이가 가라앉았을 무렵 주변은 거의 초토화되다시피 한 상태였다.

하지만 그 중심엔 여전히 아렌이 검을 들고 서 있었다. 그의 주변으론 수많은 돌멩이들이 떨어져 있었다.

"휴우……."

아렌은 숨을 내쉬었다. 잔뜩 곤두세웠던 신경을 어느 정도

가라앉히는 심호흡이었다. 하지만 그 순간 아렌의 등 뒤에서 인기척이 느껴졌다.

"끝났다고 생각할 때가 가장 위험한 법이지."

인기척의 정체는 다름 아닌 빅톤이었다. 그는 마지막에 긴장을 풀어버린 틈을 노리고 아렌의 등 뒤로 접근한 상태였다. 마음만 먹었다면 기습을 행할 수도 있었던 것이다.

아렌 역시 그것을 알았기에 머리를 긁적였다.

하지만 빅톤은 나름대로 아렌의 성과에 만족한 듯했다.

"설마 이런 단기간에 이 정도까지 해낼 수 있을 것이라 생각지 못했네만……."

빅톤은 진심으로 감탄하고 있었다.

아렌을 위한 임시책, 그것은 바로 본능을 극도로 단련시켜 예민하게 만드는 것이었다.

사람은 오감을 통해 세상을 보고 느낀다. 그리고 그것에는 일정한 수순이 있게 마련이었다. 그 수순을 밟는 데는 아주 찰나의 시간이 필요했지만, 그 찰나의 시간이야말로 전투 중엔 생명을 오락가락하게 할 수 있는 것이었다.

그런데 본능을 극도로 단련시켜 예민하게 만든다면 사물의 정보가 뇌까지 닿기 전에 몸이 먼저 인식하고 반응하게 되는 것이다. 쉽게 말해 생각보다 몸이 먼저 움직인다는 뜻이다.

하지만 본능이란 그토록 쉽게 단련되어 예민해지는 것이

아니다. 원래 여러 수련 방법이 있었지만 빅톤은 속성을 택했고, 덕분에 아렌은 매번 죽을 위기를 넘겨야 했다.

속성의 수련 방법이란 맞다 보면 알아서 반응하게 된다는 무식한 방법이었다.

빅톤은 여행을 떠난 그날부터 틈만 나면 정령을 이용하여 아렌에게 기습을 행했다. 쉬는 와중은 물론 밥 먹는 중에도, 길을 걷는 중에도, 심지어 자는 그 순간에도 땅의 정령 놈은 아렌을 내버려 두질 않았다. 그리고 그때마다 아렌은 생사의 위기를 넘겨야 했다.

처음에는 밥도 제대로 먹지 못했고, 쉬지도 못했고, 또 잠도 제대로 잘 수 없었다. 그런 아렌의 모습에 조금 봐줄 만도 하건만 빅톤은 가차없었다.

그렇게 3주일이 지났다.

어느새 새로운 한 해에 접어들어 아렌은 열아홉 살이 되었고 또 빅톤과 약속했던 1년의 시간이 거의 다 되어가지만, 그 것에 감동할 사이도 없이 빅톤의 기습에서 몸을 구해내야 했다. 그리고 마침내 빅톤의 정령을 피해내기 시작한 것이었다.

이것이 3주간의 죽음의 훈련을 겪은 성과였다.

비록 아렌의 본능을 단련시키고 예민하게 만든 것은 정령술이었고 분명 정령술과 마법은 그 궤를 달리하는 것이지만, 사람의 본능은 생각 이상으로 예민한 것이라 정령술을 어찌 느낄 수 있게 되었다면 마법 역시 어느 정도 느낄 수 있을 것이란 생각이었다.

'이 정도라면 목숨 두어 번쯤은 구해낼 수 있겠지.'

익숙해지기까지는 조금 시간이 걸리겠지만 그래도 예상을 뛰어넘는 아렌의 빠른 성과에 빅톤은 만족스런 미소를 지을 수 있었다.

그날부터 하루에 한 시간 정도 있던 특별 수련 시간이 사라졌다. 특별 수련 시간이라고 해봤자 빅톤의 기습 공격에 대처하는 것에 불과했지만, 빅톤은 그 수련이 의미를 잃었다며 특별 수련 시간을 없애 버렸다.

하지만 수련이 끝난 것은 아니었다. 특별 수련 시간이 없어졌을 뿐 여전히 조금의 틈이라도 생기면 그 순간 빅톤의 기습이 아렌을 노렸다. 게다가 기습의 형태에도 변화가 생겼다. 막 수련을 시작할 때엔 정령술로만 공격하던 것이, 시간이 지남에 따라 정령술과 체술의 동시 공격으로 바뀌어갔다.

사방에서 터져 나오는 정령술에 몸이 반응하기 시작하면 어느샌가 지척으로 접근한 빅톤의 전신을 이용한 체술이 끊임없이 날아들고, 가까스로 체술의 사정거리에서 벗어났다고 생각하면 정령술이 아렌을 덮쳐 왔다.

가뜩이나 정령술의 신묘함에 신경을 곤두세우던 아렌은 체술의 빠르고 위협적인 공격까지 가세하자 정신을 차리기 힘들었다. 아렌은 처음 수련을 시작했을 때처럼 제대로 밥을 먹지도, 쉬지도, 잠을 자지도 못했다.

그런 생활은 1주일간이나 계속되었다. 그리고 빅톤의 기습에 다시 어느 정도 적응해 가려고 하는 무렵, 가급적 정령술을 배재한 체술만의 기습으로 패턴이 바뀌었다.

마침내 키메라들의 흔적을 발견했기 때문이었다. 그것은 곧 멀지 않은 곳에 키메라가 있다는 뜻이고, 키메라가 있는 곳에 팔론과 같은 흑마법사가 없으리라는 보장도 없었다. 그러니 함부로 정령술을 사용하지 않게 된 것이었다.

빅톤이 흔적을 조사해 본 결과 키메라들은 그들을 반나절정도 앞서 이동하고 있었다. 엄청난 속도로 이동을 하는 키메라들이니 반나절 정도의 거리란 결코 가깝지 않은 것이었다.

빅톤과 아렌은 흔적을 따라 계속해서 이동했다. 키메라들의 이동 속도는 여전히 무척이나 빨랐지만 빅톤과 아렌은 이미 이전에 그들을 뒤쫓아본 적이 있기에 요령껏 쉬어가며 추적을 계속했다.

그러던 며칠 후, 빅톤과 아렌은 새로운 흔적을 발견할 수있었다. 지금 그들이 뒤쫓는 키메라들이 아니라 또 다른 키메라들이 이동하고 있는 흔적을 발견한 것이었다.

키메라의 뒤를 쫓을수록 그런 흔적은 더욱더 많이 발견할수 있었고, 약간의 시간차는 있었지만 모든 키메라들이 한곳을 향해 나아가고 있음을 알 수 있었다.

흔적을 발견하면 할수록 예상보다 훨씬 많은 키메라의 숫자에 빅톤의 얼굴은 굳어져만 갔다. 그리고 그는 그때부터 키메라의 뒤를 쫓는 와중에도 몇 번이고 주변을 수색하며 또 다른 키메라들이 접근하고 있지는 않은가를 살폈다.

과연 멀지 않은 거리에서 또 다른 키메라들이 이동하는 것을 발견할 수 있었는데, 그 키메라들과의 시간적 거리가 묘하게 얽혀 있어 빅톤과 아렌이 그 상태로 계속해서 본래의 키메라들을 추적했다면 다른 키메라들과 마주쳤을 가능성도 있었다. 다행히도 미리 발견했기에 망정이지 안 그랬다면 다시 한번 전투를 치렀을 터였다.

빅톤과 아렌은 안도의 한숨을 내쉬며 키메라들과의 거리를 조금 더 벌려 추적을 하기 시작했고, 빅톤은 더욱더 주변 수색에 힘을 기울였다.

빅톤은 주변 수색을 할 때는 홀로 움직였다. 모험에 이골이 난 그와는 달리 기척을 숨기는 것에 익숙지 않은 아렌은 혹시라도 흑마법사에게 발각될 수도 있었기 때문이다.

때문에 빅톤이 수색을 나갔을 땐 아렌은 홀로 자리를 지키고 있을 수밖에 없었다.

숲 속에서 한차례 검무가 펼쳐졌다. 그 주인공은 다름 아닌 아렌.

언젠가 노을을 그려내던 아렌의 검이 이번엔 어느덧 숲 그 자체를 닮아가고 있었다. 숲의 하늘, 숲의 땅, 숲의 생명력. 그것이 아렌의 검무 속에 묻어 나왔다.

그러던 아렌의 검이 한차례 주변을 훑는다 싶더니 곧이어 정신없이 펼쳐 내던 검무가 끝을 맺었다.

제법 오랜 시간 동안 격렬하다면 격렬하다고 할 수 있는 움직임을 펼친 직후임에도 아렌의 호흡은 전혀 흐트러지지 않았고, 오히려 즐거움을 감출 수 없다는 듯 작은 미소가 입가를 떠나지 않았다. 하지만 그 미소 끝에 남겨진 것은 진한 아쉬움이었다.

"아쉽다."

아렌은 거두어진 검을 보며 아쉬움을 감추지 못하고 있었다. 조금만이라도 더 검을 펼치고 싶은 마음이 간절했지만 이내 눈을 질끈 감으며 아쉬움을 떨쳐 내야 했다.

"후우……."

대신 그는 숨을 깊게 들이쉬었다 내쉬며 전신의 힘을 뺐다. 너무 한꺼번에 힘을 뺐는지 잠시 허물어질 듯 휘청거리는 아렌의 신형이었으나 곧 안정된 자세를 잡으며 고요한 신색을 갖추었다. 그리고 빅톤의 말을 떠올렸다.

"억지로 흐름을 깨달으려 하지 마라. 먼저 흐름에 순응해야 할 것이다."

흐름의 수련에 앞서 빅톤이 아렌에게 해주었던 말이었다.

보려 하면 보이지 않고, 들으려 하면 들리지 않으며, 잡으려 하면 잡히지 않는 것이 흐름. 그런 흐름을 억지로 느끼고, 깨달으며, 이해하려 했기 때문에 지금껏 후천적으로 흐름을 느낀 전례가 없는 것이라는 게 빅톤의 지론이었다.

흐름의 존재를 생각하기에 앞서 흐름의 존재를 본능적으로 받아들인다면 흐름의 수련에 본격적인 발을 내딛을 수 있을 것이란 말도 덧붙였다.

때문에 빅톤은 아렌에게 자연에 몸을 맡기라는, 너무나 추상적인 수련을 행하게 했다. 하지만 달리 생각한다면 가장 근원에 접근한 수련 방법이기도 했다.

자연, 특히 바람과 흐르는 물은 흐름의 대표적인 예라고 해도 과언이 아니었고 그런 자연에 몸을 맡기다 보면 자연스레 흐름에 익숙해질 것이었다.

하지만 아직은 그저 이론일 뿐, 실제로 후천적으로 흐름을 느꼈다고 알려진 전례가 없었기에 이 수련 방법으로 흐름을 느낄 수 있을지 확신할 수도 없거니와 설령 성공한다 하더라도 얼마만큼의 시간이 걸릴 것인가조차도 알 수가 없었다.

선천적으로 흐름을 느낀 빅톤이었기에 이론을 증명할 어떠한 증거도 가지지 못했고, 그 사실을 사전에 미리 아렌에게 명시한 터였지만 아렌은 일말의 의심조차 가지지 않고 수련에 응했다.

그만큼 빅톤을 향한 아렌의 믿음이 깊었기 때문이다. 또한 흐름이라는 것에 흥미를 느꼈던 탓도 있었다.

흐름, 그것은 아렌이 보아온 검의 길과 어딘지 모르게 유사함을 찾을 수 있었던 것이다. 어디에도 마법이나 정령술처럼 검을 다루는 것에 있어서도 흐름과 연관이 있다고 기록된 것은 찾을 수 없었으나 아렌은 왠지 흐름과 검의 길이 다르지 않다고 생각했다.

때문에 아렌은 이처럼 한차례 검무를 펼치고 난 후면 어김없이 자연에 몸을 맡긴 채 명상에 잠겼다. 마치 허공을 수놓은 검의 길을 뜻하는 실선에 검이 녹아들어 가듯, 자연에 몸을 맡기고 그 속에 동화되어 갔다.

그렇게 얼마간의 시간이 흘렀을까.

아렌은 마치 어머니의 품에 안긴 아기처럼 포근함을 느낄수 있었다. 이 현상은 자연에 몸을 맡기는 것에 익숙해지면서 나타났는데, 아렌은 조금씩 자연이 자신을 받아들이는 과정이라고 생각했다.

아렌은 검을 펼칠 때의 즐거움과는 조금 다르지만 포근하고 아늑함이 자신을 맑게 해주는 것만 같다고 느꼈다. 그렇게 한없이 포근함에 젖어가던 그의 코끝을 무엇인가가 스쳤다.

'바람?'

아니, 바람은 아니었다. 바람은 이처럼 부드럽지 않았다. 조금 더 차갑고 살갗이 쓸리는 듯한 바람의 느낌을 아렌은 잊지 않고 있었다.

그렇다면 무엇일까. 물? 아니, 그것도 아니다.

아렌은 머릿속으로 수많은 느낌을 찾아가기 시작했다. 하지만 이와 같은 느낌을 가진 무엇도 그의 머릿속엔 존재하지 않았다.

마치 조용한 수면 위로 한 방울의 물방울이 떨어져 파문을 일으킨 듯 새로운 느낌은 고요히 자연에 몸을 맡기던 아렌을 깨우기에 충분했다. 그렇게 아렌은 눈을 떴다.

"…뭐였지?"

아렌은 손을 들어올려 조심스레 코끝을 쓰다듬었다. 마치 꿈을 꾸다 깨어난 것 같았지만 코끝에 남아 있는 느낌은 분명 꿈이 아니었다. 그 미세한 느낌은 아직도 지워지지 않고 있었다.

그런 아렌의 고민을 깨운 것은 빅톤의 목소리였다.

"뭘 그리 멍하게 서 있는 건가?"

빅톤은 키메라들의 동태를 살피러 수색을 나갔다 돌아오는 길이었다.

그런 빅톤의 등장에 아렌은 방금 전 자신이 겪었던 일을 말하려 했다. 하지만 그전에 빅톤의 주먹이 날아들었다.

슈욱!

바람을 가르는 빅톤의 주먹을 아렌은 살짝 몸을 트는 것으로 피해내었고, 빅톤은 그것을 기점으로 연속해서 공격을 퍼부었다. 그렇게 두어 차례 다시 아렌이 피해내자 빅톤은 손을 거두었다.

"그래도 몸까지 멍한 것은 아니었구만. 하하! 그것보다 이리 오게나, 말해줄 게 있으니."

빅톤은 아렌의 어깨를 두드리며 그렇게 말하곤 짐을 놔둔 곳으로 걸음을 옮겼다. 그런 덕분에 말할 타이밍을 놓친 아렌은 머리를 긁적였다.

'아직 확실하지는 않잖아. 한 번 더 그걸 느끼게 되면… 그때 말하자.'

가뜩이나 키메라들 때문에 머릿속이 복잡한 빅톤에게 괜히 또 다른 문제로 신경 쓰게 할 필요는 없다고 생각하며 아렌은 빅톤의 뒤를 따랐다.

빅톤은 짐을 놔둔 곳 주변에 대충 걸터앉아서 주변을 둘러보더니 작은 나무 막대기를 주워 들었다. 그리고 그 나무 막대기를 사용하여 땅에다가 이 주변의 지형도를 그리기 시작했다.

빠른 속도로 지형도를 그려 나가는 빅톤의 솜씨는 이미 한두 번 해본 게 아닌 듯 상당히 익숙했고, 곧이어 주변의 간략적인 지형도가 대충 완성이 되었다. 빅톤은 나무 막대기로 지형도를 짚으며 설명하기 시작했다.

"여기가 우리가 있는 곳일세. 그리고 이건 우리가 쫓던 키메라들이 이동하던 방향, 그리고 이건 다른 키메라들의 이동 방향일세."

키메라들의 이동 방향을 따라 긴 선이 몇 차례 그어지기 시작했고 잠시 후 몇 줄기의 선이 그어진 지형도가 완성되었다. 그리고 그것을 본 아렌은 빅톤이 하고자 하는 말을 알 수 있게 되었다.

"모두 한곳으로 모이는군요, 그것도 멀지 않은 곳에서."

"놈들이 만나는 장소는 여기서 대략 잡아 이틀 정도의 거리인 셈이지. 그렇다면 지금껏 따로 활동해 오던 놈들이 모두 모이는 이유가 무엇일 것 같나?"

"목적지로군요."

"그걸세. 놈들은 드디어 목적지에 도착한 것이야. 설사 그렇지 않다 하더라도 이곳에서 무엇인가 일을 벌이겠지. 무엇이든 중요한 단서를 얻을 수 있을 걸세."

키메라들은 마치 그것을 위해 태어나기라도 한 듯이 끊임없이 이동하고 사냥했으며 또 파괴해 왔다.

하지만 정말 단지 그것만을 위해 만들어지지는 않았을 것이다. 분명 무엇인가 목적이 있을 터. 더욱이 흑마법사가 관련되었다면 두말해서 무슨 소용이 있겠는가.

그 목적 자체를 알아낼 수 있다면 좋겠지만 거기까진 아니더라도 분명 무엇인가 단서를 잡을 수 있을 것이었다.

하지만 아렌은 아직 확신할 수 없다는 듯이 말했다.

"하지만 그냥 단순히 지나가는 장소일 수도 있지 않을까요? 접점이라고 해서 꼭 무슨 일이 벌어진다는 확신이 없잖아요."

아렌은 그런 가능성도 생각해 봐야 한다는 듯이 말했다. 하지만 그런 아렌을 보며 빅톤은 단호히 고개를 저었다.

"아니, 분명 이곳일세."

다시 한 차례 나무 막대기가 움직였고, 접점의 바로 뒤쪽 편의 수평으로 긴 선이 그어졌다. 그리고 빅톤은 막대기를 놓으며 확신에 찬 목소리로 말했다.

"이곳이 바로 대륙의 끝이니 말일세."

광대히 펼쳐진 광야.

끝이 없을 것만 같은 광활한 평원과 저 멀리로 보이는 뚜렷한 지평선이 눈에 들어왔다. 그리고 평원과 대륙을 가르는 듯한 거대한 절벽! 평원과 대륙을 잇는 작은 길마저 없었다면 대륙과 평원은 영원히 단절될 것이라 생각될 정도로 거대한 절벽이 멀지 않은 곳에 자리 잡고 있었다.

그것이 대륙의 금역 중 하나인 '망야의 평원' 이었다. 그리고 대륙과 망야의 평원을 끊어놓은 거대한 절벽의 이름은 '나락의 흔적' 으로 고대의 마신(魔神)을 가둬놓았다는 전설을 가지고 있었다.

그 위대한 자연의 기적은 감히 인간의 침입을 허락하지 않는 숭고함마저 지니고 있었다. 아렌은 처음 그 모습을 보았을 때 충격에 빠져 말을 잇지 못할 정도였다.

그리고 놀라운 것은 또 있었다.

시야에 들어오는 망야의 평원으로 이어지는 길목 앞에 모인 엄청난 수의 키메라. 어림잡아 세어도 5백이 넘어갈 듯한 정말 엄청난 숫자였다.

단 몇십 마리로도 군대와 비견될 정도였던 키메라들이 5백여 마리나 모여든 것이었다. 또한 다른 키메라들까지 계속해서 합류하고 있는 판이었으니 그 최대 숫자가 얼마나 될지는 장담할 수가 없었다.

게다가 더욱 놀라운 것은 그런 키메라들을 인솔하는 듯한 흑마법사의 숫자였다. 정확한 숫자를 파악할 수는 없었지만 대략 잡아 십여 명은 되어 보였다.

키메라 5백도 모자라 흑마법사 십여 명이라니!

멀리 떨어진 상태라 흑마법사의 수준이 어떤지는 알 수 없었지만 단 십여 명으로 이 정도의 키메라를 인솔하려면 팔론의 능력까지는 못 미치더라도 결코 얕볼 만한 수준은 아니었던 것이다.

이것은 예상을 훨씬 뛰어넘는 놀랄 만한 전력이었다.

"전쟁이라도 일으킬 셈인가?"

경악에 휩싸인 빅톤은 그렇게 중얼거렸다.

그의 말에 과장은 섞이지 않았다. 이 정도 전력이라면 충분히 제국과 한 번 겨루어볼 만했던 것이다.

아렌의 검과 반야의 주먹마저 견뎌낸 키메라들에게 일반

병사들의 힘이 어디까지 통할지는 미지수인데다가 놈들이 몬스터들을 흡수하여 진화를 거듭한다면 제국은 아마 역사상 가장 지독한 적을 만나게 될 지도 모를 일이었다.

'전쟁?'

아렌은 아직 전쟁을 모른다. 대륙이 바티스타 제국이라는 이름의 하나된 나라로 통일된 평화로운 시대에 태어났기 때문이었다. 하지만 전쟁이 터진다면 많은 사람이 죽고 다칠 것이란 것쯤은 알고 있었다.

화염의 파오덴에게 많은 사람이 죽고 네린과 바카스가 다쳤을 때처럼. 처음으로 누군가의 죽음을 보고, 처음으로 곁에 있는 누군가의 아픔을 보았을 때처럼.

그때의 아픔, 그때의 슬픔, 그때의 분노… 아렌은 아직도 그것을 잊지 못하고 있었다.

'…다신 그래선 안 돼.'

아렌은 빅톤처럼 정의의 사자는 아니었다. 하지만 다신 곁에 있는 누군가가 죽는 모습을 보고 싶지 않았다. 아파하고 슬퍼하고 분노하던 그때의 기분으로 돌아가고 싶지 않았다. 그러기 위해선 저들을 막아야 했다.

'반드시!'

Chapter 28

센티넬

다시 며칠이 지났다. 빅톤은 주변을 샅샅이 조사하며 흑마법사와 키메라에 대한 단서를 얻기에 여념이 없었고, 아렌은 그들이 다른 움직임을 보이지 않는지 감시하는 역할을 맡았다.

하지만 빅톤과 아렌은 별다른 성과를 거두지 못했다.

여전히 키메라들은 어떠한 행동도 보이지 않았고 흑마법사들 역시 며칠째 키메라들을 제어하는 데만 열중하는 것 같았다. 계속해서 모여들던 키메라들의 수가 조금씩 줄어간다는 게 나타난 변화라면 변화이지만 그것은 빅톤과 아렌이 바라던 정보는 아니었다.

그렇게 아무런 성과도 얻을 수 없으니 초조함이 생길 만도 한데, 빅톤은 전혀 초조함을 보이지 않았다. 아니, 오히려 어떠한 다른 의문에 괴롭힘을 받고 있었다.

"아무래도 이상하군."

벌써 몇 번째 저와 같은 말을 반복하고 있었다. 무엇이 이상한지에 대해선 한마디도 꺼내놓지 않은 채 계속 이상하다는 말만 반복하는 것이었다.

결국 참다못한 아렌이 입을 열었다.

"뭐가 계속 이상하다는 건가요?"

"자네는 이상함을 느끼지 못했나?"

"이상함이요?"

"놈들의 행동에 대해 말일세."

놈들의 행동?

놈들이라면 흑마법사와 키메라를 뜻하는 것일 터. 하지만 그동안 몇 번이나 그들의 동태를 살펴왔지만 어떠한 변화도 찾아볼 수 없었다. 마치 누군가를 기다리는 듯, 자리를 지키는 것이 전부였던 것이다.

"아무런 행동도 하지 않는데요?"

"그게 이상하다는 걸세. 벌써 잊지는 않았겠지? 우린 흑마법사 팔론들과 싸워서 그들을 쓰러뜨렸던 말일세."

"그게 무슨……?"

아렌은 고개를 갸웃거릴 뿐이었다. 팔론이 죽은 것과 녀석들의 행동이 무슨 상관이란 말인가?

아렌이 고개를 갸웃거리자 빅톤은 조금 더 이야기를 풀어서 설명하기 시작했다.

"팔론이 죽은 지 제법 많은 시간이 흘렀네. 그렇다면 지금쯤 저들도 그의 죽음을 알아차렸을 거란 말일세. 그건 곧 팔론을 죽인 누군가가, 즉 우리가 이 일에 끼어들었다는 것 역시 적들도 알아차렸을 것이란 걸세. 하지만 놈들은 아무런 행동도 보이지 않아, 마치 아무런 일도 일어나지 않았다는 듯이."

"아!"

그제야 아렌은 빅톤이 말하고자 하는 바를 이해할 수 있었다.

누군가 무엇인가 계획을 꾸미고 있다면 그 계획의 보안에 극도의 조심을 가하는 것이 당연했다. 그리고 만약 계획이 밖으로 새어나갈 듯한 움직임이 보인다면 그땐 어떠한 움직임이라도 보이는 것이 정상이다.

하지만 적들은 아무런 움직임도 보이지 않고 있으니 빅톤이 이상함을 느끼는 것이었다.

거기까지 듣고 나자 아렌 역시 생각에 잠기고 말았다. 그리고 이내 떠오르는 생각은 한 가지였다.

"우리들이 올 것을 알고도 아무런 행동을 취하지 않는다는 건… 아니, 그렇게 보인다는 건 결국 함정이란 말인가요?"

"나 역시 그렇게 생각하네."

빅톤은 아렌의 말에 고개를 끄덕였다.

그는 이미 오래전부터 함정일 것이라 생각하고 있었다. 그렇게밖에 생각할 수 없었다. 하지만…….

'어쩔 수 없지 않은가.'

함정이라는 걸 알았다고 해서 달라질 것은 없었다. 지금까지 함정이라 생각하면서도 어떠한 판단을 내리지 못했던 것은 그저 조금 주저했을 뿐이었다. 알면서도 스스로 함정으로 걸어 들어가야 한다는 사실을.

하나, 언제까지고 이렇게 기다리고 있을 수만은 없었다. 이젠 결정을 내려야 했다. 그리고 이미 답은 정해져 있었다.

'함정이든 그렇지 않든 간에 계속 전진하는 수밖에!'

그런 결단을 내린 빅톤의 시선이 어떻게 하면 좋을지 고민에 빠져 있는 아렌에게로 향했다.

아렌과 약속했던 1년이란 시간은 이제 모두 흘러갔다. 그 1년 동안 아렌은 빅톤의 곁에서 많은 것을 도와주었으며 또한 많은 것을 배웠다. 이번 일만 아니었더라도 더 얼마간 함께 있으며 많은 것을 가르쳐 줄 수도 있었을 것이란 아쉬움이 들었지만 이젠 어쩔 수 없었다.

더 이상 아렌을 위험에 끌어들일 순 없었다.

'여행은 여기까지다. 더 이상은 안 돼.'

빅톤은 적들의 전력과 목적을 알아내어 제국에 알릴 생각이었다. 그는 카고라스가 폐위됨으로써 이제 제국의 셋밖에 남지 않은 후작 중 하나인 고튼 후작과 평소 깊은 친분이 있는 상태였고, 그의 말이라면 고튼 후작은 조금의 의심도 가지지 않고 황실에 이 사실을 알릴 터였다. 그렇게 된다면 제국은 키메라에 대한 대처를 충분히 할 수 있을 터.

비록 아직 적의 목적을 알아내지는 못했지만 키메라의 존재와 그 숫자, 그리고 보기만 해도 두려울 정도의 흉포함을 알리는 것만으로도 충분히 도움이 될 것이었다. 그리고 고튼 후작에게 이 사실을 전할 사람으로 빅톤은 아렌을 떠올렸다.

빅톤이 직접 갈 순 없었다. 그는 위험을 무릅쓰고서라도 조금 더 깊이 침투할 생각이었다. 그곳에서 적의 목적을 알아내고 최대한 저지해 볼 것이다. 하지만 그렇게 된다면 그의 목숨 또한 장담하지 못할 터. 때문에 아렌이 있어야 했다.

아렌을 고튼 후작이 있는 제국의 수도 밀리온으로 보낸다면 제국에 키메라에 대한 것을 알리는 것과 동시에 이곳에서 벗어나게 할 수 있으니 일석이조인 것이다.

그렇게 결정을 내리자 빅톤은 곧바로 짐에서 한 뭉치의 두루마리 문서와 작은 금패를 꺼내 들고는 아렌을 보며 입을 열었다.

"아렌, 자네가 해줘야 할 일이 있네."

"네? 제가 해야 할 일이오?"

"자네는 지금 즉시 밀리온으로 가게나. 그곳에 가서 이 문서를 고튼 후작께 전해야 하네."

두루마리 문서는 이런 때를 대비하여 얼마 전 흑마법사와 키메라에 대해 나름대로 정리하여 써둔 것으로 빅톤 자신의 인장이 찍혀져 있는 것이었다. 이것이라면 고튼 후작은 빅톤이 이 문서를 보냈음을 확신할 수 있을 터.

아렌은 갑작스런 빅톤의 말에 얼떨떨한 기분으로 그가 전해주는 두루마리 문서를 받아 들었다. 그러자 빅톤은 이번엔 금패를 들어올리며 계속해서 말을 잇기 시작했다.

"밀리온에서 고튼 후작 각하의 저택을 찾는 것은 어렵지 않을 걸세. 이 금패는 고튼 후작 각하와 나의 인연을 나타내는 것으로, 이 금패를 보여주며 후작 각하를 만나뵈러 왔다고 하면 자네를 후작 각하께 안내해 줄 걸세. 그런 다음 두루마리 문서를 전해 드리면 되는 거라네."

"자, 잠깐만요. 이게 무슨······?"

"생각보다 상황이 좋지 않은 것 같네. 그래서 키메라에 대해 빨리 제국에 알려야 할 것 같아. 하지만 난 이곳에 남아 저들의 동태를 살펴야 하니 자네가 대신 수고 좀 해줘야겠네."

더욱 위험한 곳으로 홀로 들어갈 것이라 말하면 쉽게 떠나지 않을 것임을 알기에 빅톤을 약간의 거짓말을 보태어 말하며 금패마저 아렌에게 건네어주었다. 얼떨결에 금패마저 건네받은 아렌이었지만 아직도 당황함에서 벗어나지 못하고 있었다.

"아니, 이건 너무 갑작스럽잖아요."

"시간이 없네. 키메라들이 언제까지 저렇게 가만히 있을지 알 수 없는 노릇 아닌가. 만약 놈들이 이대로 대륙을 침공해 간다면 참혹한 피해를 입게 될 테니 그전에 미리 제국에 이 사실을 알려야 하지 않겠는가."

빅톤의 확고한 말에 아렌은 어쩔 수 없이 자신의 짐에 두루마리 문서와 금패를 집어넣어야 했다. 그리고 그런 아렌을 보며 빅톤은 어딘지 서글픈 미소를 지었다. 그는 아렌의 어깨를 토닥이며 말을 이었다.

"1년 동안 날 따라다니며 수고가 많았네. 그리고 고튼 후작 각하께 두루마리 문서를 전해주고 난 후엔 자네의 갈 길을 가게나. 이제 자네가 있던 자리로 돌아갈 때가 된 것일세. 자네를 기다리는 사람에게로."

빅톤은 이렇게 갑작스레 아렌과의 1년의 약속, 그 여정의 마지막을 알리고 있었다.

아렌은 눈을 동그랗게 뜨고 빅톤을 바라보다 고개를 저었다.

"하지만 어떻게 이곳에 빅톤을 혼자 남겨두고……."

아렌은 빅톤을 홀로 남겨두고 떠나는 것이 내키지 않는 듯했다. 이제 돌아올 필요가 없다고 말하는 빅톤의 모습에서 어딘가 이상함을 느꼈는지도 몰랐다. 마치 어릴 적 수련단으로 자신을 떠나보내던 할아버지의 마지막 모습을 바라보던 그때처럼.

아렌이 고개를 젓자 빅톤은 크게 웃음을 터뜨렸다.

"하하하! 자네 지금 날 걱정하는 겐가? 세븐스타의 일인인 대지의 빅톤, 바로 나를 말인가? 하하하! 밀리온으로 가는 길이 편하지만은 않을 것일세. 거리도 거리이겠거니와 홀로 여행을 한다는 것이 얼마나 힘든지 느끼게 될 거야. 난 그런 자네가 오히려 걱정이 된다네."

"빅톤……."

"내 걱정은 하지 말게나. 아직 우리의 인연은 끝나지 않았으니 반드시 다시 만나게 될 걸세. 그때까진 나도 죽지 않을 거고, 자네도 죽지 말아야 하네. 내 말이 무슨 뜻인지 알겠나?"

어느새 빅톤의 눈빛은 진지하게 변해 있었다. 계속해서 아렌이 무슨 말을 하든 결코 생각을 바꾸지 않을 심산인 것이었다. 그 강직함이 빅톤의 눈빛에서 그대로 흘러나오고 있었다. 그리고 그런 빅톤의 눈빛을 피할 수 없어 아렌은 결국 고개를 끄덕였다. 그러자 빅톤은 다시 한 번 입가에 가득 미소를 지으며 한시름 덜었다는 표정을 지었다.

하지만 모든 일이 그의 뜻대로만 되는 것은 아니었다.

"작별 인사는 끝났는가 보군."

차가운 목소리가 들려왔다. 듣는 것만으로도 뼛속까지 시릴 정도의 높낮이라고는 느껴지지 않는 무척이나 무미건조하고 또 차가운 목소리였다. 그러나 그것보다 중요한 것은, 그 목소리가 아렌과 빅톤의 뒤편에서 들려왔다는 것이었다.

"……!"

빅톤은 놀란 마음을 감출 수 없었다. 비록 급한 마음에 주변으로 신경을 쓰진 못했다곤 하나, 이렇게 쉽게 등을 내어주다니… 다른 누구도 아닌 세븐스타의 일인인 자신이.

그러나 언제까지 놀라고 있을 수만은 없었다. 목소리의 주인공, 하나의 인영이 엄청난 속도로 짓쳐들었기 때문이다.

아렌은 급히 검을 뽑아 자신을 향해 빠른 속도로 다가온 그림자에 대비하려 했다. 그러나 채 검을 뽑기도 전에 미간을 찌르는 한줄기의 실선을 본 아렌은 곧이어 큰 충격을 받은 채 뒤로 나가떨어졌다.

쿵!

바람에 휘날리는 나뭇잎처럼 아렌은 피를 뿌리며 힘없이 날아가 뒤편에 있던 큰 나무에 몸을 부딪치곤 그대로 쓰러졌다.

순식간에 일어난 일. 빅톤과 아렌조차 반응하지 못한 엄청난 일격이 순식간에 이루어진 것이었다.

"아렌!"

빅톤은 쓰러진 아렌의 모습을 보며 그의 이름을 불렀지만 그를 향해 다가갈 수가 없었다. 아렌을 공격한 그 그림자가,

차가운 목소리의 주인이 어느새 아렌과 빅톤의 중심에 서 있었기 때문이다.

그제야 빅톤은 상대의 모습을 볼 수 있었다.

상대는 무척이나 아름다웠다. 빈말이 아니라 정말 신이 내린 외모를 소유한 것만 같았다. 아렌이 정면으로 보았다면 네린에게는 미안하지만 외모만 따져 봤을 때 그녀보다 훨씬 예쁘다고 생각했을지도 모를 정도였다.

그토록 아름다운 외모를 가졌지만, 정작 가장 특이한 것은 초록색 머리카락 사이로 삐져 나온 귀의 끝이 뾰족하다는 것이었다.

그런 상대의 모습에 빅톤은 자신도 모르게 하나의 단어를 입 밖으로 흘려보냈다.

"엘… 프?"

엘프.

자연과 함께 숨 쉬는 종족으로 대륙 제일의 아름다움을 가졌으며 수백 년을 산다고 알려진 그들. 하지만 까마득한 옛날 이 대륙에서 스스로 모습을 감췄다고 알려진 그들. 지금은 책 속에서밖에 볼 수 없는 그들.

상대는 그런 엘프가 분명했다.

빅톤 역시 아직까지 엘프를 한 번도 본 적은 없지만, 인세를 초월한 듯한 아름다운 외모와 뾰족이 솟은 귀를 가진 상대는 누가 보든 엘프를 떠올릴 수밖에 없을 터였다.

하지만 그렇게 생각하자 한 가지 의문이 들었다.

스스로 모습을 감췄다고 알려진 엘프가 왜 이 자리에 나타났고 또 자신들을 왜 공격한단 말인가.

전해져 내려오기엔 엘프는 폐쇄적인 성향이 강해 자신들의 영역에서 벗어나지 않고, 만약 벗어난다 하더라도 다른 사람들의 눈에 띄지 않으려 한다고 알려져 있었다.

하지만 지금 이 엘프는 아무리 봐도 스스로가 아렌과 빅톤에게 접근해 왔다고밖에 볼 수 없었다. 게다가 지척에는 괴물들이 즐비한 상황. 엘프에게 무슨 목적이 있는 것인지 빅톤역시 쉬이 짐작할 수 없었다.

엘프는 빅톤에게서 눈길을 떼지 않고 있었다. 마치 일격에 모든 것이 끝났다는 듯이, 아렌이 더 이상 설 수 없다는 듯이 오로지 빅톤만을 주시했다. 그리고 마침내 그가 다시 입을 열었다. 그의 목소리는 너무도 차가웠지만 또한 그것마저 아름답게 느껴질 정도의 미성이었다.

"대지의 빅톤인가?"

놀랍게도 엘프는 이미 빅톤의 정체까지도 알고 있었다. 빅톤은 잔뜩 경계심을 곤두세운 채 고개를 끄덕였다.

"그렇다, 내가 빅톤이다. 넌 누구냐?"

"나의 이름은 센티넬. 널 죽이러 왔다."

센티넬이라는 엘프는 아무런 감정도 느껴지지 않는 어투로 그렇게 말하고 있었다. 빅톤은 상황이 더욱 좋지 않게 돌아가는 것을 깨달았다.

"어째서 엘프가 날 죽이려는 거지? 엘프에게 원한 산 적은 없는데."

"그것이 내 임무일 뿐이다. 내가 더 이상 대답해 줘야 할 의무가 있는가?"

센티넬은 차갑게 말을 끊으며 검을 들어올려 자세를 잡았다. 더 이상 말이 필요없다는 뜻이었다.

빅톤의 눈길이 센티넬의 검을 훑어갔다. 햇빛에 반사되어 빛나는 센티넬의 검은 그의 존재만큼이나 독특했다. 보통 롱소드 정도의 길이를 가지고 있었지만 그것과는 다르게 검신의 폭이 좁고 작은 곡선을 그리고 있었으며 검날은 한쪽밖에 가지고 있지 않았다.

그것은 세이버(Saber)라는 것으로 일격에 상대를 전투 불능으로 만드는 파괴력은 가지고 있지 않지만 그 빠른 스피드로서는 레이피어와 함께 타의 추종을 불허한다는 검의 한 종류였다. 하나 날카로운 검날을 이용한 베기 위주의 검인 탓에 단단한 갑옷을 입고 있는 적을 상대하기에는 아주 까다로워 지금은 잘 사용되지 않는 것이기도 했는데 센티넬은 그런 세이버를 사용함에 아무런 주저함도 느껴지지 않았다. 그만큼 세이버를 다루는 것에 자신이 있다는 증거일 터.

하지만 정작 빅톤의 눈길을 끈 것은 센티넬의 왼손에 쥐어진 또 한 자루의 약간 짧은 세이버였다.

'이도류(二刀流)?'

세이버를 사용하는 것만으로도 제법 특이한 검술을 구사한다는 건데 거기에다 짧은 세이버 하나를 더 추가한 이도류라니.

"이거 상당히 힘들겠는데?"

빅톤은 골치가 아프다는 듯이 머리를 긁적였지만 그런 태평한 모습과는 다르게 이미 그의 신형은 무게중심을 낮춘 채언제, 어느 방향으로든지 움직일 수 있도록 최대한 대비를 하고 있었다.

아렌을 향한 일격으로 센티넬의 검술이 보통이 아님을 깨달은 것이었다. 더욱이 센티넬의 전신에서 싸늘히 흘러나오는 기도가 그 사실을 증명하고 있었다.

천천히 주변을 잠식해 들어가는 센티넬의 기도에 빅톤은 살갗이 따가워지는 것을 느꼈다. 보통 사람이었다면 기도에 짓눌려 옴짝달싹하지 못한 채 이미 센티넬의 세이버에 목숨을 잃고 말았을 것이다.

하지만 빅톤은 큰 영향을 받지 않았다. 아니, 오히려 조금씩 센티넬의 기도를 물리치고 있었다. 빅톤의 두 눈이 예리하게 빛나며 주먹을 쥔 손에 불끈 힘이 들어갔다. 마침내 세븐스타의 일인인 대지의 빅톤의 진면목이 펼쳐지려는 순간이었다.

그런데 그때까지 미동조차 없던 센티넬의 눈가가 꿈틀거

리며 빅톤을 향하던 시선을 거두었다. 그리고 시선의 방향을 바꾼 그는 그곳에서 신형을 일으켜 세우는 아렌의 모습을 볼 수 있었다.

"난 아직 끝나지 않았어."

몸을 일으키는 아렌의 이마엔 피가 홍건했지만 다행히 목숨이 위험할 정도의 치명상은 아닌 듯했다. 그리고 그의 손에는 어느새 검이 들려져 있었다.

"막은 건가?"

센티넬의 물음에 아렌은 고개를 끄덕였다.

그야말로 간발의 차이였다. 센티넬의 세이버에 당하기 직전, 아렌은 스스로 몸을 뒤로 날리며 약간의 시간을 벌었고 그 틈에 검을 뽑아 세이버를 막을 수 있었던 것이다. 조금이라도 늦었다면 아렌의 미간은 세이버의 날카로움에 난자되어 버렸을 터였다.

하지만 막았음에도 세이버의 위력에 밀려 뒤로 나가떨어져 버렸고 그 예리함은 완전히 막지도 못해 무척 얕았지만 이마를 베여 상처까지 입고 말았다. 만약 센티넬이 그대로 연속해서 공격해 왔다면 아렌은 이미 목숨을 잃고 말았을 것이다.

보통 사람 같았으면 새삼 검에 대한 두려움과 공포를 느꼈을 그런 일격이었지만 아렌은 달랐다. 엄청난 속도와 무시무시한 힘, 그리고 서릿발 같은 서늘함이 느껴지는 예리함이 서려 있는 일격은 오히려 아렌의 심장을 두근거리게 만들었다.

그의 가슴속에서 무엇인가가 부글부글 끓어오르기 시작했다. 언젠가 카고라스와 타이온의 대결을 보았던 그때처럼 순수한 투지가 가슴속에서 끓어올랐다.

어느새 아렌은 검을 중하단에 둔 채 자세를 잡고 있었다. 그의 시선은 여전히 센티넬에게서 떨어질 줄 몰랐다. 그리고 어느 순간 아렌의 신형이 번개같이 센티넬에게로 날아들며 날카로운 빛을 뿌렸다. 그와 동시에 울려 퍼지는 쇳소리!

카앙!

센티넬이 짧은 세이버를 들어올려 번개 같았던 아렌의 일격을 막아낸 것이었다. 힘이 실린 일격을 짧은 세이버로 막아내다니… 대단한 순발력과 힘이라며 평소라면 감탄에 젖었을 아렌이었지만 지금은 그러지 못했다. 센티넬의 긴 세이버가 자신의 공격을 무색하게 할 정도의 엄청난 속도로 그를 베어왔기 때문이었다.

아렌은 검을 거두며 물러서려 했다. 하지만 센티넬은 짧은 세이버를 교묘하게 비틀어 아렌의 검을 묶어버린 채 그의 도주로를 차단하여 물러설 곳을 없애 버리고 말았다.

"큭!"

결국 아렌은 물러서는 것을 포기하곤 짧은 신음을 삼키며 허리를 비틀었다. 그 덕택에 간발의 차이로 세이버는 허공을 갈랐지만 그대로 안심하고 있을 수는 없었다.

"흡!"

아렌은 숨을 들이켜며 앞으로 뛰쳐나갔다. 그리고 짧은 세이버에게 잡힌 검을 그대로 밀어 넣었다. 뺄 수 없다면 그대로 공격하기로 작정한 것이었다.

하지만 아렌의 검은 짧은 세이버의 반항에 힘없이 튕겨 나갔고, 그 순간 다시 긴 세이버가 날아들었다.

수많은 검의 그림자가 허공을 뒤덮었다. 워낙 빠른 센티넬의 검에 잔상이 흐릿하게 남은 것이다. 하지만 아렌은 물러서지 않았다. 그 역시 튕겨나는 검을 회수해 센티넬의 검에 맞서가기 시작했다.

카카카캉!

그저 허공으로 번쩍번쩍 빛이 지나간 것 같았지만 단숨에 공방이 쏟아지며 순식간에 십여 합을 겨루었다.

상황이 이렇게 되자 빅톤 역시 가만히 있을 수는 없었다.

그는 자신을 잊은 듯 아렌과 검을 겨루는 데 여념이 없는 센티넬을 공격하기 위해 땅의 정령 놈을 불러내려 했다. 하지만 그는 끝내 놈을 불러낼 수 없었다.

"크흠!"

빅톤이 침음성을 뱉어냈다. 어느새 주변으로 흑마법사들이 다가와 있던 것이었다.

어리석게도 엘프에게 신경이 팔려 또 한 번 누군가의 접근을 눈치 채지 못했다는 사실에 빅톤은 스스로를 향해 욕을 퍼부었다. 하지만 한순간도 긴장을 늦출 순 없었다. 싸늘한 눈을 빛내는 흑마법사들의 손에는 각자 하나씩의 흑마법이 맺혀 있었고, 빅톤이 조금의 틈만 보여도 바로 마법으로 공격할 태세였다.

그 순간 허공에서 빛이 번쩍이며 센티넬과 검을 겨루던 아렌이 끊어진 고무줄처럼 뒤로 튕겨나며 땅바닥으로 나뒹굴었다. 곧바로 일어서며 자세를 바로 하였지만 검에 베인 듯 잘려진 옷자락 사이로 긴 혈선이 그어져 있었다.

하지만 그와 달리 센티넬은 숨결 하나 흐트러지지 않은 채 차가운 눈빛으로 아렌을 바라보고 있었다. 그리고 그 상태로 시간이 멈춘 듯했다. 센티넬은 물론이고 아렌 또한 서로를 쳐다보며 조금도 움직이지 않았다.

자리에 나타난 흑마법사들에겐 눈길 하나 주지 않았다. 그리고 그것은 흑마법사들 역시 마찬가지였다. 흑마법사들은 웬일인지 센티넬이 하는 일에는 전혀 상관하지 않는 눈치였으며 그런 그와 대치 중인 아렌에게도 전혀 신경을 쓰지 않고 있었다.

흑마법사들은 아렌을 마치 이미 죽은 이 대하는 듯했다. 그제야 빅톤도 그들의 목표가 오직 자신 하나라는 사실을 깨달을 수 있었다. 적어도 센티넬과 대치하고 있는 상태라면 흑마법사들은 아렌을 건들이지 않을 것이었다.

'그렇다면 내가 해야 할 일은 흑마법사들을 처리하는 건가?

방금 전 센티넬의 엄청난 검술을 직접 목격한 터라 그와 검을 겨루는 아렌이 걱정되긴 했지만, 지금 빅톤은 다른 누구를 걱정하고 있을 상황이 아니었다.

　지금 이 자리에 나타난 흑마법사의 숫자는 일곱. 저들도 어느 정도 빅톤과 그들의 능력을 계산한 것 같았다. 아마도 나머지 흑마법사들은 키메라들을 통솔하고 있을 것이었다.

　빅톤은 흑마법사들과 자신의 능력을 비교하며 승리를 점쳤다.

　'한 번에 상대할 수 있는 건 많아도 세 명. 그것도 합동 공격이라면… 끄응!'

　셋 정도만 덤벼들어도 승리를 점치지 못할 판에 일곱 명이라…….

　'좋지 않군.'

　생각 같아서는 하늘을 향해 욕이라도 퍼부어주고 싶었다. 어디서 이런 흑마법사 십여 명이 나타났으며, 또 저 괴물 같은 검술을 가진 센티넬은 뭐란 말인가.

　'오, 푸우시여! 제가 무슨 죄를 지었기에 저들만 편애하시는 겁니까?'

　주신 푸우를 간절히 부르는 빅톤이었지만, 푸우께서는 답변을 줄 생각이 없으신 것 같았다.

　결국 주신께서 적들에게 천벌을 떨어뜨려 주실 가능성을 포기한 빅톤은 경각심을 흐트러뜨리지 않은 채 주위를 살폈다. 그리고 재빨리 숲 속으로 신형을 날렸다.

빽빽이 솟은 나무들이 울창함을 자랑하는 숲. 저곳이라면 흑마법사들의 마법이 제 위력을 발휘하기는 어려울 터!

빅톤이 동료를 내버려 두고 자리를 뜰 것이라 생각도 못했던 터라 흑마법사들은 갑자기 도주하는 빅톤의 행동에 당황하여 우물쭈물거렸다. 하지만 이대로 놓쳐선 안 된다는 생각에 다급히 빅톤을 따라 숲 속으로 몸을 날렸다.

빅톤과 흑마법사들이 자리에서 사라질 때까지도 아렌과 센티넬은 여전히 미동조차 보이지 않고 있었다. 하지만 그들 사이에 아무런 일이 없는 것은 아니었다.

아렌은 식은땀이 흐르는 것을 느꼈다. 조금만 움직여도 센티넬의 길고 짧은 두 세이버가 자신의 목을 베어놓을 것만 같았다. 그만큼 센티넬이 뿜어내는 기세는 무서웠다.

카고라스에게서 느꼈던 기세와 비교해도 전혀 떨어지지 않는 기세!

그것은 곧 센티넬의 검술이 세븐스타에 비견된다는 뜻이었다.

하지만 센티넬은 어떠한 감정의 변화도 나타내지 않고 있었다. 처음 그대로의 무표정한 표정이었다. 단지 처음과 다른 게 있다면 아렌을 경시하던 마음을 버렸다는 것이었다.

'인간들 중에는 세븐스타라는 이들밖에 없다더니 그렇지

만도 않군.'

그도 세븐스타에 대해선 알고 있었다. 그나마 자신의 상대가 될 실력을 가진 이들은 그들뿐이라 생각했으니. 하나 눈앞의 인간만 해도 쉽게 무시할 수 없는 실력을 가지고 있었다.

많지 않은 나이에 이 정도의 실력이라니. 확실히 대단한 인간이었다. 하지만 오히려 그것이 그의 신경을 긁어놓았다.

그 순간 센티넬의 신형이 사라졌다.

하지만 아렌은 당황하지 않고 자신을 그어오는 두 가닥의 실선을 파악하며 재빨리 몸을 움직였다. 오른발을 축으로 반회전하며 긴 세이버를 피해냄과 동시에 검을 들어올려 짧은 세이버를 막아내었다. 거기서 멈추지 않고 검을 비틀어 내리며 짧은 세이버를 흘리고는 그의 품속으로 번개같이 쏘아져 들어갔다.

그의 짧게 이어지는 신형을 따라 순식간에 허공을 은빛 선이 수놓았다. 아렌의 검이 펼쳐진 것이다.

빠르지는 않지만 자연스럽고 또 유유히 이어지는 검격!

아렌의 검은 키메라와의 일전 때와 또 달라져 있었다. 훨씬 더 자유로웠고 훨씬 더 자연스러웠다. 어느 방향으로 움직여도 당연하다는 듯이 그의 검이 따라 들어오며 무시무시한 공세를 쏟아낼 것만 같았다.

하지만 센티넬은 아렌의 검세를 어렵지 않게 파고들었다. 그가 가진 두 자루의 세이버는 단숨에 아렌의 검을 갈라낼 듯했고, 오히려 아렌의 검을 압박해 들어갔다.

그런 놀라운 센티넬의 검술에 아렌은 눈이 휘둥그레졌지만 곧 이를 악물고 한 발도 물러서지 않은 채 계속해서 그와 검격을 교환해 갔다.

그때 아렌의 신형을 사선으로 가르는 한줄기 실선!

순간 긴 세이버 번쩍이며 단숨에 아렌의 신형을 갈랐다.

스팟!

"으윽!"

바람의 비명 소리와 함께 아렌은 급히 몸을 빼내며 검을 피해냈지만 왼쪽 어깨부터 허리까지 길게 이어지는 상처에서 피가 솟구쳐 오르는 것을 막을 수는 없었다. 하나 그대로 고통스러워하고 있을 수만도 없는 일이었다.

그의 정면으로 짧은 세이버가 그대로 부딪쳐 왔다.

센티넬의 검에는 속도뿐만이 아니라 힘까지도 담겨 있었다. 아렌 역시 근력 단련을 게을리 해오지는 않았지만 센티넬은 그런 아렌의 힘을 한 단계 초월해 있었다.

그는 센티넬의 검을 막은 자신의 신체가 급속도로 밀려나는 것을 깨달았다. 그는 급히 몸에 무게를 실으며 버티려 했지만, 한 번 더 무서운 속도로 부딪쳐 오는 센티넬의 검에 몸이 공중으로 뜨는 것을 느꼈다.

그 순간 긴 세이버가 또다시 아렌의 미간을 노렸다.

카앙!

소름 끼치는 쇳소리가 귀청을 찢어놓을 듯했다.

아렌은 끊어진 고무줄처럼 숲 밖으로 나가떨어졌다. 어느 새 아렌은 숲의 경계선까지 밀려나 있었던 것이다. 손목은 떨어져 나갈 것만 같았고, 그 고통은 손목을 지나쳐 전신을 쓸어 넘겼다.

엄청난 충격에 숲 밖으로 곤두박질친 아렌은 땅을 구르며 재빨리 자세를 바로 세우곤 이어질 공격에 방비의 태세를 취했다. 그러나 그의 입가로 흘러내리는 피는 상세가 가볍지 않음을 알려주었다.

아렌의 눈동자는 조금씩 흔들리고 있었다. 센티넬의 엄청난 검술에 다시 한 번 놀란 것이다. 그는 넘어오려는 핏물을 억지로 삼켰다.

센티넬은 천천히 숲에서 걸어나오고 있었다. 단숨에 아렌을 날려 버린 그였지만 여전히 차가운 표정을 유지할 뿐이었다. 하지만 그의 눈빛엔 지금까지와는 다른 일말의 놀라움이 담겨 있었다.

그의 옆구리의 옷자락이 길게 베어져 있었다. 센티넬의 검을 막은 동시에 반격을 취한 아렌의 검에 의한 것이었다.

그의 검을 막아낸 것만으로도 대단한데 그 짧은 순간에 반격까지 해오다니… 비록 옷자락만 베었을 뿐 아무런 데미지도 입히지는 못했지만 그 집념만은 충분히 놀랄 만한 것이었다.

그러던 센티넬의 눈이 조금 찌푸려졌다. 옷자락이 베인 것 때문이 아니었다. 그의 시야에 진한 고동색의 피부를 가진 키메라들이 사방을 빽빽이 뒤덮고 있는 것이 들어왔다. 그리고 그 중심에 검을 든 아렌이 서 있었다.

쿠와아악!

괴성을 질러대는 수많은 키메라들은 당장이라도 달려들어 아렌을 찢어발길 듯한 기세였다. 주변으로 넘실대는 살기가 살갗을 찔러왔다. 하지만 아렌의 시선은 잠시도 센티넬에게서 떨어지지 않았다.

센티넬의 눈동자가 더욱 차갑게 빛났다.

그의 눈빛은 키메라들을 인솔하여 아렌을 둘러싸게 만든 흑마법사들을 향하고 있었다.

"으윽!"

센티넬의 눈빛을 받은 흑마법사들은 심장이 얼어붙는 듯한 착각이 들었다. 그만큼이나 그의 서릿발 같은 눈빛은 매서웠다. 그리고 그 속에 들어 있는 살기 역시!

"물려라."

짧지만 강렬한 센티넬의 한마디에 흑마법사들은 잠시 망설이는 듯했지만 이내 키메라들을 뒤로 물렸다.

그들은 알고 있었다. 센티넬이 마음만 먹는다면 아무리 많은 수의 키메라들이 자신들을 보호하고 있다 하더라도 그들의 목쯤은 쉽사리 베어버릴 수 있다는 것을. 또한 그런 그와 맞서고 있는 아렌은 죽음을 피하지 못할 것이라는 것을.

그런 상황에 그들이 나설 필요는 없었다. 물론 센티넬을 향한 두려움이 그들의 머릿속을 지배했다는 것 역시 부정할 수는 없었다.

흑마법사들이 키메라를 물리자 센티넬의 시선은 다시금 아렌을 향했다. 아렌 역시 그때까지도 그를 향한 눈빛을 거두지 않고 있었다.

검을 겨누기 시작한 이후로 그들 사이에선 단 한 마디의 대화도 오가지 않았다. 하지만 처음으로 센티넬이 다시 한 번 입을 열었다.

"네 이름은?"

"아렌."

"난 센티넬이다."

그 말을 마지막으로 그의 입은 굳게 닫혔다. 그것은 아렌 역시 마찬가지였다. 그들 사이에 더 이상 대화는 필요하지 않았던 것이다.

오직 검의 대결만이 있을 뿐!

흑마법사들은 사방으로 감각을 곤두세우고 있었다. 잠시도 한눈을 팔 수가 없었다.

그들은 빅톤이 숲 속으로 들어간 후 거의 곧바로 뒤따라 들어왔지만 이미 숲 속에서 빅톤의 모습은 찾을 수가 없었다.

빅톤이 정령을 사용했다면 정령의 기운으로 찾을 수 있었을 텐데, 지금 그는 오직 체술을 바탕으로 몸을 숨긴 것에 지나지 않았다. 때문에 흑마법사들은 빅톤의 자취를 쉽게 찾을 수 없었던 것이다.

그들 간에 대화는 오가지 않았지만 각각 자신이 맡은 방향 쪽에 온 신경을 기울이며 빅톤의 기습에 대비했다.

마음 같아서는 이 근방의 숲을 흑마법으로 날려 버리고 싶었지만, 그 정도의 파괴력을 가진 흑마법을 시전하려면 제법 오랜 시간 주문을 외워야 했다. 그 틈을 타 빅톤이 기습을 하기라도 한다면 다른 이들은 몰라도 주문을 외우던 이는 죽은 것이나 다름없을 터였다.

그들은 필요에 의해 모였을 뿐, 애초에 목숨을 맡길 정도의 서로를 향한 신뢰감 같은 것은 가지고 있지 않았다. 때문에 그들은 서로 눈치만 보고 있을 뿐이었다.

'차라리 숲 속으로 들어오지 않고 숲을 날려 버렸어야 했다.'

흑마법사들에게 있어 센티넬은 껄끄러운 존재였다. 그의 믿을 수 없는 무위는 둘째 치더라도 그 소름 끼칠 정도로 차가운 눈동자와 목소리, 그리고 자연스레 흘려내는 분위기는 분명 같은 편임에도 불구하고 그들에게 두려움을 가지도록 만들었다.

그래서 빅톤이 자리를 피하자 얼른 그를 따라 들어왔건만,

상황이 이렇게 되어버린 것이었다. 뒤늦은 후회를 했지만 이제 와서 돌아갈 수도 없었다. 흑마법사 일곱이 뭉쳐 빅톤 하나 제대로 처리하지 못해 놓쳤다면 큰 문책을 받을 것이 분명했기 때문이었다.

그렇기에 흑마법사들은 긴장감을 늦추지 않은 채 희미하게 느껴지는 정령의 기운을 찾아가고 있었다. 그리고 그렇게 그들의 긴장감이 극도로 치솟았을 때였다.

"정령의 기운이다!"

한 흑마법사가 소리쳤다. 그들의 주변으로 정령의 기운이 느껴진 것이다. 그것도 희미한 것이 아닌, 공격의 의지를 담은 강렬한 기운! 그리고 그들의 주변으로 갑자기 돌기둥이 사방에서 솟아오르며 곧 큰 폭발을 일으켰다.

일전에 아렌을 기습할 때 써먹었던 것과 같은 수법이었다.

순식간에 돌기둥에서 퍼져 나가는 수많은 돌이 비수가 되어 흑마법사들을 노렸다.

하지만 흑마법사들도 쉽게 당하지는 않았다. 흑마법사 중 하나가 급히 새로 주문을 외우며 자신과 다른 흑마법사들에게 실드를 둘렀고, 돌 암기들은 실드에 막혀 튕겨나고 말았다.

돌 암기들은 제법 강한 위력을 가지고 있었으나 실드를 뚫기에는 역부족이었다. 그렇지만 공격은 그것으로 끝난 게 아니었다.

타앗!

강하게 발을 구르는 소리가 들려왔다. 그리고 번개 같은 움직임으로 흑마법사들을 향해 달려드는 인영!

빅톤은 단숨에 흑마법사들의 지척으로 접근하여 주먹을 뻗어내었고, 빅톤의 주먹은 단숨에 흑마법사들의 실드를 종이 찢듯 찢어버렸다.

마법에 물리적인 힘은 통하지 않지만 실드와 같이 물리적 특성을 가지고 있는 마법은 강한 공격으로 부술 수 있었다. 그리고 빅톤의 전력을 담은 주먹에는 그이상의 파괴력이 담겨 있었다.

실드를 부숴 버린 빅톤은 다시 한 번 강하게 땅을 밟았다. 그의 발이 움푹 들어갈 정도의 강한 진각이었다. 그리고 그런 진각을 바탕으로 빅톤의 주먹이 가장 가까이 있던 흑마법사를 향해 쏘아져 나갔다.

그러나 끝내 빅톤의 주먹은 흑마법사에게 닿지 못했다. 그의 주먹과 흑마법사 사이로 생겨나는 몇 겹의 실드가 그의 주먹을 튕겨낸 것이었다. 그리고 그의 발밑으로 싸늘한 냉기가 흐르기 시작했다.

빅톤은 얼른 주먹을 거둬들이며 신형을 날렸고, 그러기 무섭게 그가 있던 자리로 얼음 기둥이 솟아올랐다.

쩌저적!

"큭!"

빅톤은 급히 몸을 날리기는 했지만 얼음 기둥을 완전히 피하지 못한 듯 다리에 부상을 입었다. 그것을 눈치 챘는지 실드와 아이스 마법으로 그의 기습을 훌륭히 막아낸 흑마법사들은 다시금 주문을 외우며 빅톤을 향해 마법을 뻗어내려 했다.

하지만 흑마법사보다 빅톤이 한발 빨랐다. 그는 감히 흑마법사들에게 다시 돌진하지 못하고 재빨리 땅을 박차며 숲의 반대편으로 몸을 날렸다. 하나 이번에 역시 그를 놓칠 흑마법사들이 아니었다.

"놓칠 성싶으냐!"

흑마법사 중 하나가 크게 소리치며 빅톤을 쫓았다. 그리고 그런 그를 다른 흑마법사들이 마법 주문을 준비하며 뒤따랐다.

빅톤은 다리에 상처를 입었음에도 몸놀림이 무척이나 빨랐다. 흑마법사들로서는 쉽사리 쫓을 수 없을 정도였다.

하지만 빅톤을 뒤따르는 흑마법사들이 가장 기본적인 마법인 매직 미사일을 쏘아내며 그를 요격하려 했고 빅톤은 매직 미사일을 피하랴 도망치랴 정신이 없었기에 자연스레 속도가 늦어지기 시작했다.

결국 안 되겠는지 빅톤은 갑자기 방향을 틀어 달렸다. 흑마법사들은 빅톤이 방향을 틀자 지친 것이라 생각하곤 그를 따라 방향을 틀었다. 그리고 그들은 빅톤이 땅의 정령 놈을 이용하여 매직 미사일을 막아내며 동굴 속으로 들어가는 것을 볼 수 있었다.

한 흑마법사가 빅톤을 따라 동굴 속으로 들어가려 했지만, 다른 흑마법사가 그를 제지했다.

"어둡고 좁은 동굴. 분명 따라 들어오는 우리를 기습할 생각인 게 분명하다."

"그렇군. 저토록 좁은 동굴이라면 아무리 우리라도 마법을 쓰기에 제한이 있을 테니……."

"크크큭! 그럼 방법은 간단하지 않은가."

의미심장한 미소를 짓는 흑마법사의 모습에 다른 흑마법사들은 고개를 끄덕였다. 그리고 그들은 동시에 주문을 외워 갔다. 그들은 각자 가장 자신있는 계열로 파괴력이 뛰어난 마법을 준비하고 있었다. 그리고 어느 순간, 주문을 끝낸 그들은 동굴을 향해 마법을 난사하기 시작했다.

콰콰쾅!

거대한 폭발음과 함께 동굴이 당장이라도 무너질 듯 흔들렸다. 아니, 안쪽에는 이미 무너졌을 터였다. 다만 동굴이 워낙 깊은지 그 진동이 입구까지는 완전히 전달되지 못해 입구 쪽으로는 무너지지 않은 것 같았다.

그렇게 계속해서 마법을 퍼부어대던 그들은 서서히 마법을 거두어들이고는 자신들이 만들어낸 결과에 만족하는 웃음을 흘렸다.

"아무리 날고 기는 세븐스타라 해도 이 정도라면 무사할 순 없겠지!"

그들은 자신감에 가득 차 있었다.

고도의 체술과 땅을 정령을 부리는 붉은 머리카락의 중년. 그가 빅톤일 수밖에 없음을 알고 있던 흑마법사들이었으니 조금의 사정도 봐주지 않은 채 퍼부은 공격이었다.

설령 저 동굴 안에 그들이 두려워하는 센티넬이 들어가 있었다 하더라도 죽음을 피하지 못할 것이라 생각했다. 하지만 이대로 돌아가기엔 뭔가 찝찝했다.

결국 그들 사이에서 누군가 입을 열었다.

"내가 확인하고 오지!"

그들이 퍼부은 마법이라면 시체조차 남지 않았을 터. 사실 확인할 것도 없었지만 찝찝한 마음이 그들의 발길을 잡았다. 때문에 흑마법사들 중 하나가 나선 것이었다.

하지만 다른 흑마법사가 그를 제지했다.

"아니, 다 함께 들어간다. 그럴 리 없겠지만 놈이 살아 있기라도 한다면 위험할 수도 있어. 충분히 방비하고 함께 들어간다면 저 속에서도 놈이 우릴 어쩔 수 없을 것이다."

그의 말에 다른 흑마법사들이 고개를 끄덕였다. 그들 역시 빅톤이 살아 있다고는 생각하지 않지만 신중을 기하는 것도 나쁘지 않았다. 그들 일곱 명 중 둘은 실드를 준비했고, 하나는 불을 밝힐 라이트 마법을, 다른 넷은 언제라도 공격할 수 있는 마법을 준비했다. 그리고 동굴 속으로 발길을 옮겼다.

"라이트!"

한 흑마법사의 외침과 함께 둥근 빛 덩어리가 허공에 생겨나며 주변을 밝혔다.

동굴 속은 당장 무너져도 이상이 없을 것 같았다. 아니, 아직 무너지지 않는 것이 오히려 이상해 보였다. 후드득 떨어지는 모래 부스러기라던가 금이 간 동굴 벽을 보니 소름이 돋을 정도였다.

그들은 동굴이 무너지지 않을까 조심스레 동굴 속으로 발걸음을 옮겼다. 그리고 그렇게 어느 정도 동굴 속으로 들어왔을 때였다.

쿠르릉!

정령의 기운이 느껴짐과 동시에 별안간 동굴이 무너지기 시작했다!

"이런!"

흑마법사들은 이것이 빅톤의 함정이라는 것을 깨달았다. 살아 있다 하더라도 동굴을 무너뜨린다면 자신 또한 생매장되는 격이라 설마 동굴을 무너뜨릴까 했는데, 그 설마가 사실이 된 것이다.

쿠쿠쿵!

거대한 흙더미가 머리 위로 떨어져 내렸다. 하지만 실드를 외우고 있던 두 흑마법사는 당황하지 않고 실드를 외쳤고, 실드는 흙더미를 받쳐 내었다. 그러자 다른 흑마법사들도 준비 중이던 마법을 모두 풀어버리고는 실드를 외웠다.

황급히 뛰는 중이라 실드의 주문을 외우기 힘들 터였지만, 이미 경지에 오른 흑마법사들이었기에 그 정도는 할 수 있었다.

동굴의 입구에 거의 다다르자 그들의 시야에 동굴 입구가 무너지고 있는 것이 보였다. 그들은 외웠던 실드를 전부 입구를 향해 펼쳐 내었고, 간신히 동굴을 벗어날 수 있었다. 그리고 그들이 동굴을 벗어나자마자 동굴은 그대로 폭삭 주저앉았다.

흑마법사들은 살아 나왔다는 것에 안도의 한숨을 내쉬었지만 그 때문에 그들의 뒤로 쏟아져 오는 한 인영의 모습을 보지 못했다.

인영의 정체는 이번에도 빅톤이었다.

그는 동굴 속에 들어가자마자 땅의 정령을 통해 밖으로 이동한 상태였다. 정령을 부르는 것을 들키지 않기 위해 동굴을 들어가기 직전 흑마법사들의 매직 미사일을 유도해 정령으로 막아내는 것도 잊지 않았다.

그의 계획대로 흑마법사들은 애꿎은 동굴에 마법을 퍼부어댔고, 빅톤은 숨은 상태로 그들의 행동을 주시했다. 그리고 그들이 동굴 속으로 들어가는 것을 보고는 그대로 놈을 불러내어 동굴을 무너뜨린 것이었다.

물론 그것으로 흑마법사들을 어떻게 할 수 있을 것이라 생각하지 않았다. 그렇기에 동굴을 탈출한 이때를 노렸다.

"타합!"

큰 기합 소리에 깜짝 놀란 한 흑마법사가 뒤를 돌아봤을 때, 자신에게로 쏘아져 들어오는 붉은 머리카락의 중년인의 모습이 보였다. 그리고 그것이 그가 본 마지막 모습이었다.

단숨에 한 흑마법사의 목을 부러뜨린 빅톤은 곧바로 다른 흑마법사를 노렸다. 그 흑마법사는 다급히 실드를 외웠지만 그의 주문보다 빅톤의 움직임이 더욱 빨랐다.

늦었다고 판단한 흑마법사는 급히 몸을 옆으로 굴리려 했지만 그전에 빅톤의 주먹이 흑마법사의 복부에 틀어박혔다.

실드조차 부숴 버리는 빅톤의 주먹은 단숨에 흑마법사의 정신을 빼앗기에 충분했다. 그리고 빅톤은 곧바로 그런 흑마법사의 목을 꺾어놓았다.

이쯤 되자 나머지 흑마법사들은 상황이 어떻게 돌아가는지 판단할 수 있었다. 그들은 캐스팅에 많은 시간이 걸리지 않는 주문을 외우며 빅톤을 향해 마법을 쏘아냈다. 하지만 빅톤은 놈을 불러 그들의 마법을 막아내며 다시 빠른 속도로 숲 속으로 뛰어들었다.

마치 얼음 기둥에 당한 상처가 거짓말처럼 나아버리기라도 한 듯한 움직이었다. 흑마법사들은 그제야 빅톤이 그 부상을 입은 것부터가 이미 그들을 유인하기 위한 거짓이었음을 깨달았다.

"이런 제기랄!"

빅톤의 속임수에 놀아나 두 명의 흑마법사를 잃자 그들은 분통을 터뜨렸다. 조금만 더 생각했다면 당하지 않을 수도 있었을 테지만 부상을 입은 빅톤의 도주에 다급한 생긴 것이 요인이었다. 다급함이 그들의 이지를 흐려놓았던 것이다.

흑마법사들은 분노에 타올랐지만 이성을 잃지는 않았다. 아니, 오히려 더욱 냉정해졌다. 아직 흑마법사는 다섯 명이 남아 있었고 앞으로는 더욱더 신중해질 것이었다.

한편, 빅톤 역시 그리 좋기만 한 것은 아니었다. 멋지게 계획이 들어 먹혀 흑마법사 둘을 어렵지 않게 해치우긴 했지만, 아직도 다섯 명의 흑마법사가 남아 있었다.

원래 계획대로라면 세 명의 흑마법사를 해치우거나 최소한 부상이라도 입혔어야 하는 건데, 흑마법사들이 너무 침착하고 또 빠르게 대처했기에 두 명의 흑마법사밖에 해치우지 못한 것이다.

이제 이와 같은 수법은 적에게 먹히지 않을 것이고 그들은 더욱더 신경을 곤두세운 채 자신을 노릴 테니 상황이 그다지 좋아졌다고만은 할 수 없었다.

게다가 거듭되는 은신과 기습, 그리고 정령술을 병행하다 보니 빅톤 역시 체력이 급격히 떨어지고 있는 상태였다. 아직은 버틸 만하지만 남은 흑마법사 다섯을 모두 쓰러뜨리고도 그의 체력이 남아 있을지 확신할 수 없었다.

'힘들어지겠어.'

조심스레 소매로 땀을 훔쳐 내며 앞으로 어떻게 흑마법사를 상대할 것인가 생각하던 빅톤은 누군가 멀지 않은 곳에서 다가오고 있음을 느꼈다.

'흑마법사는 아니다. 마기를 흘리지 않아.'

흑마법사들은 마기를 조절할 수 없다. 그들 본래의 힘이 아니기 때문이다. 마기를 조절할 수 있다면 그건 전설상의 마족 정도나 가능할 것이었다.

그러니 다가오는 누군가는 흑마법사는 아니었다. 그렇다면 엘프 센티넬인가? 그가 벌써 아렌을 쓰러뜨리고 접근하고 있는 것이란 말인가.

여러 가지 추측이 빅톤의 머릿속에서 복잡하게 흘러나왔다.

머릿속이 복잡해진 것은 흑마법사들 역시 마찬가지였다. 그들은 조금 더 시간이 지나서야 누군가가 접근해 오고 있다는 것을 깨달을 수 있었다. 하지만 그 누군가가 누군지는 그들조차도 알 수 없었다.

만약 접근하는 이가 빅톤의 편이기라도 한다면 그들 다섯 명으로도 어쩔 수 없는 상황이 될 수도 있었다. 그렇기에 그 누군가와 어딘가 숨어 있을 빅톤을 향해 잠시도 긴장을 늦추지 않았다. 그리고 마침내 그 누군가가 모습을 드러냈다.

부스럭!

숲을 헤치고 나오는 그… 아니, 그녀는 소녀였다.

검고 긴 머리카락을 뒤로 질끈 묶은 소녀는 아직 십대 초반
의 나이로 무척이나 어려 보였다.

소녀는 숲을 헤치며 나오다가 자신을 물끄러미 바라보는
흑마법사들과 눈이 마주쳤다. 큰 눈동자를 끔뻑이며 흑마법
사를 쳐다보던 그녀는 곧이어 갑자기 환호성을 지르며 크게
소리 쳤다.

"사람이다!"

Chapter 29

대륙의 끝에서

　소녀에게는 사부님이 지어주신 '레이나' 라는 이름이 있었다. 그런 레이나라는 이름을 무척이나 좋아하는 소녀였지만 깊은 산속에서 사부님과 둘이서 살다 보니 이름으로 불릴 날은 거의 없었고, 그것을 무척이나 안타까워했다. 그래서 세상으로 나가면 제일 먼저 많은 사람들에게 가르쳐 주고 자신의 이름을 잔뜩 불려볼 생각이었다.

　그런 부푼 꿈을 가지고 눈물 가득한 이별과 함께 마침내 산을 내려온 소녀, 레이나였지만 곧 그녀나 사부나 한 가지 잊고 있었던 것이 있음을 깨달을 수 있었다.

　그것은 바로 세상으로 나가는 길을 전혀 모르고 있다는 것이었다.

애초에 사부 역시 그저 발길 닿는 대로 사람이 살지 않는 곳을 찾아 떠돌아다니다가 정착한 것이었으니 지도 같은 게 있을 리 만무했고, 설령 지도가 있었다고는 해도 지도를 읽는 법조차 모르는 레이나였으니 혼자서 세상에 나가기란 요원한 일이었다.

그렇다고 돌아가자니 이미 한참을 헤맨 후였기에 돌아가는 길 역시 까마득해 어디가 어딘지 도저히 알 수 없었다. 결국 레이나는 마음속으로 사부를 원망하면서 한편으론 걷다 보면 어떻게든 숲을 빠져나갈 수 있을 것이란 생각에 막무가내로 한쪽 방향을 잡고 걷기 시작한 것이다.

가진 것은 간단한 짐과 산에서 내려올 때 사부가 물려준 한 자루의 레이피어가 전부였지만 거의 평생을 숲에서 살아온 레이나였다. 아직 어리다고는 하지만 먹을거리나 잠잘 곳을 구하는 것은 전혀 문제가 되지 않았다.

또 장소가 장소니만큼 많은 몬스터들이 레이나를 노렸으나 이미 사부와 살 때부터 몬스터들과의 전투에 단련된 바, 레이나에겐 몬스터들조차 큰 장애가 되질 못했다.

그렇게 해가 지는 서쪽으로 발걸음을 옮기기 시작한 레이나는 대륙의 중심과 점점 더 멀어지기 시작했다. 그리고 결국 몇 주가 지나면서 대륙의 끝까지 도달하고야 만 것이었다.

걸으면 걸을수록 나오라는 사람은 나오지 않고 몬스터들

만 오히려 더 떼를 지어 나오니 레이나는 한창 울상을 짓던 차였는데, 그때 흑마법사들이 나타난 것이다. 그러니 레이나 로선 환호성을 지르지 않을 수 없었다.

흑마법사들은 약간은 긴장된, 약간은 황당한 표정으로 레이나를 바라보다가 그녀가 갑자기 소지를 지르자 깜짝 놀라며 주춤 물러섰다. 하지만 이내 그 대상이 어린아이라는 것을 깨닫고는 곧 인상을 험악하게 일그러뜨렸다.

하지만 레이나는 아랑곳하지 않았다.

레이나는 기뻤다. 사부 이외의 사람을 만나본 적이 거의 없기에 새로운 인연에 기쁘기도 했지만 사람을 만나 이곳에서 빠져나갈 수 있다는 생각에 더더욱 기뻤다. 레이나는 흑마법사들에게 쪼르르 달려가 허리를 꾸벅 숙이며 인사했다.

"안녕하세요! 전 레이나라고 해요."

평생을 산속에서 살았지만 예절을 비롯한 많은 것을 사부에게 배운 레이나였다. 게다가 자신의 이름을 알릴 것이란 부푼 꿈을 가지고 있었기에 인사쯤은 이미 산을 내려오기 전부터 몇 번이고 연습해 둔 터였다.

레이나는 눈앞의 이 사람들이 자신의 이름을 불러주고 밖으로 나갈 수 있는 방법을 알려줄 것이란 생각에 일말의 의심조차 가지지 않았다.

흑마법사들은 덜컥 자신을 레이나라 소개한 이 정체를 알 수 없는 소녀의 등장에 어리둥절한 감이 없진 않았지만 곧 음침한 표정을 지었다.

그들에게 레이나가 왜 이런 곳에 혼자 나타났고, 또 정체가 무엇인지 같은 건 중요한 것이 아니었다. 다만 어린 소녀가 자신들의 앞에 나타났다는 것과 그것이 기회라는 것만이 중요할 뿐이었다.

평생 남을 도우며 살아왔고 또 자기 것을 아낌없이 베푸는, 그러기 위해 스스로의 희생조차 마다 않는 정의의 사자! 그것이 바로 대륙에 알려진 대지의 빅톤이었다. 그리고 그 사실을 흑마법사들 역시 잘 알고 있었다.

흑마법사는 다가온 레이나의 어깨를 잡아채며 자신의 앞에 세웠다.

"······?"

레이나는 갑자기 흑마법사가 자신의 어깨를 잡으려 하자 고개를 갸웃거렸지만 굳이 피하지 않았다. 다만 눈동자를 끔뻑거리며 계속해서 흑마법사들을 바라볼 뿐이었다.

"자아, 어떠냐. 이래도 나오지 않을 테냐!"

흑마법사는 허공에 대고 의기양양하게 소리쳤다. 빅톤이 모습을 드러내지 않는다면 당장이라도 레이나를 없애 버릴 듯한 태세였다.

흑마법사의 외침에 레이나는 고개를 갸웃거렸다. 도저히 지금 상황이 어떻게 돌아가고 있는지 알 수 없었기 때문이다. 그런 소녀가 한쪽 숲에서 걸어나오는 붉은 머리카락의 중년

사내를 볼 수 있었던 것은 흑마법사가 허공에 대고 소리친 지 얼마 지나지 않아서였다.

붉은 머리카락의 중년, 빅톤은 잔뜩 인상을 찌푸리며 자리를 잡았다.

"내가 나왔으니 그 앨 풀어다오."

"호호호, 정말 나왔군."

인질을 잡긴 했지만 겨우 이런 수법이 빅톤에게 통할지 약간이나마 의심이 들었다. 그런데 그런 의심을 비웃기라도 하듯 너무나도 손쉽게 빅톤이 모습을 드러냈으니 흑마법사들의 입가에 띤 웃음이 더욱 짙어졌다.

"호호, 풀어줬다가 다시 네놈이 숨어버리기라도 한다면 곤란해서 말이지. 그러니 이 꼬마는 잠시 우리와 같이 있어줘야겠다."

"쳇! 쉽게 풀어주지 않을 줄은 알았지만 정말 비겁한 놈들이군."

빅톤은 음침한 미소를 짓는 흑마법사들을 보며 중얼거렸다. 그런 빅톤은 쉴 새 없이 머리를 굴리고 있었다. 어떻게든 저들에게서 자신을 레이나라 소개한 소녀를 빼와야 했던 것이다.

빅톤은 정의롭기는 했지만 바보는 아니었다. 그가 모습을 드러내든 그렇지 않든 흑마법사들은 레이나를 죽일 터였다. 인질이 제 할 일을 모두 끝냈다고 해서 살려둘 만큼 착한 놈들이 아니었다.

하지만 빅톤은 가만히 레이나의 죽음을 지켜보고만 있을 수는 없었다. 사람을 구해야 한다는 이유만이 아니었다. 그녀의 모습에서 벌써 헤어진 지 몇 년이 지난 하나뿐인 조카의 모습을 보았기 때문이다.

물론 지금이야 훌쩍 커버렸겠지만, 빅톤의 기억에는 아직 어린 조카의 모습이 생생히 남아 있었다. 그렇기에 모습을 드러낸 것이었다. 어떻게든 레이나를 구해내기 위해!

"흐흐! 일이 손쉽게 돌아가는군."

생각 이상으로 협박이 잘 먹혀 들어갔다. 모습을 드러내는 것은 물론이고 자신들에게 쉽사리 공격조차 하지 못하고 있지 않은가. 레이나를 살려둘 생각 따윈 없었지만 이용해 먹을 수 있는 대로 이용해 먹어야 했다.

한편, 레이나는 흑마법사의 말에 심기가 불편한 상태였다.

꼬마라니!? 자신에게는 레이나라는 예쁜 이름이 있는데. 이름을 불러주진 않더라도 어떻게 15세의 한창 꽃을 피울 숙녀에게 꼬마라는 말을 할 수 있단 말인가!

레이나는 흑마법사에게 날카로운 눈초리로 쏘아붙였다.

"이보세요! 꼬마라뇨. 이래 봬도……!"

"시끄럽다! 닥쳐!"

험악하게 눈살을 찌푸리며 흑마법사가 소리치자 레이나는 끝까지 말을 잇지 못했다. 대신 고운 이마를 잔뜩 찌푸리며 자신의 어깨를 잡아챈 흑마법사의 손길을 뿌리쳤다.

"정말 무례한 사람이로군요! 됐어요. 이제 아저씨의 도움은 받지 않을 거예요."

손에 들어가 있던 힘이 가볍지만은 않았다. 레이나가 언제 돌발 행동을 할지 모르니 제법 세게 움켜쥐고 있었던 것이다. 그런데 그녀는 흑마법사의 손길을 쉽게 벗어나 버렸다.

흑마법사는 그 사실에 인상을 일그러뜨렸다.

"이것이!"

흑마법사의 손에 힘이 들어갔다. 지금 제 사정도 모르고 건방지게 구는 레이나의 뺨을 치려는 것이었다. 하지만 그런 그의 손짓은 허공을 가를 뿐이었다.

흑마법사의 손짓을 가볍게 피한 레이나의 눈빛이 날카로워졌다. 그저 두 눈을 끔뻑이던 순진한 소녀는 더 이상 이 자리에 없었다.

레이나는 얼굴을 새빨갛게 물들인 채 다시 자신의 뺨을 쳐오는 흑마법사의 손을 잡아채고는 그대로 비틀어 버렸다.

"억!"

"사부께서 말씀하시길 손을 함부로 놀리면 그에 타당한 벌이 따르는 법이라 했어요."

사부는 그런 사람을 만나면 확실히 손봐주라 했지만 레이나는 이쯤이면 될 것이라 생각하곤 손을 놓아주었다. 누가 뭐래도 세상에 나와 처음으로 본 사람이 아닌가. 이쯤이면 그녀에게 함부로 대하지 못할 것이라 생각했다.

하지만 비틀린 손목을 부여잡고 비명을 질러대던 흑마법사는 레이나가 손을 놓아주자마자 잔뜩 화를 내며 그녀에게로 달려들었다. 전혀 반성의 기미가 보이지 않는 태도였다.

'지금이다!'

상황을 지켜보고 있던 빅톤이 움직였다. 그 역시 레이나의 돌발 행동과 잠시 보여준 움직임에 눈길이 가기는 했지만, 그보단 지금 그녀를 구출하는 것이 먼저였다.

빅톤은 빠르게 땅을 박차며 레이나를 노리는 흑마법사를 향해 달려들었다. 그 모습에 흑마법사들은 욕설을 내뱉으며 레이나를 잡으려 함과 동시에 빅톤에게 대항하려 했다.

그런데 그때 상상조차 하지 못한 일이 일어났다.

일의 시작은 레이나가 허리춤에 매달아놓았던 레이피어를 뽑아 든 것에서부터였다. 흑마법사는 순간 움찔했지만 그저 어린애일 뿐이라는 생각에 계속해서 그녀를 잡으려 했고, 그 순간 레이나의 레이피어가 번개같이 움직이며 흑마법사의 손목을 베며 스쳐 지나갔다.

"크악!"

흑마법사는 고통에 비명을 질렀다. 손목이 잘리거나 한 것인 아니었지만 흘러나오는 피의 양과 고통으로 볼 때 가벼운 상처가 아니었기 때문이다. 흑마법사는 분노하여 마법을 시전하려 했으나 그보다 레이나가 더욱 빨랐다.

어느 사이엔가 레이나는 자신에게 마법을 시전하려는 흑마법사의 목젖에 레이피어의 검봉을 가져다 대고 있었다.

"알았어요. 당신들은 마법사란 존재죠?"

레이나는 주문을 외우는 흑마법사들의 모습에서 그것을 알아챌 수 있었다. 사부에게 마법사에 대해서 자세히 설명을 들은 덕택에 단번에 알아차린 것이었다. 또한 그런 마법사들을 어떻게 상대하는지도 알고 있었다.

마법 주문을 외우기 전에 제압하면 된다는 사부의 설명을 떠올린 그녀는 흑마법사가 주문을 외우려는 사이 단숨에 그의 목젖에 레이피어를 가져다 댄 것이었다. 조금만 움직이더라도 가차없이 그어버릴 태세였다.

"이… 이익!"

화가 머리끝까지 난 듯한 흑마법사였지만 조금이라도 움직였다가는 그대로 목이 꿰뚫릴 판이니 감히 움직일 수가 없었다.

사위에 정적이 감돌았다. 놀라운 상황에 모두 굳어버린 듯 움직일 줄 몰랐다. 워낙 부지불식간에 일어난 일이었기에 그 누구도 레이나의 레이피어에 대처할 수 없었다. 빅톤 역시 일이 이렇게 될 것이라고는 생각조차 하지 못했다. 그저 레이나의 레이피어가 순간적으로 보여준 움직임에 혀를 내두를 뿐이었다.

잠시 넋을 놓고 있던 빅톤은 흑마법사들의 시선이 전부 레이나를 향하고 있다는 것을 눈치 채고는 재빨리 놈을 불렀다.

"놈!"

그의 외침과 동시에 땅이 한바탕 출렁거렸다. 마치 파도가 치는 듯 요동치기 시작한 것이다.

흑마법사들은 갑작스레 요동치는 땅의 움직임에 당황함을 감추지 못한 채 중심을 잃고 버둥댔다. 그리고 빅톤은 그 기회를 놓치지 않았다.

"타핫!"

짧은 기합과 함께 주먹을 뿌렸다. 큰 힘을 담지는 않았지만 그만큼 빠른 공격이었다.

버둥대던 흑마법사들은 그런 속사포같이 쏟아지는 공격에 속수무책이었다. 어떻게든 피하려고 몸을 비틀어봤지만 중심조차도 잡지 못할 판에 제대로 피할 수 있을 리가 없었다.

퍼퍽!

"억!"

격타음과 동시에 울려 퍼지는 신음 소리에 맞춰 두 명의 흑마법사가 땅바닥에 나뒹굴었다. 그리고 나뒹구는 흑마법사 둘을 출렁이던 땅의 파도가 해일을 만들어 단숨에 덮어버렸다.

"아악!"

빅톤의 귓가로 비명 소리가 들렸다. 다름 아닌 레이나의 것이었다.

그녀는 순식간에 두 명의 흑마법사가 생매장을 당하자 자신도 모르게 비명을 지른 것이다. 몬스터들과 싸우며 생물의 죽음을 겪어온 레이나였지만 사람이 죽는 것을 보는 건 처음이었던 탓이다.

레이나가 놀라자 그녀의 레이피어도 흔들렸다. 레이피어의 검봉에 옴짝달싹하지 못하던 흑마법사는 흔들리는 레이피어와 시선을 딴 곳으로 돌린 레이나의 모습에 재빨리 뒤로 물러서며 주문을 외웠다.

다급히 외운 주문이었지만 주문은 성공적으로 이뤄졌고, 그의 손으로 검은 기류가 몰려들고 있었다. 흑마법사의 입가에 의미심장한 미소가 나타났다.

"받아라! 다……!"

마침내 그가 시동어를 외우고 흑마법을 시전하려는 순간 레이나의 레이피어가 싸늘히 빛을 발했다. 그리고 눈앞이 번쩍거리는 것과 동시에 두 팔에 몰려오는 끔찍한 고통!

그의 두 팔에서 떨어져 나간 양손이 힘없이 땅으로 떨어져 내렸고 그의 잘린 두 팔에선 분수같이 피가 솟구쳤다.

"끄아아악!"

손이 잘린 흑마법사는 절규에 가까운 비명을 질렀다.

잔인하지만 확실한 일격에 흑마법사는 양손을 잃고 만 것이었다.

"윽!"

단 일 검에 흑마법사의 양손을 자른 레이나는 분수같이 치솟는 피를 피해 물러섰다. 손을 자를 생각까지는 없었지만 자신의 목숨을 빼앗으려는 흑마법사의 살기에 자신도 모르게 반응해 버린 것이다.

손을 쓴다면 적의 사정을 봐주지 말라 배웠기에 무의식적으로 떨친 그녀의 검에는 한 치의 망설임도 담겨 있지 않았다.

"끄아아악!"

소름 끼치는 비명을 지르며 흑마법사가 땅을 나뒹굴었다. 눈동자를 새하얗게 까뒤집으며 버둥대는 그의 모습은 처절하기까지 했다.

예상치도 못한 전개였다. 그 누구도 레이나의 레이피어가 이런 결과를 가져올 것이라 상상하지 못했다.

재빨리 정신을 수습하고 빅톤을 공격하려던 남은 두 명의 흑마법사는 손이 잘린 채 땅을 나뒹구는 동료 흑마법사를 보며 상황이 이상하게 돌아가는 것을 느꼈다. 그리고 서로를 보며 미미하게 고개를 끄덕이고는 동시에 숲으로 몸을 날렸다.

서로 다른 방향으로 향했지만 결국 돌아갈 곳은 대륙과 망야의 평원을 가르는 절벽이 있는 곳일 터였다.

남은 두 흑마법사를 공격할 틈을 엿보다가 그들이 갑자기 몸을 날려 도주를 택하자 급히 쫓아가려던 빅톤의 움직임이 멈췄다. 비명을 지르는 흑마법사를 안타까운 눈빛으로 쳐다보고 있는 레이나를 보았기 때문이다.

그는 발걸음을 레이나 쪽으로 옮겼다.

레이나는 이상한 수법으로 땅을 일으킨 붉은 머리카락의 중년인이 자신을 향해 다가오자 눈을 동그랗게 떴다. 하지만 그런 상태에서도 언제든지 레이피어를 뽑을 수 있도록 몸이 저절로 움직이고 있었다.

바로 조금 전에 흑마법사에게 실망감을 가진 터라 다른 사람에게도 경계를 하는 것이었다.

빅톤은 그런 레이나의 움직임에 잠시 멈칫했지만 이내 그녀에게로 다가가 입을 열었다.

"네 이름이 레……."

"레이나예요. 사부님께서 지어주신 이름이지요."

레이나는 자신의 이름을 묻는 듯한 빅톤의 모습에 조금 전까지 경계하던 모습은 어디 갔는지 방긋 웃으며 대답했다.

빅톤은 레이나의 말에 고개를 끄덕였다. 묻고 싶은 것이 많았지만 지금 당장은 시간이 없었다. 도망친 흑마법사들을 쫓아 완전히 끝장을 내야 했고, 또 어찌 됐을지 모를 아렌을 구하러 가야 하기도 했다.

그때 레이나가 먼저 입을 열었다.

"저 길을 잃었어요. 사부님께서 세상으로 나가라고 하셨는데 길을 몰라서 해가 지는 방향으로 무작정 걷다 보니 여기였어요. 여기서 나가려면 어떻게 해야 하나요?"

레이나의 말에 빅톤의 인상이 기묘하게 일그러졌다.

이제 갓 열 살이 조금 넘어 보이는 듯한 어린아이를 혼자 세상에 나가라 하다니 그 사부라는 작자의 얼굴이 보고 싶어졌다. 잠깐 보여준 레이나의 검술이 무척이나 대단한 것은 사실이었지만, 세상은 힘있다고 안전한 것이 아니었다.

게다가 길조차 전혀 모르는 듯하지 않은가. 홀로 여기까지 왔다는 것 자체가 대단한 일이었다. 그러나 감탄만 하고 있을 수는 없었다. 이 시간에도 흑마법사들은 빠르게 멀어지고 있으며 아렌이 위기에 처했을지도 모른다는 생각에 빅톤은 다급해졌다.

결국 그는 어쩔 수 없이 레이나의 검술을 믿어보기로 했다. 그는 품에서 나침반을 꺼내 레이나에게 건넸다.

"이 바늘이 향하는 곳이 북쪽을 나타낸단다. 그리고 바늘이 향하는 오른쪽 방향이 동쪽을 나타내지. 동쪽으로 계속 가다 보면 이곳을 벗어날 수 있을 거다."

"와! 정말요? 감사합니다!"

"하지만 이것만으로는 이 숲을 벗어나기가 힘들어. 게다가 위험하기도 하지."

"에?"

레이나가 고개를 갸웃거렸다. 그럼 어떻게 해야 한단 말인가?

그러자 빅톤은 다시 입을 열었다.

"그러니 잠시만 여기서 기다리려무나. 내가 이 숲을 벗어날 수 있도록 도와주마. 하지만 하루가 지나도 내가 오지 않으면 그땐 혼자서라도 동쪽으로 가거라."

레이나가 어떤 검술을 지니고 있든지 간에 이런 위험한 곳에 어린 소녀를 혼자 남겨두기란 안심이 되지 않았다. 또한 혼자 숲을 벗어나기란 더더욱 힘들 것이었다.

그렇다고 데려갈 순 없었다. 센티넬의 검 실력이 어느 정도인지 확신할 수 없을뿐더러, 키메라와 흑마법사들 역시 아직 많은 숫자가 남아 있었다. 그런 곳보다는 이곳이 훨씬 안전할 터였다.

때문에 잠시 레이나에게 기다리라고 한 것이었다. 어떻게든 아렌을 데리고 탈출하여 레이나와 함께 이 숲을 벗어날 생각이었던 것이다. 물론 쉽지 않음을 알기에, 어쩌면 목숨을 걸어야 할 것임을 알기에 하루 안에 돌아오지 못한다면 혼자서라도 이 숲을 벗어나라 말한 것이었다.

보통의 소녀라면 혼자 숲을 벗어나기는커녕 이곳에서 하루를 기다리는 것도 어려울 터였지만, 빅톤은 레이나의 검술에 희망을 걸어보기로 했다.

빅톤이 그렇게 말하자 빤히 그를 바라보던 레이나는 고개를 끄덕였다.

"알았어요. 기다릴게요."

자신의 말을 쉽게 믿지 못할 것이라 생각했건만 의외로 쉽사리 고개를 끄덕이는 레이나의 모습에 빅톤이 미소를 지었다. 그리고 큰 손으로 그녀의 머리를 쓰다듬었다.

"아저씨의 이름은 빅톤이란다. 곧 돌아올 테니 잠시만 기다리려무나."

그렇게 말한 빅톤은 흑마법사 중 하나가 사라진 방향으로 급히 몸을 날렸다. 하지만 그전에 놈을 불러내어 비명을 지르며 발광을 해대다 이내 잠잠해진 흑마법사를 묻어버리는 것을 잊지 않았다. 그러자 자리에 남게 된 것은 레이나뿐이었다.

모두가 사라지고 홀로 남게 되자 어쩐지 으슥한 기분이 들었지만 레이나는 조금 전 사라진 빅톤만을 떠올렸다.

'사부님을 보는 것만 같았어.'

사부는 붉은 머리카락이 아니다. 또 근육질이라기보다는 큰 키에 홀쭉하고 날렵한 몸매를 가졌다. 생김새 역시 비슷한 점이라고는 찾아볼 수 없었다.

하지만 어쩐지 사부님과 비슷한 느낌이 들었다. 친근하면서도 믿음이 가는 느낌이 들었다.

'하루?'

레이나는 약속한 하루의 시간을 떠올리며 하늘을 쳐다보았다. 아직 하늘 높이 떠 있는 해가 밤이 되려면 멀었음을 알려주고 있었다.

"하아… 하아……."

아렌은 어깨를 들썩이며 거친 숨을 내쉬고 있었다. 검을 쥔 손에 힘이 빠졌고 당장이라도 쓰러질 듯했다.

아렌의 모습은 이미 만신창이에 가까웠다. 피에 전 옷은 걸레조각을 입고 있다 해도 과언이 아니었으며 전신에 온전한 곳이 없었다.

하지만 그런 아렌과는 다르게 아직 센티넬은 말짱해 보였다. 몇몇 아렌의 검에 베인 것만 같은 옷자락과 거의 보이지도 않는 조그마한 상처가 나 있을 뿐 숨소리 하나 흐트러지지 않은 채 여전히 차가운 눈동자로 아렌을 바라보고 있었다.

이것이 센티넬과 검을 겨룬 결과였다.

센티넬은 강했다. 그것도 역대 아렌이 싸워본 사람들 중 가장 강했다. 비록 제국의 검 카고라스나 용병왕 타이온과는 싸워보지 않았지만 그들이 펼친 검과 센티넬의 검을 비교해 봤을 때 아렌은 센티넬의 검에 손을 들어주고 싶었다.

아렌의 검은 무궁무진하다 해도 과언이 아니었다. 그만큼이나 자유롭고 자연스러운, 무한한 가능성을 가진 것이 아렌의 검이었다.

때로는 쏟아지는 폭포수처럼, 때로는 거침없이 몰아치는 폭풍우처럼, 때로는 유연히 흐르는 산들바람 같고 때로는 조용히 잠든 호수처럼, 아렌은 그 모든 것을 담아내어 검을 펼쳤다.

하지만 어느 하나 소용이 없었다. 그가 어떠한 검을 펼치든 센티넬이 만들어낸 검의 장벽을 뚫지 못했다. 그리고 두 자루의 세이버에 의한 연환공격은 아렌이 어떠한 검을 펼치든 어렵지 않게 그 속을 파고들었다.

끝이 보이지 않는 거대한 벽이 그의 앞을 가로막고 있는 것만 같았다. 마치 눈앞에서 연기가 사그라지기라도 하듯 센티넬의 검 앞에선 그 위력을 모두 잃어가는 아렌의 검은 이미 무용지물이나 다름없었다.

지금 당장으로선 어쩔 수 없는 실력의 차이, 그것이 자신과 센티넬에게 있음을 아렌은 느낄 수 있었던 것이다.

'대단해.'

아렌은 피를 너무 많이 흘린 탓에 의식이 몽롱한 와중에도 진심으로 감탄하고 있었다. 너무도 강한 센티넬의 검에 경이로움까지 느껴질 정도였다.

센티넬 앞에 아렌은 너무도 무력했고, 그런 그에겐 끝없는 유혹의 파도가 몰아닥치고 있었다.

'이대로 쓰러지면 편할 거야. 더 이상 아무런 가망도 없잖아. 그저 무의미할 뿐이야. 사실 지금까지 견딘 것만도 굉장한 거잖아. 넌 최선을 다했어. 이제 그만…….'

몽롱한 의식 속에서 들려오는 달콤한 유혹은 아렌의 눈꺼풀을 점점 더 무겁게 만들었고, 전신에서 힘을 빼앗아갔다. 하지만 아렌은 끝내 그런 유혹엔 넘어가지 않았다.

'아직 조금만… 조금만 더.'

아렌은 속으로 계속해서 그렇게 되뇌고 있었다.

조금만 더, 조금만 더 검을 펼칠 수 있도록… 센티넬의 검과 겨룰 수 있도록… 너무도 즐거운 지금이 조금만 더 오래될 수 있도록.

검의 즐거움. 그것이 아렌은 아직 쓰러질 수 없도록 만들었다. 계속해서 걸어나가고 몸을 멈추지 않게 만들었다. 그리고 끝내 검을 휘두르게 만들었던 것이다.

조금만 더 이 시간이 계속되었으면 하는 그런 바람을 담은 채 아렌은 계속해서 검을 펼쳐 갔다.

그런 아렌의 기분과는 다르게 그를 상대하는 센티넬의 표정은 밝지 않았다. 여전히 무표정인 채였지만 자세히 본다면 눈살을 찌푸리고 있음을 알 수 있었다.

많은 인간을 상대로 검을 겨뤄본 것은 아니었지만, 이와 같은 인간은 단연 처음이었다.

처음부터 분명 제법 뛰어난 검을 가지고 있긴 했지만 그의 상대는 아니었다. 벌써 만신창이가 되어 있는 아렌의 모습만 봐도 알 수 있는 사실이었다.

그런데 검을 파헤치고 또 파헤쳐서 더 이상 아무것도 남아 있지 않게끔 만들어도 아렌은 포기하지 않았다. 계속해서 자신을 향해 돌진했고 계속해서 검을 휘둘러왔다.

더욱 놀라운 것은 매순간마다 이 인간의 검이 발전하고 있다는 것이었다. 그 속도가 선명히 눈에 띌 정도였기에 속내를 잘 드러내지 않는 센티넬까지도 놀라고 만 것이었다.

'하지만 그것도 여기까지다.'

센티넬은 이제 이 싸움의 종지부를 찍으려 했다. 더 이상의 겨룸은 무의미하다고 생각한 것이다.

그가 긴 세이버를 뻗어 아렌을 노렸다. 무척이나 빠른 일격이었지만 아렌은 가볍게 반 회전하며 세이버를 능숙하게 막아내고는 다시 반 바퀴 회전하며 센티넬을 공격하려 했다. 그런데 그때 센티넬의 청록색 눈동자가 시퍼런 안광을 토해냈다.

생사의 대결이라는 것도 잊고 검을 펼치던 아렌은 갑자기 오싹한 기분이 들었다. 그것은 몽롱하던 그의 의식마저 깨워 버릴 정도로 강렬했다. 그리고 그 기분의 정체가 무엇인지 판단하기도 전에 그의 몸이 먼저 움직였다.

쿠우우웅!

"윽!"

아렌이 본능적으로 몸을 날려 자리를 피하는 순간 그가 있던 자리로 광풍이 불어닥쳤다. 광풍은 단숨에 그 자리에 있던 모든 것을 휩쓸며 지나갔다.

'이건!?'

아렌은 그것이 반야를 감싸던 바람과 비슷함을 알 수 있었다. 그것은 분명 바람의 정령, 실프였던 것이다.

무시무시한 검술의 소유자인 센티넬에게 그런 힘까지 있단 말인가!

간발의 차이로 광풍의 영향력에서 벗어난 아렌이었지만 그렇게 계속해서 놀라고 있을 수만은 없었다. 곧바로 센티넬이 검을 떨쳐 왔기 때문이다. 아렌은 급히 자세를 가다듬으며 센티넬의 검을 막아내려 했지만, 그때 다시 세찬 바람이 불어와 아렌의 전신을 날려 버릴 듯했다.

"큭!"

바람에 저항하려는 아렌의 정신이 살짝 흐트러졌고, 센티넬의 검은 그 틈을 여지없이 꿰뚫었다.

푸핫!

아렌의 가슴에서 피가 분수처럼 솟구쳤다. 센티넬의 세이버에 깊이 베인 것이었다. 원래부터 제법 많은 상처를 입고 있었던 아렌이지만, 이번엔 그 정도가 달랐다. 센티넬의 마지막 일격은 상대가 그 누구라도 단숨에 목숨을 끊어놓을 만한 필살의 일검이었던 것이다. 그리고 아렌의 몸이 허물어지듯 그 자리에서 무너졌다.

"……."

센티넬은 쓰러진 아렌을 내려다보고 있었다.

'끝났군.'

끝이다. 마지막 필살의 일검으로 아렌을 베는 순간 그의 손끝으로 전해진 감각은 모든 상황의 종결을 알렸다.

센티넬은 두 자루의 세이버를 거두곤 주저없이 신형을 돌렸다. 아렌이 죽었을 것임에 일말의 의심도 가지지 않은 행동이었다.

그는 그대로 숲 속으로 걸어가려 했다. 아직 빅톤이 남아 있었던 것이다.

센티넬의 본래 임무는 빅톤이 이 일에 너무 깊이 관여하지 못하도록 제재를 가하는 것. 지금 죽일 순 없지만 이 선에서 물러나도록 만들어야 했다.

비록 흑마법사들이 빅톤을 쫓아가긴 했지만 자신의 눈이 틀리지 않았다면 흑마법사들은 빅톤의 상대가 되지 않을 것이었다. 아렌이라는 인간 때문에 시간이 제법 지체됐지만 이제 다시 직접 나서야 할 차례였다.

그렇게 얼마쯤 걸어갔을까. 센티넬의 발걸음이 멈추었고 고개를 뒤로 돌렸다. 그리고 그는 그곳에서 다시 한 번 억지로 몸을 일으켜 세우는 아렌을 볼 수 있었다.

베었을 때의 감각은 거짓이 아니었다. 분명 필살의 일검이었고, 아렌은 죽었어야 옳다. 그러나 아직 그는 죽지 않았다. 게다가 몸까지 일으켜 세우고 있었다. 하나 자신의 예상이 빗나갔음에도 센티넬의 표정엔 아무런 변화도 없었다.

그저 아직 죽지 않았을 뿐이다. 검을 휘두르기는커녕 검을 들어올릴 힘조차 남아 있을 않을 것이다. 아니, 서 있는 것 자체가 이미 기적이나 다름없었다. 그저 아직 살아 있는 시체에 불과한 것이었다.

센티넬은 다시 아렌을 향해 걸어가기 시작했다.

"무엇을 할 수 있다고 일어선 것이지?"

센티넬이 물었지만 답은 없었다. 아니, 답할 수 있는 상황이 아니었다. 그것은 아렌의 눈만 봐도 알 수 있는 것이었다.

아렌의 동공엔 초점이 없었다. 아무것도 바라보지 않는 그런 눈이었다. 그건 곧 의식이 없음을 뜻했다.

"무엇을 위해 일어서는 것이지?"

센티넬은 아렌이 의식이 없는 것을 알면서도 또다시 물음을 던졌다. 하지만 여전히 대답이 돌아올 리는 만무한 일. 그때 간신히 몸을 지탱하던 아렌이 검을 중단전까지 들어올렸다. 검을 들 힘 따윈 남아 있지 않을 텐데도 아렌은 검을 들어 올리고 있었다.

그런 아렌의 모습을 보며 센티넬은 고개를 끄덕였다.

"그렇군."

센티넬은 아렌이 일어선 이유를 알 수 있을 것 같았다.

검을 휘두르기 위해, 그 때문에 일어선 것이다. 다른 이유 따윈 필요없이 오직 그 하나의 이유만을 위해.

아렌으로부터 약간의 거리를 두고 자리에 멈춰 선 센티넬은 두 자루의 세이버를 거머쥐며 나직이 말했다.

"네 검에 경의를 표한다. 이젠 편히 쉬어라."

센티넬은 마지막 일검을 준비했다. 그냥 놔둬도 얼마 지나지 않아 그대로 목숨이 끊어질 아렌이었지만, 마지막 일검을 펼치는 것이 그를 향한 센티넬의 마지막 호의였다.

센티넬을 중심으로 실프의 바람이 불어닥치기 시작했다.

그런 바람에 아렌은 조금씩 뒤로 휘청거리며 물러서기 시작했다. 강한 바람은 아니었지만, 지금의 아렌은 그런 바람조차 이겨낼 수 없을 것이다.

그렇게 몇 걸음을 뒤로 물러섰을까. 아렌의 발걸음이 멈추었다. 더 이상 물러날 곳이 존재하지 않은 탓이었다. 그의 뒤에는 바닥이 보이지 않는 절벽, 나락의 흔적이 펼쳐져 있었다.

어느새 아렌은 절벽 끄트머리까지 몰려 있었던 것이다.

하지만 센티넬은 그런 아렌의 사정을 봐주지 않았다. 그리고 마침내 아렌을 향해 돌진함 매서운 검격을 떨쳐 갔다. 그것뿐 아니라 날카로움을 띠는 실프의 바람 또한 아렌을 향해 짓쳐들었다.

더 이상 물러설 수 없었다. 모든 퇴로가 막힌 상태였다. 아니, 퇴로가 뚫려 있다고 해도 마찬가지였다. 더 이상 움직일 힘 따위 아렌에게 남아 있지 않았다.

파팟!

어느새 날카로운 바람이 아렌을 스쳐 지나가고 있었다. 날카로운 바람은 사실 아렌을 공격하기보다는 더 이상 피할 수 없도록 움직임을 억제시키려는 의도였다. 하지만 모두가 그런 것은 아니었다.

아렌의 어깨가 길게 베어졌다. 붉은 피가 허공으로 솟구칠 정도의 깊은 상처였다. 어깨뿐만이 아니었다. 날카로운 바람이 스쳐 갈수록 아렌의 몸엔 깊은 상처가 새겨졌고, 단숨에 아렌은 단숨에 너덜너덜해졌다는 표현이 어울리게 변했다.

하지만 아렌은 쓰러지지 않았다. 휘청거리는 몸을 계속해서 지탱하며 끝까지 버텨내었다. 그리고 그런 아렌을 향해 마지막 바람의 칼날이 그의 허리를 두 동강 낼 기세로 달려들고 있었다.

그때 더 이상 움직이지 못할 것만 같던 아렌이 천천히 검을 머리 위로 들어올렸다. 그러자 놀라운 일이 벌어졌다. 단지 검을 들어올렸을 뿐인데도 무섭게 달려들던 바람의 칼날이 사그라진 것이었다. 그리고 그 순간, 아렌의 검이 벼락처럼 떨어져 내렸다.

푸핫!

다시 한 번 피의 분수가 솟구쳐 올랐다. 하지만 이번에 솟구친 피는 아렌의 것이 아니었다.

센티넬의 얼굴이 급속도로 일그러졌다. 그의 발치에는 짧은 세이버를 쥔 그의 왼팔이 시뻘건 피를 쏟아내며 떨어져 있었다.

마지막 순간, 절대적 위험을 느낀 센티넬의 본능이 빨간 불을 울려 경고했다.

'부딪쳐선 안 된다. 피해야 한다.'

본능은 그렇게 말하고 있었던 것이다.

센티넬은 그런 본능에 따라 자신도 모르게 몸을 옆으로 꺾어야 했다. 본능이 이성을 무너뜨린 채 그의 몸을 움직인 것이었다. 그러나 그랬음에도 아렌의 검에서 완전히 벗어나지 못했다. 그리고 그는 그 대가로 왼팔을 잃고야 말았다.

하지만 아렌 역시 무사하지 않았다.

"쿨럭!"

아렌은 눈을 부릅뜬 채 피를 토해내었다. 그런 그의 등으로 삐죽이 검봉이 삐져 나와 있었다. 왼팔을 잃는 순간에도 일격을 가한 센티넬의 세이버가 그의 복부를 관통한 것이었다.

고통은 아렌의 모든 중추적 신경을 마비시켰다. 그리고 마비된 신경이 휘청거리는 몸을 가눌 수 있을 리 만무했다. 그렇게 아렌은 끝없는 절벽 속으로, 나락의 혼적 속으로 추락해 갔다.

흑마법사들은 당황했다. 아렌의 무위가 생각보다 대단하기는 했지만 센티넬에게는 전혀 상대가 되지 않을 것이라 생각했다. 그 증거로 조금 전까지만 해도 센티넬의 검에 속수무책으로 당하지 않았는가.

하지만 마지막에 보여준 그의 일검은 실로 엄청났다.

사실 그들의 눈에는 그 일검이 제대로 보이지도 않았다. 그저 은빛 섬광이 허공을 가르는 것만 같았고, 그 은빛 섬광이 무시무시한 센티넬의 팔을 베어버렸다.

정작 그 일격을 펼친 아렌은 절벽 아래로 떨어져 버렸지만, 그 누구에게도 질 것 같지 않던 무시무시한 엘프의 팔이 잘렸다는 것이 흑마법사들에겐 무척이나 큰 충격이었다.

아렌이 절벽으로 떨어진 직후 그대로 쓰러진 센티넬을 보며 흑마법사들은 경악과 당혹감에 물들었고 이내 그들은 센티넬을 치료해야 한다는 생각으로 그를 향해 다가가려 했다.

그때 그들의 등 뒤에서 무시무시한 기세가 퍼져 나왔다. 흑마법사들은 깜짝 놀라며 등 뒤를 바라보았다. 그리고 그곳에서 소름이 돋을 만큼 거대한 기세를 뿜어내는 빅톤의 모습을 볼 수 있었다.

빅톤은 도망치던 흑마법사들이 숲을 빠져나가기 전에 모두 처리할 수 있었다. 허겁지겁 도망치는 것에만 여념이 없던 흑마법사들은 빅톤의 상대가 되지 않았다.

빅톤 역시 약간의 부상을 입은 상태였다. 서두른 탓이다. 아렌이 걱정되었기에 서둘러 흑마법사를 처리한다는 생각에 그들과 정면으로 부딪치고 만 것이었다.

물론 이미 세상을 뜨고 만 흑마법사들에 비한다면 경미한 상처에 불과했지만 아직도 흑마법사 여럿과 엄청난 수의 키메라, 게다가 정체를 알 수 없는 엘프까지 남아 있다는 생각에 마음이 무거워졌다.

정면으로 부딪칠 생각은 없었다. 어떻게든 지금은 아렌과 함께 도주한 후, 레이나를 데리고 이곳을 벗어나겠다는 생각뿐이었다.

하지만 그는 늦고 말았다. 그가 숲을 빠져나와 가장 먼저 본 것은 다름 아닌 눈이 풀린 채 절벽을 향해 쓰러지는 아렌의 모습이었다.

빅톤의 눈이 찢어질 듯 커졌다. 그의 발은 땅을 박차며 절벽을 향해 뛰어가려 했지만 결국 그는 절벽 아래로 떨어지는 아렌을 잡을 수 없었다.

절벽 아래로 떨어지는 아렌의 모습을 목격한 빅톤은 그 순간 머릿속에서 무엇인가 끊어지는 느낌이 들었다. 그리고 그런 그의 전신에서 무서운 기세가 뿜어져 나왔다. 팔론과의 전투 때와도 비교가 안 될 정도의 엄청난 기세였다. 시위를 훑는 그의 눈빛엔 살기가 번들거렸다.

"크으으… 이놈들!"

빅톤은 키메라들의 괴성이 무색해질 정도의 음성을 뱉어냈다. 그리고 다시 한 번 그의 입이 열리며 나직한, 하지만 소름 끼치는 목소리가 흘러나왔다.

"전부… 전부 죽여주마!"

아렌의 신형은 힘없이 절벽으로 떨어져 내리고 있었다. 이대로 떨어져 내린다면 그가 죽는 것은 당연했다. 아니, 바닥에 닿기도 전에 숨을 거두게 될 가능성이 높았다. 지금까지 살아 있는 것만으로도 기적이었다.

그런데 그때, 절벽의 한가운데서 무엇인가 엄청난 속도로 튀어나와 떨어지는 아렌을 삼키고는 다시 절벽으로 들어갔다. 눈 깜짝할 사이에 벌어진 일이었다.

그런 절벽의 한가운데. 아렌을 집어삼킨 그 무엇인가가 들어간 곳은 작은 동굴이었다.

그곳에 들어서자마자 아렌을 집어삼킨 그 무엇인가는 아렌을 뱉어냈다. 아렌은 이상한 점액질과 흘러내리는 피로 범벅이 되어 있었다.

"웩! 뭐야, 인간이잖아!"

아렌을 토해낸 그것은 마치 못 먹을 걸 주워 먹었다는 듯 헛구역질을 해대기 시작했다. 그리고는 바닥에 널브러진 아렌을 보았다. 감히 자신의 고고한 입맛을 더럽힌 괘씸한 놈이었다.

하지만 어떻게 달리 혼내줄 방법이 없었다. 꼴을 보아하니 건들이지 않아도 곧 끊어질 목숨이었기 때문이다. 화는 났지만 어찌할 수 없었기에 결국 그것은 이대로 아렌을 절벽에 갖다 버리기로 했다. 죽은 시체를 자신의 보금자리에 놔둘 생각 따윈 전혀 없었다.

그때였다. 아렌의 품속에서 점액질과 함께 무엇인가 흘러나왔다. 그것은 다름 아닌 티거의 단검이었다.

"오오!"

그것은 심봤다는 듯한 탄성을 터뜨렸다. 그리고는 땅바닥에 떨어진 티거의 단검을 날름 집어삼켰다.

"음… 좋군!"

쓸데없는 걸 주워 먹은 줄 알았건만 완전 쓸데없는 것은 아니었다. 이런 걸 가지고 있었을 줄 누가 알겠는가. 그래서인지 그것의 눈빛이 조금 부드러워졌다.

"…아직 살아 있으니 죽으면 버리도록 하지."

그렇게 신경을 끊으려 했다. 하지만 생각대로 되지 않았다. 잠시 후 그것이 소리를 질렀다.

"아악! 시끄러 죽겠네! 조용히 좀 해! 확 너도 먹어버린다!?"

누구에게 말하는 것일까? 알 수가 없었다. 하지만 그것은 마치 누군가와 대화라도 나누듯 계속해서 혼잣말을 내뱉었다. 그러다 참다 참다 더 이상은 못 참겠다는 듯이 외쳤다.

"알았어, 알았다고! 살려주면 될 거 아냐, 살려주면!"

그렇게 윽박을 지르던 그것은 잠시 주저하는 듯하더니 이내 아렌을 그대로 날름 삼켜 버렸다. 그리고는 어쩔 수 없다는 듯 중얼거렸다.

"뭐, 밥값쯤이라고 해두지."

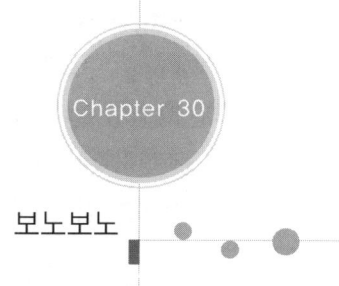

Chapter 30

보노보노

눈에 띄는 거라고는 하나 찾을 수가 없는 회색 머리카락의 평범한 사내, 그가 긴 복도의 끝에서 누군가를 기다리고 있었다. 그리고 얼마 후 그가 있는 곳으로 누군가가 걸어왔다.

눈이 부실 정도의 아름다운 외모 속에 시린 차가움을 품은 그는 다름 아닌 센티넬이었다. 그가 다다르자 회색 머리카락의 사내는 고개를 숙였다.

"그분께서 기다리고 계십니다."

고개를 숙이며 그렇게 말한 그는 몸을 돌리더니 그의 뒤편에 있는 문을 밀어 열었다. 문은 작은 소음도 없이 스르르 열렸고, 회색 머리카락의 사내는 옆으로 물러서며 다시 한 번 고개를 숙였다.

센티넬은 그런 그를 일별하고는 안쪽으로 발걸음을 옮겼다. 그리고 얼마 지나지 않아 문은 다시 스르르 닫혔다.

문 안쪽은 넓은 대청이었다. 고고함이 풍겨져 나오는 장식들 사이로 긴 비단 길이 깔려 있었고, 그곳을 센티넬이 걸어갔다.

그는 대청의 비단 길을 걸어 그 끝에 다다르자 무릎을 꿇고 고개를 숙였다. 그러자 그런 그를 향해 음성이 들려왔다.

"다친 팔은 다 나았나 보구나."

이상한 음성이었다. 도저히 나이를 짐작하지 못하게 하는, 하나인 듯 여러 가지 목소리가 느껴지는 그런 음성이었다. 하지만 센티넬은 그런 음성에 익숙한지 아무런 거부감이 없는 듯했다.

"이제 괜찮습니다."

그러고 보니 아렌의 광검에 의해 잘린 왼팔이 아무렇지도 않은 듯이 그대로 붙어 있었다.

놀라운 일이었다. 푸우의 신관들도 완전히 잘린 팔을 붙이기는 어려웠다. 적어도 최고위급 신관의 신성력 정도는 되어야 간신히 접합이 가능한 데다, 그러고도 오랜 시간이 지나야지만 이전의 팔처럼 사용할 수 있을 것이었다.

그런데 척 보기에도 센티넬은 왼팔을 이미 자유자재로 움직이는 것 같았다. 세포 하나하나 완전한 접합이 이루어졌다는 의미였다.

"믿기지 않는구나. 널 그렇게까지 만들 수 있는 사람이 있다니… 세븐스타라는 자들 둘과 동시에 겨루어도 좋을 정도인 네가 말이다."

"죄송합니다."

"너의 잘못을 탓하고자 하는 게 아니다. 그저 흥미가 생겼을 뿐이야. 너를 그렇게 만든 소년과 또 키메라 50여 마리를 벤 소녀에 대해."

흥미가 동한다는 듯이 말하는 음성에 센티넬은 더욱더 고개를 숙일 뿐이었다.

"100여 마리의 키메라를 없애고 달아나는 빅톤의 뒤를 쫓는 척하다가 한 소녀를 발견했다지. 그리고 그 소녀는 순식간에 50여 마리의 키메라와 흑마법사 둘을 베었고. 물론 그 소녀도 큰 상처를 입은 채 달아났다고 하지만 그 나이가 고작 10대 중반을 넘어서지 않는 어린아이라니… 참으로 대단하지 않은가?"

음성은 진심으로 감탄하는 듯했다.

그 나이에 그 정도의 실력이라니… 날고 기는 세븐스타들조차 소녀의 나이 땐 한참 못 미쳤으리라. 또한 센티넬의 팔을 벤 소년은 어떠한가. 센티넬의 팔을 베었다는 건 키메라들을 얼마 처치했다는 것과 감히 비교조차 할 수 없는 일이었다. 그런 그도 아직 10대로 보였다고 했다. 그러니 그 발전 가능성이야 무궁무진하리라.

"센티넬, 세대 교차가 일어나면 무슨 일이 발생하리라 생각하나?"

"구세대와 신세대의 충돌… 그 속에서 조화를 찾을 때까지 혼란이 계속될 것입니다."

"이제 너도 인간을 잘 알게 되었구나."

"200년 동안 보아온 그들의 모습이 그랬을 뿐입니다."

"홋! 그래, 네 말이 맞다. 혼란이 계속되겠지. 그리고 그런 악순환은 계속될 것이고."

음성은 잠시 말을 끊었다. 마치 그 혼란스러운 모습을 머릿속으로 되새기는 것 같았다. 그리고 잠시 후 다시 음성은 이어졌다.

"참으로 가엽다. 제 갈 길을 잃고 허둥대는 그 모습이 너무도 가엽고도 어리석다. 그러니 그 악순환을 끊어주려는 것이다. 그리고 그를 위해서 난 네가 필요하다."

"……."

"네 몸은 네 것이 아니다. 내게 충성을 맹세한 그때부터 넌 나의 팔과 다리가 되었다. 그런 팔과 다리가 다치면 난 아플 것 같구나."

"명심하겠습니다."

"그럼 되었다. 이제 그만 물러가거라."

물러가라는 음성에 따라 자리에서 일어난 센티넬은 걸어

왔던 비단 길을 따라 대청에서 물러갔다. 그리고 잠시 후, 아무도 남지 않은 대청으로 회색 머리카락의 사내가 걸어왔다.

그는 센티넬이 했던 것처럼 대청의 끝에 무릎을 꿇었다. 그러자 예의 조금 전의 음성이 또다시 들려왔다.

"대지의 빅톤, 그자는 어떻게 되었느냐."

"심한 중상을 입은 상태로 계속 도주 중입니다."

"100여 마리의 키메라를 죽이고도 살아 있다는 것이 대단한 것이겠지."

회색 머리카락의 사내는 이어지는 음성에 고개를 조아렸다.

"빅톤이 그렇게까지 나올 것이라 예상하지 못한 저의 불찰입니다."

"아니다. 센티넬의 팔을 벤 소년이 있었다는 것은 나조차도 예상하지 못한 일. 그런 소년을 잃었으니 그자가 이성을 잃을 만도 하지. 그래도 죽지 않고 도주 중이라 하니 다행이지 않느냐."

"송구할 따름입니다."

고개를 조아리는 회색사내의 모습에 음성은 잠시 침묵을 지켰다. 그리고 잠시 후 재미있는 것이 생각났다는 듯이 물었다.

"센티넬의 팔을 벤 소년은 나락의 흔적으로 떨어졌다 했더냐?"

"그렇습니다."

"네 생각은 어떤가. 살아 있을 것 같으냐, 죽었을 것 같으냐?"

"나락의 흔적은 그 누구도 그 끝을 보지 못한 곳. 설령 살아 있다 하더라도 그곳을 벗어나진 못할 것입니다."

"그렇구나. 하지만 내 생각은 조금 다르단다. 만약 그곳에서 어떠한 인연을 만난다면… 그렇다면 살아 있을 수도, 그곳을 벗어날 수 있을 수도 있지 않겠느냐."

음성은 그렇게 물었지만 회색 머리카락의 사내는 아무런 대답도 하지 않았다. 그저 음성의 뜻에 따른다는 표시로 다시 한 번 고개를 조아릴 뿐이었다. 그리고 또다시 음성이 들려왔다.

"그 아이를 한 번 보고 싶구나."

"살아 있다면, 그곳을 벗어날 수 있다면 그 아이 스스로 찾아오게 될 것입니다."

"그래, 그렇게 된다면 좋겠구나."

무척이나 어두웠다. 빛 하나 들지 않고 아무것도 존재하지 않는 암흑 속에 홀로 남겨진 것만 같았다. 그것이 너무 외롭고 또 두려웠다.

무의식중에 손을 뻗었다. 그러자 잡히는 것이 있었다. 아니, 이미 오래전부터 손에 잡고 있었던 듯했다. 그리고 그것이 검이라는 걸 깨달은 순간 아렌은 어둠 속에서 눈을 뜰 수 있었다.

'여긴?'

눈을 떴지만 여전히 어두웠다. 하지만 암흑은 아니었다.

그곳은 작은 동굴 같았다. 천장이 낮아 일어서기만 해도 머리가 닿을 것 같았다.

아렌은 자신이 왜 이곳에 누워 있는 건지 떠올려 보았지만 실프의 바람에 저항하다 센티넬에게 일검을 허용한 것까지밖에 기억이 나지 않았다. 아마 그 직후 정신을 잃었으리라.

그러던 아렌은 한 가지 사실을 깨달을 수 있었다.

'졌구나.'

졌다. 완벽한 패배였다. 제대로 된 일격조차 성공시키지 못한 채 현격한 수준 차이 속에서 끝난 뼈저린 패배였다.

아렌은 자신도 모르게 꽉 주먹을 쥐었다. 그리고 고개를 숙였다.

분했다. 단 일 검도 제대로 성공시키지 못했다는 것이, 전혀 상대가 되지 못했다는 것이, 졌다는 것이 분했다.

아렌으로선 처음 느껴보는 감정이었다. 검만 휘두를 수 있다면 다른 건 아무래도 좋았던 아렌으로선 처음으로 느껴보는 패배의 분함이었다.

그렇게 얼마나 지났을까. 조용히 분함을 삭이던 아렌의 눈동자에 무엇인가가 띄었다.

'저건 뭐지?'

그것은 주먹 하나 정도의 크기에 전체적으로 동그란 외형을 가지고 있었다. 윗부분이 볼록 튀어나오지 않았다면 그냥 타원이라 해도 좋을 만한 외형이었다. 쉽게 비유하자면 '살찐 물방울'의 모양이라고나 할까?

참 독특한 생김새였다. 언뜻 본다면 마치 젤리처럼 느껴질 정도였다.

호기심을 참지 못한 아렌은 그것의 근처로 다가가 손가락으로 그것을 쿡 찔러보았다.

부르르르!

손가락으로 쿡 찌르자 그것이 부르르 떨기 시작하는 게 아닌가. 아렌은 자신도 모르게 헛바람을 들이키며 뒤로 물러서 버렸다. 하지만 이내 그것이 잠잠해지자 아렌은 다시 한 번 손가락으로 그것을 쿡 찔러보았다. 그러자 그것은 부르르 떨다가 다시 잠잠해졌다.

"헤에."

아렌은 이번엔 놀라지 않았다. 그저 계속해서 손가락으로 그것을 찔러볼 뿐이었다. 특별한 의도가 있는 게 아니라 그저 신기했기 때문이었다.

그렇게 몇 번이나 찔러보았을까. 아렌은 이번엔 엄지와 검지를 사용하여 그것을 살며시 꼬집어보기로 했다. 이미 아렌은 극도의 호기심에 이성을 잃은 상태였다.

마침내 아렌은 조금, 아주 조금 세게 그것을 꼬집었다.

"으아악!"

"헉!"

아렌은 깜짝 놀라 헛바람을 들이키며 뒤로 나뒹굴었다. 그것이 펄쩍 뛰어오르며 비명을 질러댔기 때문이다.

"으악! 으악! 으악! 으아아악!"

그것은 동굴 여기저기를 펄쩍펄쩍 뛰어다니며 비명을 질러댔고, 아렌은 휘둥그레진 눈으로 그것을 바라볼 뿐이었다. 잠시 후 펄쩍펄쩍 뛰던 그것이 드디어 땅에 멈춰 섰고 아렌의 눈이 또 한 번 휘둥그레지고 말았다.

놀랍게도 그것엔 눈이 달려 있었다. 게다가 그 커다란 두 눈에선 토끼 똥만 한 눈물이 뚝뚝 떨어져 내렸고 입으로 보이는 곳은 흐물흐물해지며 연신 신음을 터뜨리는 게 아닌가.

"흐으으… 도대체 뭐야, 무슨 일이 일어난 거야!?"

더더욱 놀랍게도 그것은 사람의 말을 했다!

아렌은 잔뜩 얼어붙은 채로 그것을 바라보고 있을 뿐이었다. 그리고 그제야 그것은 아렌을 발견했는지 아렌에게로 시선을 던졌다. 그리고 포효를 터뜨렸다.

"크앙!"

포효를…….

일이 이쯤 되자 아렌도 황당해지기 시작했다.

눈을 뜨니 웬 동굴 안이었고 뭔가 이상한 걸 발견하여 살짝(?) 건드리니 그것이 비명을 지르며 펄쩍펄쩍 뛰어다니는 데다가 눈과 입까지 달려 있어 닭똥 같은 눈물을 흘리고 참 간지러운 포효를 터뜨려 대는 것 아닌가.

'꿈인가?

이런 생각이 든 아렌은 있던 자리에 그대로 누워버렸다. 만약 꿈이라면 잠이라도 잘 생각이었던 것이다. 어딘가 말이 좀 안 되는 것 같지만 아렌은 그대로 누워 잠을 청하려 했다.

하지만 그걸 눈 뜨고 지켜볼 그것이 아니었다.

"일어나지 못해! 남의 잠을 깨워놓고 네놈이 편히 잠잘 수 있을 성싶으냐!"

그것은 잔뜩 성이 났는지 눈 사이를 최대한 좁히고는 노발 대발하여 마구 날뛰기 시작했다. 하지만 아렌은 귀를 틀어막 고 눈을 감으며 생각했다.

'참 시끄러운 꿈이구나.'

그것이 노발대발하든 말든 아렌은 그대로 잠에 빠져들었 고, 그 후 몇 시간이 지나서야 잠에서 깨어났다. 그리고 꿈이 라 생각했던 것이 꿈이 아니라는 증거를 옆에서 발견하고야 말았다.

바로 살찐 물방울이 옆에서 다시 자고 있었던 것이다.

결국 아렌은 한숨을 내쉬며 꿈이 아니라는 것을 인정할 수 밖에 없었다. 그리고 살찐 물방울이 일어나기를 기다렸다. 이곳이 어디인지, 그가 왜 이곳에 있는지에 대한 대답을 아마도 살찐 물방울은 알 것 같았기 때문이다. 기다리지 않더라도 깨울 수 있는 방법은 어제 터득한 것 같지만 또 꼬집었다가는 울고불고 난리를 칠 것 같으니 그냥 일어날 때까지 기다리는 수밖에 없었다.

그러던 아렌은 옆에 뉘어 있는 자신의 검을 발견할 수 있었다.

아렌의 검은 명검이 아닌 평범한 철검이었다. 그런 검이 키메라를 베고, 센티넬의 무시무시한 세이버에 맞서왔다. 물론 아렌이 정면으로 부딪치지 않고 요리조리 빗겨 막았지만 그럼에도 검엔 많은 상처들이 나 있었다. 끄트머리 쪽엔 조그맣게 이가 빠져 있기도 할 정도였다. 게다가 아렌이 흘린 피로 범벅이 되어 볼품없는 모습을 하고 있었다.

아렌은 검에게 미안해졌다. 고생만 시키고 결국 이렇게 볼품없는 모습으로 만들어 버린 것이다. 검은 언제나 그를 도와줬는데 그는 검에게 아무것도 해주지 못했다.

"미안해."

아렌은 검에게 나직이 속삭였다. 그리고 자신이 입고 있는 옷을 잡아뜯었다. 이미 걸레조각이라고 해도 좋을 정도인 아렌의 옷이었기에 쉽게 뜯어졌고, 아렌은 그 옷 조각 중 가장 깨끗하다고 할 수 있는 부위를 선별하여 다시 잡아뜯었다.

그렇게 하나의 천 조각을 만들어낸 아렌은 천천히 검을 닦기 시작했다.

"지금 해줄 수 있는 게 이것뿐이라 미안해. 나중에 꼭 깨끗한 천으로 다시 닦아줄게."

아렌은 그렇게 말하며 정성 들여 검을 닦기 시작했다. 그의 피가 말라붙어 있어 닦아내기가 상당히 힘들었지만 아렌은 눈살 한 번 찌푸리지 않고 마치 소중한 것을 대하듯 조심스런 손길로 검을 닦았다.

그렇게 얼마간의 시간을 들여 얼룩들을 거의 닦아내자 마치 검은 어둠 속에서도 스스로 빛을 발하는 듯했다. 어디 이름난 마법검도 아닌 보통 철검이 어둠 속에서 스스로 빛을 발할 리가 없겠지만 왠지 그렇게 느껴졌다. 그리고 그런 검을 흐뭇한 표정으로 바라보던 아렌은 잠깐 옆으로 시선을 돌리다 깜짝 놀라고 말았다. 그것, 살찐 물방울이 자신을 빤히 쳐다보고 있었기 때문이다.

그들 사이에 잠시 침묵이 감돌았다. 깜짝 놀란 아렌은 어떻게 말을 이어야 할지 고민했고, 그런 아렌을 살찐 물방울은 계속해서 빤히 쳐다보고 있었다. 그리고 잠시 후 살찐 물방울이 아니꼽다는 듯이 중얼거렸다.

"쳇! 그렇게 살려놓으라 애걸복걸할 만하구만."

그런 이해 못할 말과 함께 살찐 물방울은 아렌에게서 시선을 거두었다. 아니, 정확히 말하자면 아렌이 들고 있는 검에게서 시선을 거둔 것이었다. 그리고 그제야 아렌 역시 그것을 깨달을 수 있었다.

'무슨 말이지? 누가 날 살려놓으라 애걸복걸했다는 거야?'

검을 보면서 한 말인 줄은 이제 알겠는데 도대체 이해가 가지 않는 말에 아렌은 고개를 갸웃거리며 이번엔 그가 살찐 물방울을 빤히 쳐다보았다. 그러자 그의 시선을 느꼈는지 살찐 물방울이 한껏 띠꺼운 기세로 입을 열었다.

"뭘 봐, 슬라임 처음 봐?"

"슬라임?"

슬라임은 보통 늪지대에 서식하며 많은 숫자와 어느 정도의 부식 능력, 그리고 끈질긴 생명력을 자랑하는 하급 몬스터였다. 하지만 그다지 빠르지도 않고 공격적 능력이 강한 것도 아니며, 불이나 소금을 질색하기 때문에 크게 위협이 가는 몬스터는 아니었다.

아렌 역시 빅톤과 여행하며 슬라임 정도는 본 적이 있었다, 키메라를 추적하며 이동했던 숲에서만 해도 제법 많은 수의 슬라임이 서식하고 있었으니까.

하지만 그가 아는 슬라임은 눈앞의 살찐 물방울처럼 생기지 않았다. 그가 아는 슬라임은 일정한 형태를 갖지 못해 흐물흐물한 액체에 가까운 형태로 약간 녹색을 띠지만 반대편이 보일 정도로 투명하고, 또 가장 중요한 눈이나 입 따위는 달려 있지 않은 단세포 생물의 생김새였다.

그런데 눈앞의 이 살찐 물방울은 어떤가. 그야말로 살찐 물방울의 형태에 몸 안이 보이지 않는 진한 하늘색이며 두 눈과 입까지 가지고 있지 않는가. 게다가 소리를 내지 못하는 보통 슬라임에 비해 간지러운 포효와 사람의 말까지 하고 있으니 어딜 봐서 슬라임이라 해야 할지 난감할 따름이었다.

"너, 넌 뭐야?"

살찐 물방울이 슬라임이라는 사실에 큰 충격을 받은 아렌은 자신도 모르게 그렇게 묻고 말았다. 그러자 살찐 물방울은 마치 기다리기라도 했다는 듯이 크게 웃으며 대답했다.

"으캬캬! 내가 누군지 묻는다면 대답해 주는 게 인지상정이겠지! 이 몸은 이 그로리아를 창조한 창조자이자 언젠가 그로리아를 파괴할 파괴자이이신 대마신 버노 바로크님이시다! 으캬캬캬캬!"

살찐 물방울은 자신을 소개하다 혼자만의 세계에 빠져 버렸는지 눈을 높이 치세우곤 크게 웃음을 터뜨리고 있었다. 그 모습이 마치 당장이라도 엎드려서 경배를 하라는 것만 같았다.

그런데 중요한 사실은, 살찐 물방울의 소개를 아렌은 거의 알아듣지 못했다는 것이었다. 그래서 그가 되물었다.

"보노보노?"

"버노 바로크야, 이 자식아!"

살찐 물방울은 아렌이 자신의 이름을 제대로 발음하지 못하자 웃다 말고 버럭 화를 냈다. 하지만 아렌은 여전히 고개를 갸웃거릴 뿐이었다. 살찐 물방울은 자신의 이름을 '버노 바로크'라 발음하고 있었지만 인간에겐 '버노'나 '바로크'나 '보노'나 거의 흡사한 발음으로 들리는 것이다. 그것은 인간이 들을 수 있는 소리가 그것에 한정되어 있기 때문이었으며, 그로 인한 어쩔 수 없는 언어의 차이였다.

또한 더더욱 중요한 것은 살찐 물방울의 이름이 '버노 바로크'이든, '보노보노'이든 아렌으로선 그게 무엇인지 알 길이 없다는 것이었다. 그것을 살찐 물방울은 눈치 챌 수 있었다.

"서, 설마 이 대마신 버노 바로크님의 이름을 모른다곤 하진 않겠지? 그, 그렇지?"

살찐 물방울은 그럴 리가 없다고 생각하면서도 일말의 불안감을 감추지 못하는 듯했다. 그리고 그런 살찐 물방울을 바라보며 아렌으로선 당연할 수밖에 없는 사실을 대답했다.

"응, 몰라."

"커억!"

아렌의 악의가 담기지 않은 거침없는 대답에 살찐 물방울은 카운터펀치를 맞기라도 한 것처럼 뒤로 쓰러지며 신음을 터뜨렸다. 하지만 이내 오뚝이처럼 일어나 더듬거리며 다시 물었다.

"저, 정말 몰라? 그로리아의 창조자이자 파괴자인 대마신 버노 바로크님을 말이야?"

"그로리아가 뭔데?"

아렌의 대답에 살찐 물방울은 입을 떡 벌렸다. 그로리아를 모르다니… 어떻게 그걸 모를 수 있단 말인가. 살찐 물방울은 인간의 지식 수준을 의심하며 조금 더 정확히 설명하기 시작했다.

"지금 네가 밟고 있고 숨 쉬고 있으며 살아가는 이 모든 곳이 그로리아잖아! 근데 어떻게 그로리아를 몰라!"

"혹시 그로리아라는 게 대륙을 말하는 거야?"

"그런 좁아터진 걸 어떻게 그로리아에 비교하냐! 바로 이 세상, 이 세계 자체가 바로 그로리아란 말이야!"

"응? 대륙 말고도 다른 세상이 있어?"

이 대목에서 드디어 살찐 물방울은 할 말을 잃고 말았다. 그리곤 아예 포기해 버렸다. 눈앞의 인간, 아렌이 그저 바보일 뿐이라고 생각하며……

아렌은 그렇게 자위하고 있는 살찐 물방울을 불렀다. 살찐 물방울의 질문에 대답해 줬으니 이제 그의 의문을 풀 차례였던 것이다.

"근데 보노보노……"

"버노 바로크라니까!"

"응, 맞잖아. 보노보노."

결국 살찐 물방울… 아니, 버노 바로크… 아니, 보노보노는 포기하고 말았다. 그는 그런 것에 화를 낼 정도로 속이 좁지 않았다. 대신 최대한 띠꺼운 표정을 지으며 아렌을 바라보았다.

"난 아렌이라고 하는데… 여긴 어디고 내가 왜 여기 있는 거지?"

"여긴 내 보금자리고 배에 칼 꽂고 떨어지는 널 내가 구해 주고 상처도 치료해 준 거다."

보노보노는 귀찮다는 듯이 대충 대답해 버렸다. 하지만 틀린 말은 아니었다. 분명 여긴 그의 보금자리였고, 복부에 칼을 꽂은 채 절벽에서 떨어지는 아렌을 구해주었으니까. 물론 아렌을 먹을 걸로 착각해서 삼켰다가 인간인 걸 알고 버리려 했다는 사실은 빼먹었지만 과정이야 어쨌든 결과가 중요한 것이었다.

보노보노의 말을 들은 아렌은 그제야 자신이 심각하다고 할 수 있는 부상을 입고 있었다는 것을 상기했다. 또한 그렇게 심하던 부상이 씻은 듯이 나았다는 사실 역시 깨달을 수 있었다.

"절벽에서 떨어지는 걸 구해준 데다가 상처까지 치료해 주다니… 정말 고마워. 네가 내 생명의 은인이야."

"헹! 됐네. 그리고 고마워하려면 나보다 네 손에 쥐어져 있는 그 녀석에게나 해. 난 그 녀석이 하도 시끄럽게 굴기에 조용히 하라고 치료해 준 것뿐이니까."

손에 쥐어져 있는 그 녀석?

보노보노의 말에 아렌의 시선은 자신의 손으로 향했고, 그리고 그곳에서 발견한 것은 그의 철검이었다. 아렌은 깜짝 놀라며 보노보노를 향해 다시 질문했다.

"거, 검이 날 살려달라고 했다는 거야?"

"그럼 여기에 너와 나, 그리고 그 녀석 빼면 누가 있다는 거야?"

"검이랑 말이 통하는 거니?"

보노보노는 한심하다는 듯이 아렌을 바라보았다.

"에고 소드도 아니고 평범한 철검이랑 말이 통하는 게 말이 된다고 생각하냐?"

"그렇지만 네가……."

"너 정말 아무것도 모르는 바보로구나. 내가 말한 그 녀석이란 그 철검이 아니라, 그 철검에 깃든 검의 정령이란 말이다. 세상에 정령이라고는 원소의 정령밖에 모르는 인간의 검에 검의 정령이 깃들다니……."

아렌은 여전히 보노보노가 하는 말을 이해하기가 힘들었다. 하지만 한 가지 사실은 알 수 있었다. 검이, 검에 깃든 무엇인가가 자신을 구하려 했다는 것을.

검의 정령이나, 그런 정령이 자신을 구하라고 부탁했다는 사실이나 너무나 허황됐기에 보통 사람들은 믿기 힘든 이야기였으나 아렌은 보노보노의 말을 믿었다.

다른 이유는 없었다. 그저 이 검이라면 그럴 수도 있다고 생각했기 때문이었다. 단지 그뿐이었다.

아렌은 눈을 반짝이며 보노보노를 바라보았다. 지금까지의 신기한 그런 눈빛이 아니었다. 마치 선망의 대상을 바라보는 듯한, 너무나 부러운 듯한 그런 눈빛이었다.

"너 정말 대단하구나!"

"으캬캬캬캬! 그깟 검의 정령이랑 대화한 것 정도가 이 몸에게 별것일 것 같으냐! 이 몸에겐 훨씬 더 엄청난 능력이 있단 말이다!"

"오오오!"

"그것이 무엇이냐 하면 바로 무엇이든 소화시킬 수 있는 능력이다!"

이 한마디를 내뱉은 보노보노는 잔뜩 의기양양해져 있었다. 자신이 가진 능력들 중 가장 자랑스럽고 엄청난 능력을 말해줬기 때문이었다. 겨우 검의 정령이랑 대화한 것 정도로 호들갑을 떠는 아렌이 이 능력을 알게 되었으니 까무러칠지도 모른다고 생각했다.

하지만 그의 예상과는 다르게 주변엔 침묵이 가득했고, 아렌의 눈동자엔 황당함이 가득했다.

"엥? 놀라지 않는 거냐? 어째서 이 엄청난 능력에 놀라지 않는 거지? 검의 정령과 대화하는 것 따위완 비교도 할 수 없을 만큼 엄청난 능력인데?!"

보노보노는 아렌의 이 냉담한 반응을 이해할 수 없었다. 무엇이든 소화할 수 있는 능력은 자신이 가진 모든 능력들의 정화라고 할 수 있는 것인데 어째서 이 능력을 알고도 놀라지 않는단 말인가.

보노보노의 머릿속에서 몇 가지 추측이 난무했더니 이내 가장 유력한 것을 꼽을 수 있었다.

'저 녀석은 바본 거다! 바보라서 이 엄청난 능력의 가치를 못 알아보는 거다!'

보노보노가 속으로 그런 결론을 내리든 말든 아렌은 사랑스런 눈으로 계속해서 검과 보노보노를 번갈아 볼 뿐이었다. 그저 검과 대화할 수 있는 능력을 부러워하면서……

아렌은 그 후로 며칠간을 더 그곳에서 머물러야 했다.

보노보노와의 대화를 통해 자신이 이곳에 온 지 이틀 만에 깨어났다는 사실을 안 그는 빅톤을 찾기 위해 빨리 이곳에서 벗어나려 했지만 유일하게 출구라고 있는 곳이 위나 아래나 끝이라고는 보이지 않는 낭떠러지였기에 그곳을 벗어날 수 없었던 것이다.

다행히 동굴 속엔 지하수가 흘렀고, 그 근처에서 먹을 수 있는 이끼가 서식하고 있었기에 배를 채우는 것엔 문제가 없었다. 다만 한 가지 문제라고 한다면 먹을 것에 극도의 집착을 보이는 보노보노가 아렌이 이끼를 먹으려 하면 아까워 죽겠다는 듯이 쳐다보다 이내 달려들어 아렌의 것을 뺏어 먹는

통에 아렌 역시 보노보노와 식탐 경쟁을 벌일 수밖에 없다는 사실이었다.

그나마 이끼가 조금만 먹어도 배가 부른 데다가 왠지 머릿속이 맑고 상쾌해지는 기분이라 다행이었지, 안 그랬다면 이미 동굴 속의 이끼는 식탐 경쟁으로 인해 바닥을 드러내고 있을지도 몰랐다.

동굴 속에 지내면서 아렌은 보노보노에 대한 몇 가지를 알 수 있었으니, 그중 하나가 그가 생각보다 재주가 많다는 사실이었다. 검의 정령과 대화하거나 먹는 재주 외에도 스스로 빛을 내는 발광(發光)의 능력과 또 원하는 대로 몸의 크기를 조절할 수 있는 능력까지 가지고 있다는 것이다. 게다가 아렌은 몰랐지만 보노보노의 체액에는 큰 치료 효과가 있어 그가 치료하기로 작정하고 삼킨다면 어떤 큰 상처라도 단기간에 거의 완치에 가까울 정도로 나을 수 있다는 것이었다. 아렌의 상처 역시 이것에 의해 나은 것이었다.

하지만 그런 대단한 능력을 놔두고도 정작 본인은 무엇이든 먹고 소화시킬 수 있는 능력이 자신이 가진 최강의 능력이라며 그것을 아렌이 깨닫도록 역설할 뿐이었다. 그리고 그렇게 며칠이 지나간 것이다.

"좋아, 몸도 다 나은 것 같아!"

아렌은 이곳저곳을 움직이며 몸 상태를 점검하고 활기차게 외쳤다. 최고의 몸 상태에 최고의 컨디션이었던 것이다.

아니, 오히려 이전보다 더 좋아진 것 같았다. 아무래도 저 이끼가 여러 방면으로 큰 도움을 준 것 같았다.

어쨌든 그런 몸 상태이니 아렌은 전부터 미뤄왔던 일을 마침내 오늘에서야 할 결심을 내리게 되었다.

"이제 그만 나가야 할 것 같아."

이제 그만 이 동굴을 벗어날 때였다. 자신이 정신을 잃고 절벽으로 떨어진 뒤 빅톤이 어떻게 되었을까 걱정이 되기도 했고, 수도 밀리온으로 가라는 빅톤의 부탁도 완수해야 했기 때문이었다.

어쩌면 이미 빅톤이 모든 상황을 해결했을지도 몰랐지만 그렇다고 해서 이대로 손 놓고 있을 수만은 없었다.

그렇게 생각한 아렌은 허리에 검을 매고 동굴의 입구 쪽으로 향했다.

휘이이잉!

강한 바람이 불어왔다. 보노보노의 말대로라면 너무 강한 바람 때문에 새들조차도 이 절벽 사이로는 잘 날지 않을 정도였다. 또한 위로도 끝이 안 보이는 판이니 올라가기 전에 힘이 다 빠져 버릴 가능성도 있었다. 그런 곳을 맨몸으로 올라야 하다니… 너무나 어리석은 도전 같았지만 지금으로선 다른 방도가 없기에 어쩔 수 없었다.

"갈 거냐?"

절벽의 입구까지 보노보노가 따라와 그렇게 물었다. 한참

절벽에 대해 세심히 관찰하던 아렌은 그 목소리에 고개를 끄덕였다.

"응, 이제 가야 할 것 같아."

"어째서 나가려는 거야?"

"……?"

"이곳에 누군가가 떨어지는 일은 흔치 않아. 게다가 배에 칼을 꽂고 떨어졌다면 이유는 하나뿐. 누가 널 죽이려 했고, 넌 대항하다 결국 배에 칼이 꽂힌 채 절벽에서 떨어진 것일 테지."

거의 정확한 그의 말에 아렌은 고개를 끄덕였다. 그러자 보노보노가 한심하다는 듯이 말했다.

"그런데 어째서 널 죽이려고 하는 이들이 있는 세상으로 나가려는 거지? 나가 봤자 그들은 다시 널 죽이려 할 텐데? 지금 나간다고 해서 한 번 패배한 네가 그들을 이길 수 있을 것 같아?"

"글쎄… 아무래도 지금 당장은 힘들겠지?"

"그럼 굳이 지금 나갈 필요는 없잖아. 네가 나간다고 해서 바뀔 것은 없잖아. 그런데 왜 나가려는 거야?"

보노보노는 이해할 수 없다는 듯이 물었다.

아렌이 밖으로 나간다고 해서 무엇이 달라지겠는가. 센티넬과의 실력 차이는 여전할 것이고, 그런 센티넬과 빅톤이 겨루고 있다면 그는 오히려 빅톤에게 방해가 될지도 몰랐다.

아무런 가능성이 없었다. 아무것도 달라질 게 없었다. 때문에 나갈 이유 역시 없었다. 보노보노는 그렇게 말하고 있었다. 하지만 그런 그를 잠시 바라보던 아렌은 이내 웃음을 터뜨렸다.

"네 말대로 아직 달라진 건 아무것도 없어 무엇인가를 바꿀 만한 힘도 내겐 없고. 하지만 난 무엇을 바꾸기 위해 이곳을 나가려는 게 아니야. 그저 밖에는 날 기다려 주는 사람들이 있으니까, 그래서 이곳을 나가려는 거야."

"널 기다리는 사람이 있다고 어떻게 확신할 수 있지? 그리고 설령 있다 하더라도 널 죽이려고 하는 이들 때문에 그들이 위험해질 수도 있을 텐데. 네가 그들을 지켜낼 수 있을까?"

"지금은 아무런 가능성이 없다 하더라도 포기하지 않으면 단 1퍼센트라도 그 가능성이 생길지도 모르잖아. 그럴 때는 불가능이 가능으로 변하길 마냥 기다릴 바에야 되든 안 되든 일단 1퍼센트에 걸어보는 거라고… 난 그렇게 배웠어."

"그래도 안 되면?"

"그땐… 뭐 어떻게든 되겠지."

아렌의 그 태평하고도 아무런 생각 없는 말에 보노보노는 어이가 없다는 표정을 지을 수밖에 없었다. 하지만 그런 아렌의 모습에 보노보노는 그를 더 이상 머무르게 할 수 없음을 깨달았다. 그러자 이상하게 심통이 났다.

"헹! 이 버노 바로크님께서 특별히 생각해서 말해줬음에도 듣지 않다니… 갈 테면 가버리라지!"

그렇게 톡 쏘아붙이며 몸을 돌려세우는 보노보노였지만 그의 표정은 밝지 않았다.

'귀찮은 짐이었을 뿐이야.'

그래, 귀찮은 짐이었을 뿐이다. 애초에 검의 정령이 좀 시끄럽게 떠들었다고 살려준 것부터가 잘못이었다. 그렇게 살려줬더니 은혜도 모르고 자신의 식량까지 먹어치우는 식충이가 아니었던가.

아렌은 참으로 귀찮은 존재였다.

'근데 왜?'

그렇게 귀찮았는데, 빨리 어디론가 가버렸으면 했는데… 그가 지금 이곳을 벗어난다고 하니 어째서 섭섭한 기분이 드는 것일까. 어째서 떠나려는 아렌을 잡으려 했던 것일까.

보노보노는 인정하려 들지 않았던 답을 결국엔 인정하고야 말았다.

'쓸쓸했던 건가?'

그는 독불장군이었다. 아주 오래전부터 다른 모든 것을 귀찮아했고 아무것도 필요로 하지 않았던 이가 바로 그였다. 그런데 그가 원하는 대로 아무도 그의 곁에 남지 않자 그는 자신도 모르는 사이에 쓸쓸함에 젖어가고 있었다. 때문에 단 며칠 동안 함께 지냈을 뿐인 아렌에게 어느새 정이 들어버린 것이었다.

'쳇! 이제 와서 그걸 알았다고 해서 달라질 게 뭐야.'

달라질 것은 없었다. 아렌과 그의 검에 깃든 검의 정령은 떠날 거고, 결국 또다시 혼자 남게 될 것이었다. 지금까지와 다를 바 없는 생활이 그를 기다릴 것이었다.

그런데 그때 아렌의 목소리가 들려왔다.

"보노보노?"

"뭐야, 아직 안 떠난 거야?"

보노보노는 뒤로 돌며 잔뜩 심통난 말투로 말했다. 그러자 아렌이 빙긋 웃으며 손을 내밀었다.

"같이 가지 않을래?"

"뭐!?"

아렌의 제안에 보노보노는 깜짝 놀라고 말았다. 설마 아렌이 자신에게 이런 제안을 할 줄은 몰랐던 것이다. 하지만 이내 눈을 내리깔았다.

"너 말이야, 내가 무엇 때문에 여기 있는 거라고 생각하는 거야? 이깟 절벽 하나 빠져나가지 못해서? 아니야, 나가려면 언제든지 나갈 수 있었다고. 하지만 난 나에게 스스로 이곳을 나가지 않을 것이라 맹세했단 말이야. 그런데 이제 와서 나갈 것 같으냐?"

"그러니까 스스로는 나가지 않겠다는 말은, 누군가 데리고 나가 주면 된다는 뜻 아니야?"

"하!?"

보노보노의 어이없다는 탄성에 아렌은 자신의 말이 어디가 틀렸는지 고개를 갸웃거릴 뿐이었다. 그러다가 이내 빙긋 웃으며 다시 입을 열었다.

"에이, 그러지 말고 같이 나가자."

보노보노는 할 말을 잃어버렸다. 그리고는 아렌에게 자신이 나가지 않을 것임을 조금 더 쉽게 설명해 줘야겠다고 생각했다.

"내가 나가야 할 이유가 뭔데? 나가 봐야 인간들만 득실득실거릴 건데 왜 나가야 하냐고. 그에 비하면 여긴 나밖에 없으니 천국이나 다름없는데 말이야."

"하지만 먹을 게 별로 없잖아."

"헉!"

아렌의 별 뜻 없는 한마디가 보노보노의 가슴을 후벼 팠다.

동굴 안에 먹을 게 별로 없다는 말은 사실이 아니었다. 그동안 아렌이 먹으면서 지내온 이끼는 엄청난 번식력을 자랑했다. 그것도 종족의 위기에 처하면 그 번식력은 실로 어마어마하다는 말이 부족하지 않을 정도. 서식지가 굳이 한정되지 않았다면 동굴 전체를 이끼가 덮고 있을지도 몰랐다.

그러니 먹을 게 없다는 말은 거짓이나 다름없었다. 하지만 중요한 것은 보노보노의 엄청난 식탐이 거짓을 사실로 바꾸게 할 만하다는 것이었다. 그의 식탐이면 아무리 이끼의 번식력이 빠르다 한들 하루도 채 버티지 못할 것이었다. 보노보노가 애써 식탐을 참지 않았다면 벌써 이끼는 오래전에 거덜났으리라.

그런 차에 아렌이 그런 보노보노의 아픔을 후벼 판 것이었다. 그러고도 멈추지 않고 아렌은 비틀거리는 보노보노를 향해 치명타를 날렸다.

"밖에 나가면 먹을 건 정말 많을 텐데… 하루 종일 먹어도 다 못 먹을걸?"

"커억!"

보노보노는 이미 재기불능의 상태에 빠진 것 같았다. 그리고 그런 그를 향해 아렌이 다시 손을 내밀었다.

"함께 나가자."

아렌의 손길… 그것은 참기 힘든 유혹이었다. 그리고 보노보노는 결국 식탐 앞에 무릎을 꿇을 수밖에 없었다. 그의 처절한 패배였던 것이다.

그날, 바람의 위험을 무릅쓰고 나락의 흔적 사이를 날아가던 한 마리의 새는 절벽을 타고 올라가는 한 명의 인간과 그 인간의 어깨에 앉은 한 마리의 슬라임이라는 괴상한 콤비의 모습을 볼 수 있었다.

Chapter 31

밀리온으로 간다

데미안은 주변을 둘러보았다. 너무나도 많은 시체들이 땅바닥에 즐비하게 쓰러져 있었다. 그들이 흘린 피로 땅은 붉게 물들었고, 역겨운 피비린내가 코끝을 찔렀다.

너무나도 참혹하고 무서웠기에 다시는 보고 싶지 않은 광경이었다. 당장이라도 시선을 돌리고 모든 기억을 지워 버리고 싶을 정도였다.

'예전의 나였으면 그랬겠지.'

데미안은 시선을 돌리지 않았다. 그저 그 모든 상황을 똑바로 직시할 뿐이었다. 그리고 또다시 그가 검을 휘둘렀다.

아무렇지도 않게 휘두른 검은 또 하나의 생명을 빼앗아갔다. 정말 손바닥 뒤집는 것처럼 쉽게, 그렇게 하나의 생명이 끝난 것이었다.

'사람의 목숨이라는 게 이렇게 쉽게 끊어지는 건가.'

너무나 쉬운 나머지 허탈한 웃음마저 나올 정도였다. 하지만 데미안은 웃지 않았다. 그는 시선을 돌려 주변을, 지금까지 보던 시야에서 벗어나 더 먼 곳을 둘러보았다. 그리곤 자신의 주변을 빼곡히 에워싼 수많은 사람들을 볼 수 있었다.

"어서 놈을 죽여라! 어서!"

누군가 그렇게 외치고 있었다. 하지만 다른 이들은 그 말을 따를 생각 따위는 없는 듯했다. 창칼을 들고 있었지만 그 어느 누구도 한 발자국을 다가오지 못했다. 오히려 데미안의 시선이 가는 곳에 있는 자들은 화들짝 놀라며 물러설 뿐이었다.

겁에 질린 군상들. 그들의 모습은 그러했다.

데미안의 시선이 땅바닥에 싸늘하게 누워 있는 시체들 중 몇몇 눈에 띄는 차림을 한 이들을 찾았다.

'북귀족 연합이라 했던가?'

데미안은 그동안 게틀린 후작의 심복들과 자신을 반역자로 몰아세우는 데 큰 공헌을 했던 귀족들을 찾아다니며 그 죄를 물었다. 그러길 꽤나 오랜 시간이 지났음에도 그 수가 얼마나 많았는지 데미안은 아직도 대륙의 북쪽을 벗어나지 못하고 있었다.

또한 그 때문에 비상이 걸린 북쪽의 귀족들 몇몇이 힘을 합쳤으니, 그것이 바로 북귀족 연합이었다. 평소에는 호시탐탐 서로를 떨어뜨릴 틈만 엿보던 그들이 데미안을 잡기 위해, 그를 죽이기 위해 손을 잡아 만든 역겨운 집합체인 것이다.

그들은 나름대로 치밀한 계획을 세워 데미안을 함정에 빠뜨렸고, 수많은 병사들로 그를 포위하여 공격했다. 그리고 파안대소를 터뜨렸다. 그들은 설령 세븐스타가 이 자리에 있다 해도 벗어나지 못할 것이라 생각했다.

하지만 곧 그들은 단 한 명에 의해 학살당하는 병사들의 모습을 봐야 했다.

그렇게 얼마나 지났을까. 전신에서 핏빛 기운을 뿜어내며 덤벼들던 병사들을 학살하던 데미안의 마검이 어느 순간 멈추었다. 그때 그의 주변은 이미 시체들로 산을 이루고 그들의 피로 강을 이루어져 있었다.

검을 멈춘 데미안은 주변을 둘러보았다. 하지만 보이는 거라고는 시체와 피.

아직도 많은 병사들이 살아남아 있었지만 감히 그를 향해 다가올 생각을 하지 못했다. 그뿐 아니었다.

"아, 악마다."

누군가 잔뜩 겁에 질린 목소리로 그렇게 중얼거렸고 그 파장은 공포라는 이름으로 급속히 퍼져 나가기 시작했다. 그리고 공포에 질린 병사들은 하나둘 창칼을 버리고 달아나기 시작했다.

귀족들은 그런 병사들이 도망가지 못하도록 소리쳐 댔지만 이미 공포에 의해 이성을 잃은 병사들에게 그들의 목소리는 들리지 않았다. 그리고 썰물처럼 빠져나가는 병사들의 모습에 우왕좌왕하던 귀족들은 이대론 안 되겠다는 생각에 그들 역시 말을 돌려 달아나려 했다.

하지만 그들은 끝내 그 자리를 벗어나지 못했다. 한줄기 핏빛이 번쩍인다 싶더니 그들이 타고 있던 말의 다리가 모두 잘려 버린 것이었다.

말이 쓰러지자 귀족들을 땅에 볼품없이 나뒹굴었다. 다행인지 불행인지 낙마의 충격으로 죽은 자들은 아무도 없었지만 고통으로 신음하던 그들은 죽음보다 더 두려운 황금빛 눈동자를 보아야 했다.

"헉! 데, 데미안 황태자……!"

귀족들 중 누군가 그렇게 외쳤다.

이미 오래전부터 북쪽의 귀족을 죽이고 다니는 이가 데미안 황태자라는 소문이 나돌던 차였다. 그자가 황금빛 머리카락에 황금빛 눈동자를 가지고 있었기 때문이다.

하지만 귀족들 중 그 소문을 믿는 사람은 거의 없었다. 그들이 아는 데미안 황태자는 무척이나 유약한 인물이었다. 그런 이가 단 몇 달 만에 수많은 병사들과 귀족들을 죽이고 다니는 살인마가 될 수는 없다고 생각한 것이었다.

하지만 지금 이 자리에 모인 귀족들은 똑똑히 보고 있었다,

살인마가 되어 돌아온 데미안 황태자를.

푸핫!

핏방울이 튀어 오르며 데미안의 이름을 외친 귀족이 죽었다. 그리고 그런 귀족의 최후를 튀어나올 듯한 눈으로 바라보던 귀족들 몇몇 역시 그 뒤를 따랐다. 남은 귀족은 단 한 명뿐이었다.

"비르포데 백작. 북쪽에서 군주와 다름없는 행세를 하는 자. 하지만 그 역시 게틀린 후작의 충실한 개."

"화, 황태자 전하……."

마지막 남은 귀족, 비르포데 백작은 어느새 무릎을 꿇은 채 고개를 조아리고 있었다. 그런 그를 차갑게 바라보던 데미안의 황금빛 눈동자가 빛났다.

"그 죄의 대가는 죽음."

"화, 황태자 전하! 제, 제 말 좀 들어주십시오!"

"말? 언제부터 개가 말을 할 수 있게 되었지?"

"저, 저 같은 미천한 것을 굳이 죽이실 필요가 있겠습니까! 이, 이 모든 것의 원흉은 게틀린 후작, 바, 바로 그자입니다! 그자를 죽여야 카고라스 각하의 원한이 풀어지지 않겠습니까. 그, 그자를 벌하셔야 할 분의 칼에 어찌 저같이 미천한 놈의 피를 묻히시려 합니까."

비르포데 백작은 자신이 무슨 말을 하고 있는지도 몰랐다. 오직 살아야겠다는 생각만이 전부였다. 지금까지 데미안이 죽여온 다른 귀족들과 하나 다를 바 없는 그런 모습이었던 것이다.

하지만 지금까지와는 데미안의 반응이 조금 달랐다.

"그래, 맞아. 널 죽이는 것 정도로는 카고라스의 원한이 조금도 풀어지지 않아. 모든 일의 원흉은 케틀린 후작, 바로 그자야. 그를 죽여야 해."

"지, 지당한 말씀이십니다."

"죽여도 원한이 풀어지지 않을 미천한 인간을 죽일 필요는 없지."

데미안은 그렇게 중얼거리더니 이내 신형을 돌렸다. 그러자 비르포데 백작의 눈에 화색이 돌았다. 그는 데미안을 향해 오체투지를 하며 감사하다고 외쳤다. 하지만 끝내 그의 입에선 목소리가 흘러나오지 않았다. 또한 숙였던 고개가 위로 올라오지도 않았다.

그의 목은 이미 땅바닥을 구르고 있었다. 그리고 그런 그를 향해 데미안의 나직한 목소리가 울려 퍼졌다.

"하지만 인간이 아닌 개라면… 살려둘 필요 역시 없겠지."

비르포데의 목을 단숨에 잘라 버린 데미안의 황금빛 눈동자가 병사들이 사라진 방향을 향했다.

'악마?'

데미안 역시 병사들이 그를 무엇이라 불렀는지 알 수 있었다. 하지만 딱히 부정은 하지 않았다. 진한 핏빛 기운을 뿌리며 산처럼 쌓인 시체와 피의 강을 걷는 그의 모습은 누가 보더라도 악마라고 생각할 수밖에 없을 테니.

하지만 저들에게 묻고 싶었다. 저들은 정녕 그를 악마로 만든 자들이 누군지 모른단 말인가. 먼저 칼을 겨누고 그를 죽이기 위해 덤벼들었던 자들이 누군지 모른단 말인가!

[인간들이 말하는 악마란 결국 자신들의 잘못을 덮기 위해 만들어낸 미움과 공포의 대상일 뿐이다. 인간들은 악마란 존재를 만들어냄으로써 자신의 행동을 정당화시킨다. 지금처럼.]

마검의 목소리가 들려왔다. 마검은 데미안의 마음을 읽고 그렇게 말하고 있었다. 하지만 데미안은 아무런 대답도 하지 않았다. 그저 다시 발걸음을 옮길 뿐이었다. 그러자 마검이 물었다.

[이제 어떻게 할 거지?]

"개의 말이지만 틀리지는 않았다. 카고라스의 원한을 조금이라도 빨리 풀어주기 위해선 놈을 죽여야겠지."

[게틀린 후작 말인가.]

데미안은 고개를 끄덕였다.

데미안을 반역자로 몰아넣은 주범, 그리고 카고라스를 죽게 만든 원흉인 게틀린 후작. 그를 죽여야만 카고라스의 원한이 조금이나마 풀어질 것이다.

[용병왕은 어떻게 할 셈이지?]

"그자는 아직 살아 있어야 한다."

[어째서?]

"용병왕 타이온. 그자는 가장 나중에, 가장 처참하게 죽일 것이니까."

분노를 드러내며 이를 갈듯 그렇게 말한 데미안이 시선을 옮겼다. 게틀린 후작이 있는 그곳, 대륙과 제국의 중심이자 그가 자라났던 그곳을 향해.

"밀리온으로 간다."

나락의 흔적. 그 절벽 사이로 무엇인가 꿈틀거리는 것이 모습을 드러냈다. 그리고 그것은 마침내 절벽의 위로 올라서고야 말았다.

"퉤!"

거대한 몸집을 하고 절벽의 위로 올라선 보노보노는 입속에 머금고 있던 것을 뱉어냈다. 그것은 땅을 나뒹굴다 멈춰섰고, 잠시 후에야 조금씩 움직이기 시작했다.

"에구구."

그것은 다름 아닌 아렌이었다. 아렌은 보노보노의 체액을 잔뜩 뒤집어쓴 채 자리에서 몸을 일으켰다. 그리고는 주변을 둘러보더니 웃음을 지었다.

"하핫! 벌써 다 올라왔구나!"

"으으! 데려가 준다고 할 때는 언제고 절벽의 중간에서 정신을 잃어?"

어느새 몸을 다시 작게 만든 보노보노는 웃음 짓는 아렌을 어이가 없다는 듯이 쳐다보고 있었다.

보노보노를 어깨에 태우고 보금자리를 벗어난 아렌은 조심조심 절벽을 타고 올라갔다. 절벽은 매우 가팔랐고 강한 바람이 아렌을 마구 흔들었기에 한 번의 실수가 곧 죽음으로 이어질 수 있다는 사실을 자각하며 아렌은 신중히 절벽을 올랐다.

그런데 그렇게 하루쯤 꼬박 절벽을 오르자 아렌은 전신에 힘이 하나도 남지 않게 되었다. 아무리 그가 단련으로 다져 온 힘과 체력을 가지고 있다 하더라도 하루 꼬박 절벽에 매달려 있는 것은 불가능한 일이었다.

아렌은 급속도로 빠져나가는 힘을 다시 불어넣으려 애썼지만, 결국 손에 마비가 오며 절벽을 부여잡고 있던 손을 놓치고야 말았다. 그런데 그 순간 보노보노가 거대해지며 아렌을 삼켰고, 그대로 절벽 위로 내달렸다. 그렇게 그들은 절벽 위로 올라올 수 있었던 것이다.

그런 아렌을 바라보는 보노보노의 시선이 곱지 않게 변한 것은 어쩔 수 없는 일이었다. 만약 그가 따라나서지 않았다면 아렌은 밖으로 나오기도 전에 저세상 사람이 되어버렸을 것이었다. 예전부터 바보라고는 생각했지만 정말 새삼 아렌이 바보처럼 보이는 보노보노였다.

그런 시선에도 아랑곳하지 않고 대충 보노보노의 체액을

털어낸 아렌은 보노보노를 어깨에 태우고는 얼른 숲 속으로 걸음을 옮겼다. 비록 그들이 올라온 곳이 이전 키메라들이 집결해 있던 곳에서부터 제법 멀리 떨어진 곳이기는 했지만 그래도 언제, 어떻게 발각될지 몰랐기에 그나마 엄폐물이 있는 숲 속으로 몸을 옮긴 것이었다. 그리고 보노보노는 절벽을 올라와서 힘들다며 아렌의 어깨에 앉은 채로 잠이 들어버렸다.

"일단 짐부터 찾아야 해."

아렌은 센티넬이 자신들을 공격하기 전 미처 챙기지 못한 짐을 떠올렸다. 그의 짐 안에는 빅톤이 준 두루마리 문서와 그것을 전달하기 위해 필요한 금패가 있었기에 반드시 찾아야 했던 것이다.

빅톤이 먼저 찾아갔을 수도 있었고 적들이 가져갔을 수도 있었지만, 확실한 것이 아니었기에 일단 위험을 무릅쓰고서라도 짐이 있었던 곳으로 가볼 필요가 있었다. 때문에 아렌은 천천히, 조심스레 이동하기 시작했고 얼마 후 그는 짐이 있던 곳에 도착할 수 있었다.

"있다!"

다행히도 그곳에는 아직 짐이 있었다. 센티넬과의 전투로 마구 어지럽혀진 상태였지만 누군가 건드린 듯한 흔적은 없었다. 게다가 빅톤의 짐마저 그대로 남아 있었다.

빅톤이 짐을 챙겨가지 않았다는 사실에 아렌은 약간 불안감이 들었지만 일단 자신의 짐과 빅톤의 짐부터 챙겼다. 그리고 두 짐을 어깨에 걸쳐 메고는 급히 자리를 뜨려 했다. 이미 센티넬에게 한 번 발각되었던 장소였던 만큼 무척이나 위험 했기 때문이다.

그런데 그렇게 자리를 뜨려던 아렌의 눈길에 하나의 발자 국이 들어왔다. 상대적으로 깊은 발자국은 순간적으로 땅을 찬 듯 보여지고 있었고, 아렌은 그 발자국이 빅톤의 것임을 어렵지 않게 짐작할 수 있었다.

'흑마법사들 때문에 자리에서 피할 때, 그때 땅을 박찬 흔 적이로구나.'

아렌 역시 그동안 빅톤을 따라다니며 검만을 죽자고 휘두 른 것은 아니었다. 빅톤 앞에서는 명함도 못 내밀 정도이긴 해도 그 역시 어느 정도 흔적을 읽는 법과 추적술을 배운 것 이다. 만약 비라도 왔으면 말짱 도루묵이었겠지만 다행히 아 직 건조한 날씨 덕분에 흔적은 지워지지 않았다.

아렌은 감각을 곤두세워 주변에 누가 없는지 한 번 더 확인 하고는 빅톤의 흔적을 따라 숲 속으로 들어갔다. 하지만 그 첫 번째 발자국 외엔 빅톤의 흔적을 찾기란 쉽지 않았다. 달 리는 와중에도 단숨에 7, 8미터를 훌쩍 뛰어넘을 정도로 괴물 같은 움직임을 가진 그였기 때문이다. 그래도 흑마법사들의 흔적이 고스란히 남아 있었기에 그들의 움직임을 추적하는 것은 어렵지 않았다.

그렇게 그들의 흔적을 따르다 보니 빅톤이 정령술을 펼친 것 같은 곳과 흑마법사들의 마법이 작렬한 곳 등, 더욱 많은 흔적을 발견할 수 있었고 그 흔적은 무너진 동굴 앞으로 이어지고 있었다.

"이곳에서 격렬한 전투가 벌어졌었구나."

무너진 동굴은 물론이고 주변의 여러 곳에서 빅톤이 체술을 사용한 흔적이 많이 남아 있어 전투가 격렬했음을 알려주었다. 더군다나 이곳저곳에서 덕지덕지 말라붙은 핏자국은 가장 확실한 증거였다.

아렌은 다시 주변을 유심히 살펴보았다. 그리고 흑마법사의 것으로 보이는 두 개의 흔적이 서로 다른 방향으로 흩어지는 것을 발견할 수 있었다. 하지만 빅톤의 이동 흔적은 달리 찾을 수가 없었다.

사실 지금까지도 빅톤의 흔적보다 흑마법사들의 흔적들을 쫓아 여기까지 오게 된 것이었으니 이제 와서 새삼 빅톤의 흔적을 쉽게 찾을 수 있을 리가 없었다. 다만 지금까지의 행동 패턴처럼 다른 방향으로 흩어지는 두 흑마법사와 무슨 관련이 있을 거라는 예상이 들 뿐이었다.

그런데 아렌의 시선을 끄는 것은 정작 다른 것이었다.

'야영을 한 흔적?'

그의 눈에 띈 것은 누군가가 남긴 야영의 흔적이었다. 불은 피우지 않은 듯했지만 약 하루 정도 그곳에 머무른 듯한 흔적이 남아 있었다. 그리고 그 흔적은 동쪽 방향으로 향해 있었다.

'누구지?'

여러 가지 추측이 떠올랐지만 이렇다할 만한 생각은 떠오르지 않았다. 그저 누군가 여기서 빅톤, 그리고 흑마법사와 접촉했을 거라는 것만을 알 수 있었을 뿐이다.

아렌은 고민에 빠져야 했다. 사실상 빅톤의 흔적은 찾기 힘든 형편. 빅톤이 흑마법사들의 뒤를 무조건 따랐다고 할 수도 없었기에 마냥 그들의 흔적을 쫓을 수도 없었다. 그렇다고 이 누군가의 흔적을 따랐다가 빅톤과는 전혀 관련이 없으면 어떻게 할 것인가.

신중히 결정을 내려야 하는 상황에 아렌은 고민에 빠져들었다. 그리고 이내 결단을 내렸다.

'일단 이 흔적을 따라가 보도록 하자. 설령 빅톤과는 상관이 없더라도 빅톤이 어디로 갔는지 알지도 모르니까. 안 되면 다시 돌아오더라도 지금은 일단 그렇게 하자.'

아렌은 그렇게 결단을 내리고는 야영을 한 누군가의 흔적을 뒤따르기 시작했다.

아렌은 흔적을 놓치지 않으려 하면서도 빠른 속도로 달렸다. 이미 이 흔적의 주인은 자신보다 며칠 더 앞서 이곳을 지나갔을 터. 흔적에선 그다지 서두른 기미가 보이지 않았지만 그렇다 하더라도 따라잡으려면 며칠이 걸릴지 장담할 수가 없었다. 게다가 만약 비라도 내린다면 흔적이 지워질 것은 당연지사. 한시가 급했다.

그렇게 얼마나 달렸을까. 꽤나 많은 거리를 달려온 것 같았다. 그러던 중 아렌은 한 가지 낯익은 흔적을 발견할 수 있었다. 그것은 바로 키메라의 흔적이었다.

"어째서 이게 여기에 있는 거지?"

키메라의 흔적은 오래된 것이 아니었다. 게다가 그 이어지는 방향도 제멋대로였다. 마치 무엇인가를 찾아 주변을 뒤지는 듯한… 그런 흔적이었다.

아렌은 주변에 키메라가 있을지도 모른다는 생각으로 달리는 속도를 낮추고 조금 더 주변을 세심하게 살피며 이동했다.

그렇게 또다시 한참을 이동했다. 아렌은 달리면 달릴수록 키메라의 흔적들이 점점 많아지고 있다는 사실을 알 수 있었다. 그리고 얼마 지나지 않아 키메라와 누군가의 전투 흔적을 찾을 수 있었다.

키메라의 숫자는 무척이나 많은 듯했다. 주변의 엉망진창이 되어버린 숲의 광경만 봐도 알 수 있는 사실이었다. 게다가 키메라의 시체는 다 처리한 듯했지만 여기저기 지워지지 않은 녹색 핏자국이 키메라와 싸운 사람의 솜씨가 보통이 아님을 알려주고 있었다.

문제는 그 전투의 흔적이 다른 모든 흔적들을 다 지워 버렸다는 것이었다. 자신이 지금까지 따라왔던 누군가의 흔적조차도 전투의 흔적에 의해 모두 지워진 채였다.

하지만 아렌은 추적을 포기하지 않았다.

그는 주변의 녹색 피들을 유심히 조사하기 시작했다. 그리고 한참을 수색한 끝에 아렌은 아주 작은 흔적을 찾아낼 수 있었다. 그것은 바로 사람의 핏자국이었다.

미세하게 남은 핏자국은 어디론가 이어지고 있었고, 아렌은 그 핏자국을 따라가기 시작했다. 그렇게 얼마나 지났을까. 그의 어깨에서 내리 잠을 자던 보노보노가 잠에서 깨어났는지 중얼거렸다.

"물 냄새가 난다."

코도 없는 녀석이 어떻게 냄새는 맡는 것인지 순간 의아한 생각이 들었다.

"넌 코가 없으면서 어떻게 냄새를 맡아?"

"흥! 이 몸은 귀가 없는데도 잘만 듣는다. 불만있냐?"

묘하게 설득력있는 보노보노의 말에 아렌은 고개를 끄덕일 수밖에 없었다. 그리고 핏자국을 따라 조금 더 가다 보니 멀리서 조금씩 흘러가는 물소리를 들을 수 있었다. 핏자국은 그 물소리가 들리는 곳으로 이어지고 있었다.

그렇게 도착한 곳엔 작은 시냇물이 흐르고 있었다. 그리고 핏자국은 거기서 끊어졌다.

"시냇물 때문에 흔적이 더 이상 남아 있지 않아."

더 이상 흔적을 찾기 힘들다는 사실에 아렌은 낙담하고 있었지만 그가 그러든 말든 보노보노는 아렌의 어깨에 앉은 채로 몸을 늘어뜨려 나뭇가지들을 집어삼켜 대고 있었다.

"음… 썩 나쁘진 않은 맛이군."

나무에 달린 과일 같은 걸 따먹는 것도 아니고 나뭇가지나 풀과 함께 아예 통째로 삼키는 보노보노의 모습에 보면 볼수록 별난 녀석이라는 생각이 들 때쯤 보노보노가 잔뜩 인상을 찌푸리며 삼키던 것을 뱉어냈다.

"엑! 퉤! 퉤! 이건 뭐야, 인간의 피잖아!"

"뭐?"

아렌은 보노보노의 말에 그가 먹어대던 나뭇가지가 있는 곳을 바라보았다. 그 순간 한줄기 실선이 아렌의 시야에 들어왔고, 그곳에서 작고도 검은 그림자가 떨어져 내리며 아렌을 향해 공격을 퍼붓기 시작했다.

"우왓!"

순식간에 연속해서 공격을 퍼붓는 그림자에 아렌은 다급한 비명을 내지르며 이리저리 몸을 날려야 했다. 그림자의 공격은 그만큼이나 빨랐던 것이었다. 한순간이라도 틈을 보였다가는 그림자의 뾰족한 공격에 벌집이 될지도 모를 정도였다. 그리고 그렇게 격렬한 아렌의 움직임에 그의 어깨에 앉아 있던 보노보노가 제대로 방비를 하지 못한 채 멀찍이 날아가며 땅을 뒹굴었다.

파파팟!

"큭!"

아렌은 전념을 다해 피해내고 있었지만 그럼에도 이곳저곳에 작은 상처들이 생겨나고 있었다. 그림자의 체구는 무척 작았지만 그만큼 민첩했기에 아렌의 움직임을 어렵지 않게 따르고 있었다.

아렌은 작은 그림자가 들고 있는 것이 날카롭고 가늘며 뾰족한 검이라는 것을 알 수 있었다. 그런데 그 검이 어찌나 날카로운지 닿지도 않았는데 그 예리함 때문에 살갗이 갈라질 정도였다.

아렌은 이대로 더 이상 버틸 수 없다는 생각이 들었고 때문에 그는 시야에 넓게 펼쳐진 실선들을 파악하며 틈을 찾았다. 그리고 한순간 그 틈을 발견한 아렌은 주저없이 그곳으로 몸을 던졌다.

파앗!

그림자의 검이 주변의 수풀들을 모두 베어버렸다. 빠르고도 깔끔한 일격이었지만 아렌은 다행히 한발 앞서 틈을 파악하고 몸을 날린 덕분에 공격을 피함과 동시에 시간적 여유를 가질 수 있었다.

그러나 그 시간적 여유는 오래가지 않았다. 아렌이 재빨리 검을 뽑아 들기가 무섭게 어느새 그림자의 검이 아렌을 노려 왔기 때문이다. 소름 끼칠 정도로 빠른 공격의 전환이었다.

아렌은 검을 뽑아 들기는 했지만 섣불리 그림자의 검과 맞

부딪칠 수 없었다. 적의 검은 그 예리함만으로 한 그루의 나무를 통째로 베어버릴 수도 있을 것 같았다. 그런 검에 정면으로 맞부딪쳤다가는 그의 검이 남아나지 않을 것이기 때문이다.

아렌은 센티넬의 세이버를 상대하던 때와 마찬가지로 억지로 그림자의 검을 빗겨내며 맞설 수밖에 없었다. 그러나 그림자의 검술 역시 호락호락하지는 않았다.

슈슉!

바람의 가르는 소리가 날카롭게 울려 퍼졌다. 베는 것이 아니라 찌르기 위주인 그림자의 검술이었지만 공격의 전환이 소름 끼칠 정도로 빨랐기에 아렌은 식은땀이 흐르는 것을 느꼈다. 그리고 마침내 그림자가 혼신을 다한 듯한 일섬을 날렸다.

"윽!"

아렌은 급히 검을 들어올려 검면으로 상대의 검을 막아내려 했다. 하지만 상대의 좁고도 뾰족한 검은 그런 아렌의 검을 단숨에 뚫어버리는 게 아닌가!

다행히 아렌의 검을 뚫은 충격으로 속도가 줄어들었고, 그것을 깨달은 아렌은 재빨리 검을 비틀어 내렸다. 그러자 검면을 꿰뚫은 상대의 검은 빗겨 내린 아렌의 검을 따라갔고, 아렌은 그 순간 재빨리 상대에게로 접근해 주먹으로 상대적으로 낮은 상대의 얼굴을 후려치려 했다.

하지만 아렌은 주먹을 끝까지 떨치지 못했다.

"여… 자?"

아렌을 공격하던 상대의 정체는 여자였다. 그것도 보통 여자가 아니라 이제 열한두 살쯤 되었을까 하는 어린 여자 아이였던 것이다. 때문에 아렌은 주먹으로 상대의 얼굴을 때리지 못한 것이었다.

그 대신 아렌은 여자 아이의 얼굴을 똑바로 볼 수 있었다. 여자 아이는 무엇이 그렇게 분한지 인상을 잔뜩 찌푸리고 있었다.

"이익!"

어린 소녀는 잔뜩 악을 쓰며 아렌의 검에 묶인 자신의 검을 빼내려 했지만 그렇게 쉽게 검을 내줄 아렌이 아니었다. 그러던 중 검을 빼내려 안간힘을 쓰던 소녀의 힘이 갑자기 사라지는 것을 느낄 수 있었다. 그리고 아렌을 향해 소녀는 스르르 쓰러져 내렸다.

아렌은 갑자기 쓰러지는 소녀를 급히 부축했다. 아렌의 품에 안긴 소녀는 정신을 잃은 상태였다.

"이게 대체……?"

아렌은 당황스러웠다. 이런 곳에 어째서 어린 소녀가 있는지도 의아했고, 왜 갑자기 자신을 공격했는지, 또 왜 갑자기 쓰러졌는지도 알 길이 없었던 것이다. 그러던 중 아렌은 손에 약간 끈적끈적한 것이 묻어 있다는 것을 알 수 있었다. 그리고 그것이 피라는 것을 깨닫는 데에는 오랜 시간이 걸리지 않았다.

"이런!"

소녀는 허리와 어깨에서 피를 흘리고 있었다. 풀잎을 이용하여 스스로 간단한 지혈 정도는 한 것 같았지만 그 지혈한 틈 사이로 계속해서 피가 흘러내리고 있었던 것이다.

아렌은 이미 피에 흠뻑 젖은 풀잎 뭉치를 떼어냈다.

"으윽!"

소녀는 정신을 잃은 와중에도 그 고통을 느끼고는 신음을 흘렸다.

상처는 생각보다 심각했다. 게다가 피도 많이 흘린 터라 제대로 된 치료를 받지 않으면 생명이 위험할 듯싶었다.

'하지만 어떻게 제대로 된 치료를 하지?'

안타깝게도 아렌 역시 응급처치법 정도만 알고 있을 뿐, 제대로 된 치료를 할 수 있을 리 없었다. 그러던 중 아렌은 자신이 센티넬에게 입었던 상처가 이보다 심각하면 심각했지 덜하지는 않았다는 사실을 상기해 낼 수 있었다. 그리고 그런 상처를 보노보노가 치료했다는 사실도!

그때 마침 보노보노의 성난 외침이 들려왔다.

"이 몸을 내팽개치다니! 먹어버릴 테다! 크앙!"

보노보노는 간지러운 포효를 터뜨리면서 몸을 통통 튀겨 아렌을 향해 달려들려 했다. 아렌은 그런 보노보노를 잡아채 소녀의 앞에 가져다 댔다.

"보노보노! 이 여자 아이를 치료해 줘."

"잉?"

보노보노는 애가 무슨 소리를 하나는 듯이 아렌을 쳐다보았다. 그러다가 콧방귀를 뀌며 말했다.

"내가 왜 갑자기 나타나 칼부림을 해대는 암컷 인간을 치료해 줘야 하는 건데?"

보노보노는 자신이 내팽개쳐진 것에 대해 앙심을 품고 있는 듯했다. 게다가 세상으로 나와 처음으로 맞이하는 식사 시간을 방해한 소녀가 마음에 들지 않는 듯했다.

보노보노가 그렇게 나오자 곤란해진 것은 아렌이었다. 소녀는 이미 피를 많이 흘렸기에 한시가 급한데 보노보노는 전혀 치료해 줄 생각이 없었던 것이다. 아렌은 보노보노를 회유할 좋은 방법이 없을까 하다가 이내 먹을 걸로 꼬셔보기로 했다.

"먹을 거! 먹을 거 잔뜩 구해줄게!"

"헹! 동굴 속에 있었을 땐 몰라도 여긴 먹을 게 널렸으니 네가 안 구해줘도 상관없어. 잊진 않았겠지? 난 무엇이든 먹고 소화시킬 수 있는 엄청난 능력을 가지고 있다는 사실을!"

나뭇가지와 풀까지 아무렇지도 않게 뜯어 먹는 놈이다. 지금 그런 놈에게 먹을 걸로 유혹해 봤자 넘어오지 않을 것임을 아렌은 미처 깨닫지 못했던 것이다. 아렌은 보노보노를 유혹

할 다른 방법을 생각해 봤지만 다른 방법은 떠오르지 않았다.

그렇다면 생각을 바꿔야 했다. 먹을 걸로 유혹하는 방법밖에 없다면, 그중 보노보노가 먹어보지 못했던 것으로 유혹해야 했다.

'보노보노가 먹어보지 못했을 거?'

사실 동굴 속에만 있던 녀석이니 많은 걸 먹어봤을 리가 없었다. 하지만 평범한 걸로는 튕기고 볼 녀석이었기에 아렌은 뭔가 독특한 것을 생각해 낼 수밖에 없었다.

감히 상상도 하지 못할 정도의 맛이라… 아렌은 문득 떠오르는 게 있었다. 그리고 밑져야 본전이라는 심산으로 입을 열었다.

"특제 야채스튜를 만들어줄게!"

"뭐?"

보노보노는 어이가 없다는 듯이 아렌을 쳐다보았다. 자신을 회유하려는 수작이라는 게 뻔히 보이긴 한데, 그럼에도 겨우 야채스튜 같은 걸 내거는 아렌이 어이가 없었던 것이다.

하지만 아렌은 그런 보노보노를 향해 단호히 말했다.

"장담할게! 절대 네가 먹어보지 못한 그런 맛일 거야. 상상조차 해보지 못한 그런 맛일 거야."

아렌이 이렇게까지 말하자 보노보노 역시 그 특제 야채스튜라는 것에 대해 조금 관심이 가기 시작했다. 그래도 그간 아렌이 빈말하지 않는다는 사실 정도는 일찍 깨우친 바였다.

그런 그가 이렇게 장담하는 걸 보니 그 특제 야채스튜라는 것이 분명 무엇인가 특별하긴 한 것 같았다.

잠시 고민에 빠져 있던 보노보노는 입맛을 다시며 입을 열었다.

"쩝! 좋아, 치료해 주지. 대신 그 특제 야채스튜라는 거 잊으면 안 된다?"

"알았어. 알았으니까 빨리 치료 좀 해봐."

보노보노의 말에 아렌은 안도의 표정을 지으며 다급히 말했다. 그러자 보노보노는 영 내키지 않는다는 눈초리로 잠시 소녀를 보다가 이내 덩치를 키우더니 소녀를 날름 삼켜 버렸다.

보노보노의 치유 방법을 아직 잘 모르는 아렌으로선 눈을 동그랗게 떴지만 치료 중이라는 보노보노의 말에 그저 잠자코 지켜볼 수밖에 없었다.

레이나는 악몽을 꿨다.

마치 물컹거리는 무엇인가가 자신을 집어삼키는 그런 꿈이었다. 그 물컹거리는 것에서 어쩐지 따듯한 무엇인가가 느껴졌지만 그래도 기분 나쁜 것은 매한가지였다.

그러다가 곧 물컹거리는 것이 사라지고 사부님이 그녀를 쓰다듬는 꿈으로 바뀌었다. 그때부터는 악몽이 아니라 행복한 꿈이었다. 그녀는 사부님이 쓰다듬어 주는 기분 좋은 느낌에 살짝 미소를 지으며 조용히 눈을 떴다. 하지만 주변엔 아무도 없었다.

레이나는 그것이 곧 꿈이라는 것을 깨달을 수 있었다.

'하지만 너무 생생해.'

마치 잠든 사이에 사부님이 오셔서 그녀의 머리를 쓰다듬어 주신 것만 같은 기분이었다.

'근데 왜 내가 여기서 자고 있지?'

그녀는 차근차근 기억을 떠올려 보았다.

붉은 머리카락의 아저씨와 헤어지고 하루가 꼬박 지났지만 그는 돌아오지 않았고, 결국 레이나는 그가 준 나침반을 보며 동쪽으로 향했다. 그런데 그렇게 채 하루가 지나지 않아 이전에 그녀를 공격했던 사람들과 똑같은 차림을 한 사람들이 웬 고동색의 이상한 괴물들을 데리고 나타나 다짜고짜 그녀를 공격하기 시작했다.

레이나는 자신을 공격하는 연유를 알 수 없었지만 그냥 당해줄 생각은 없었기에 반격을 했다. 그런데 생각보다 이상한 촉수를 뻗어내며 공격해 오는 괴물들은 무척이나 강했다. 강철도 단숨에 잘라 버릴 정도로 예리한 그녀의 레이피어로도 괴물의 몸뚱어리는 잘 베이지 않았고 촉수와 손짓, 꼬리의 연환 공격은 단 한 번의 공격도 얕볼 수 없는 것이었다.

하지만 그런 괴물들조차 그녀의 상대는 되지 못했다. 그녀는 사부님께 배운 검술을 십분 발휘해 덤벼드는 괴물들을 약

50여 마리가량 베어버릴 수 있었다. 그러나 그 와중에 레이나 역시 어깨와 허리에 큰 상처를 입게 되었고, 그녀는 부상당한 몸으로 괴물을 따돌린 채 그 자리를 힘겹게 빠져나올 수 있었다.

그렇게 힘겹게 달아나 도착한 곳이 시냇가였다. 그곳에서 다친 상처를 지혈하던 중 누군가 다가오는 것을 눈치 채고는 자신을 뒤쫓는 사람이라 생각하여 나무 위로 몸을 숨겼다.

어깨와 허리의 상처가 무척이나 아팠지만 이를 악물고 버텼다. 만약 지금 상태로 괴물들과 또다시 싸우게 된다면 이번엔 도망조차 치지 못할 것 같았기 때문이다.

얼마 지나지 않아 그곳에 어떤 사람이 나타났다. 레이나는 제발 그가 자신을 발견하지 못하기를 빌었다. 하지만 안타깝게도 그는 그녀를 발견한 듯했고, 어쩔 수 없이 그녀는 고통을 참으며 정신이 혼미한 와중에 검을 펼쳤다.

그러나 상대는 생각 이상으로 강했다. 적어도 심한 부상을 입어 빨리 승부를 지어야 하는 레이나로선 벅찬 상대였다. 결국 남은 모든 힘을 다해 마지막 일검을 펼쳤으나 그 일검 역시 상대에게 막히고 말았다. 모든 힘을 다 써버린 탓에 더 이상 버틸 힘이 없던 그녀는 눈앞이 흐려지는 것을 느꼈다. 그리고 그것이 기억의 전부였다.

거기까지 떠오르자 허리춤으로 손을 뻗었다. 레이피어를 찾는 것이었다. 하지만 손에 닿는 것은 아무것도 없었고, 그녀는 곧 자신이 발가벗고 있다는 사실을 깨달을 수 있었다.

"……!"

깜짝 놀란 그녀는 새어 나오려는 비명을 억지로 삼켰다. 상대에게 깨어난 것을 들킬 수도 있었기 때문이다. 대신 덮고 있던 모포를 살짝 걷어내고 눈동자만을 굴려 주변을 살폈다. 다행히도 주변엔 아무도 없는 것 같았다.

그러던 중 저 멀리 그녀의 짐과 레이피어가 보였다. 뛰쳐나가고 싶은 마음을 억지로 가라앉히며 다시 주변을 살핀 그녀는 아무도 없다는 사실을 확인하고선 천천히 모포를 걷으며 일어나려 했다. 그런데 순간 어지럼증이 일어나며 다리에 힘이 풀려왔다.

하지만 그대로 주저앉지 않고 간신히 버티며 조심스럽게 짐이 있는 곳으로 발걸음을 옮겼다. 다행히도 무사히 짐까지 도착한 그녀는 여벌 옷을 꺼내 입고 레이피어를 챙길 때까지 그 누구에게도 들키지 않을 수 있었다.

그러던 그녀는 그렇게 아프던 어깨와 허리가 하나도 아프지 않다는 것을 깨달았다. 마치 부상을 입었던 것이 꿈이라 생각될 정도였다. 어떻게 된 것인지 몰라 고개를 갸웃거리던 중 귓가에 무슨 소리가 들려왔다.

그녀는 레이피어를 뽑아 만반의 태세를 하고는 소리가 들리는 곳으로 향했다. 그리고 볼 수 있었다, 하나의 작은 숲을.

잔잔한 바람과 작은 냇물이 흘렀다. 풀과 나무들은 하늘로 솟구치고 바위는 굳건히 자리를 지켰다. 그것은 분명 하나의 작은 숲이었다. 하지만 숲이 아니기도 했다.

아직 소년 티를 완전히 벗지 못한 사내가 검을 휘두르고 있었다. 아니, 검과 하나가 되어 마치 춤을 추는 것만 같았다. 그리고 하나가 된 검과 사내는 곧 작은 숲을 만들어내고 있었다. 그것이 레이나가 본 작은 숲의 정체였다.

레이나는 너무나 아름답고 생동감 넘치는 검무에 넋을 잃고 말았다. 숨조차 쉬지 못한 채 그 검무 속으로 빠져들었다. 잠시 후 사내가 검을 거두고 여운 속에 검무가 끝마치자 그녀는 아쉬운 마음에 참고 있던 숨을 내뱉었다.

"푸하!"

숨을 내뱉은 레이나는 깜짝 놀라고 말았다. 자신도 모르게 숨을 내뱉은 것까진 좋은데 그 때문에 검을 휘두르던 사내가 그녀를 발견한 것이었다.

검을 거두고 잠시 여운에 빠져 있던 그는 레이나의 모습을 발견하고 그녀에게로 다가왔다.

"아, 깨어났구나."

레이나는 사내가 자신에게로 다가오자 재빨리 뒤로 물러서며 그를 향해 레이피어를 겨누었다.

"다, 다가오지 마요."

하지만 목소리는 떨리고 있었다. 그녀 역시 아직 검무의 여운에서 벗어나지 못한 탓이었다. 그녀의 넋을 앗아갈 정도로 아렌의 검무는 무척이나 아름다운 것이었다. 그런 그녀의 모습을 보며 그는 자리에 멈춰 섰다. 그리고 레이나가 물었다.

"당신은 누구예요?"

"기억 안 나? 네가 날 갑자기 공격했잖아."

레이나의 물음에 답하는 그는 다름 아닌 아렌이었다.

아렌은 그때를 떠올려 보라는 듯 레이나가 자신을 공격한 일을 설명했다. 그제야 그녀도 자신이 공격한 사람이 아렌이라는 것을 알 수 있었다. 그리고 아렌이 다시 입을 열었다.

"왜 날 공격했는지는 모르겠지만 뭔가 오해가 있었던 듯한데, 난 네 적이 아니야."

아무런 근거도 없는 말이었지만 레이나는 그가 거짓말을 하는 것 같아 보이진 않는다고 생각했다. 왠지 그렇게 느껴졌다. 하지만 누그러지는 경계심을 다시 바짝 세우며 물었다.

"내 상처… 당신이 치료한 건가요?"

"음, 보노보노가 치료했어."

"보노보노?"

"못 만났어? 아직 자고 있었을 텐데?"

하루에 반 이상을 퍼질러 자는 특이 슬라임 보노보노는 떠올리며 말했지만 레이나는 고개를 갸웃거릴 뿐이었다. 보노보노가 설마 사람이 아닐 것이라 생각지 못한 것이었다. 그녀는 질문을 바꾸었다.

"내 옷은……"

"그건 내가 했어. 환자에게 지저분한 옷을 입혀둘 순 없어서."

보노보노를 회유해서 상처를 치료하게 해놓고 그는 시냇가의 물로 보노보노의 체액을 씻어낸 뒤 누더기가 된 옷 대신 다른 옷으로 갈아입었다. 그러고 나서 생각해 보니 보노보노의 치료를 받게 된 레이나 역시 체액을 뒤집어쓴 채 나올 것이 아닌가.

결국 아렌은 보노보노의 상처 치료가 끝난 뒤 레이나의 옷을 벗기곤 물에 적신 천으로 대충 체액을 닦아내야 했다. 물론 그것은 레이나가 이제 막 열 살이 넘었을 법한 어린아이로 보였기에 가능한 것이었다.

하지만 겉보기완 달리 열다섯 살이 된 레이나로선 청천벽력이 떨어지는 소리였다.

또 환자에게 더러운 옷을 그대로 입혀놓는 건 좋지 않다는 사실은 그녀 역시 이해할 수 있는 이유였다. 하지만 이제 막 사춘기에 접어든 소녀였다. 실제로 성교육도 제대로 받지 못한 레이나였지만 사부님을 통해 기본적인 개념과 부끄러움이라는 것 정도는 알고 있었다. 그런데 난데없이 외간 남자에게 그녀의 모든 것(?)을 보이게 된 것이었다.

어느덧 아렌의 설명과 부끄러움으로 인해 그를 향하던 경계심이 사라졌다. 대신 그녀의 얼굴이 붉다 못해 터질 것만 같이 변해갔다. 그나마 아렌이 그녀의 전신을 물수건으로 닦았다는 걸 모르는 게 다행이라면 다행이었다.

그런데 그때 아렌이 그녀의 뒤편을 가리키며 말했다.

"봐, 저기 보노보노가 왔네."

부끄러움을 어쩔 줄 몰라 하던 그녀의 시선이 저절로 아렌이 가리키는 곳으로 옮겨갔고, 그곳에서 웬 진한 하늘색의 둥근 것이 잔뜩 인상을 쓰고 있는 걸 볼 수 있었다.

"아침부터 웬 소란이야."

보노보노는 잠이 깬 것에 성이 난 듯 인상을 찌푸리고 있는 중이었고 그런 그를 보며 아렌이 빙긋이 웃으며 말했다.

"그 녀석이 바로 보노보노야."

아렌은 오해를 풀게 된 레이나로부터 자초지종을 들을 수 있었다.

기억도 나지 않는 옛날부터 사부님과 둘이서 산속에서 살았고, 그러다가 이번에 산을 내려오게 됐다는 것부터 산을 내려와 처음 본 사람들에게 공격을 당한 거며, 붉은 머리카락의 아저씨가 하루만 기다리라 말하고는 나침반을 준 것까지 얘기를 늘어놓았다.

"붉은 머리카락의 아저씨?"

"네. 하지만 그 아저씨는 돌아오지 않았고, 결국 전 아저씨가 가르쳐 준 대로 나침반을 따라 동쪽으로 향했어요."

"괜찮다면 그 나침반 좀 보여주지 않을래?"

"미안해요. 그게… 잃어버렸어요."

레이나는 정말 미안하다는 듯이 그렇게 말했다. 하지만 아렌은 괜찮다고 미안해하지 말라며 고개를 저었다.

'붉은 머리카락의 아저씨라… 빅톤일 확률이 높아. 그렇다면 결국 빅톤은 이곳으로 오지 않았다는 말이잖아.'

아렌은 자신의 선택이 틀렸다는 것에 낙심했지만 이내 그런 자신을 걱정스럽게 쳐다보는 레이나의 모습에 빙긋 미소를 지어주며 얘기를 계속해 보라고 말했다.

잠시 후 그녀의 얘기가 끝나자 아렌은 고개를 끄덕였다. 그녀가 왜 자신을 공격한 것인지 이해할 수 있었기 때문이다. 그리고 그녀의 얘기를 통해 또 다른 한 가지 사실을 예상할 수 있었다.

'빅톤은 분명 그곳을 피할 수 있었던 거야. 흑마법사들과 키메라들은 그런 빅톤을 찾으려 한 것일 테고, 그 와중에 레이나를 발견하여 공격한 것일 테지. 빅톤은 죽지 않았어!'

비록 빅톤을 찾지는 못했지만 아렌은 마음이 한시름 놓이는 것을 느꼈다. 그렇지 않을 것이라 생각은 했지만 사실 빅톤이 죽었을지도 모른다는 불안감이 계속 그를 짓누르고 있었던 것이다. 그런데 레이나의 말을 들으니 이제야 조금이나마 그 불안감을 벗어버릴 수 있었다.

빅톤이 아무런 위험에 처하지 않았다고는 확신할 수 없었으나 무사하기를 바라는 수밖에 지금 아렌이 할 수 있는 일은 없었다.

그런 아렌의 눈에 안절부절못하고 있는 레이나의 모습이 들어왔다.

'숲을 벗어나는 방법을 모른댔지?'

아직 너무도 어린 나이에 혼자서 이 숲 속을 방황하는 레이나의 모습에 씁쓸한 기분이 들었다. 어릴 적 할아버지와 함께 살 때 언제나 혼자였던 자신의 모습이 떠올랐기 때문이다.

아렌은 결단을 내리고는 레이나를 바라보며 입을 열었다.

"괜찮다면 함께 가지 않을래?"

"네!?"

"나도 일단 숲을 벗어나야 하거든. 숲을 벗어나는 게 같은 목표니까 거기까지만이라도 함께 가는 게 어떨까 해서 말이야."

아렌도 길을 잘 모르기는 어차피 매한가지였지만 나무의 결이나 숲의 여러 가지를 통해 방향 정도 짐작이 가능했기에 적어도 숲에서 길을 잃지는 않을 것이었다.

동쪽 방향으로 무조건 나아가던 레이나였으니 그런 그와 동행하면 손해는 없을 터. 아렌은 그런 생각으로 레이나에게 동행을 제안한 것이었다.

레이나는 아렌의 제안에 잠시 멍한 표정을 짓다가 이내 환한 표정으로 고개를 끄덕이며 대답했다.

"정말 그래 주시겠어요? 감사합니다!"

"아, 아니… 감사할 것까지야……."

레이나가 계속해서 고개를 숙여 보이자 아렌은 당황한 기색이 역력했다. 그리고 그런 아렌의 순진한 모습에 레이나는 헤헤 웃음을 지었다. 그러다가 이내 옆에서 새로운 일행을 달가워하지 않는 보노보노를 가리키며 천진난만하게 웃었다.

"너 정말 신기하게 생겼다!"

산속에서 사부님과 살다 보니 이런저런 몬스터도 많이 만나본 그녀였지만 보노보노처럼 생긴 생물은 처음이었다. 보노보노를 바라보는 그녀의 눈빛은 마치 신기한 장난감을 발견한 듯한 어린아이의 눈빛, 바로 그것이었다.

"헤헤, 앞으로 잘 부탁해."

그녀는 손으로 보노보노의 머리꼭지를 잡고 흔들며 인사했다. 그러자 보노보노는 잔뜩 인상을 찌푸린 채 아렌을 향해 말했다.

"아렌, 얘 먹어버려도 돼?"

"하하, 안 돼."

웃음을 터뜨리며 단호하게 말하는 아렌의 모습에 보노보노의 인상은 더욱더 구겨져만 갈 뿐이었다.

잠시 그 모습을 지켜보던 아렌의 시선이 동쪽으로 향했다.

'일단 빅톤이 부탁한 일부터 해결해야겠지. 좋아, 밀리온으로 간다!'

흐름의 깨달음

대륙의 서쪽 끝에서 남쪽으로 구불구불 이어지는 마르코
산맥은 대산맥이라는 이름에 부족하지 않게 무척이나 큰 규
모를 자랑했다. 그 규모만으로 따지자면 대륙 제일이라 해도
과언이 아닐 정도였다. 하지만 처음부터 그렇게 규모가 큰 것
은 아니었다.

아주 오래전 제국이 대륙을 통일하고 얼마 지나지 않아 몬
스터 토벌에 박차를 가할 때였다. 대륙의 거의 모든 곳이 제
국의 지배하에 있다 해도 과언이 아니었던 때였지만 마르코
산맥은 그 영향을 벗어나 있었다. 그 이유는 산맥의 대부분
이 망야의 평원과 가까운 서쪽 끝 부분에 위치해 있기 때문

이었다.

역사가 전하는 것보다 훨씬 이전부터 금역으로 지정된 망야의 평원과 가까이 위치해 있던 마르코 산맥은 이미 많은 몬스터들이 서식을 하고 있었고, 그 수는 제국에서도 함부로 건드리지 못할 정도였다. 덕분에 제국의 몬스터 토벌에 신음을 하던 몬스터들이 그곳에 대거 무리를 이루기 시작했고, 그럴수록 사람의 발걸음이 닿지 않아 산맥을 이루는 숲은 더욱더 울창해져만 간 것이다. 그리고 지금에 와선 대륙 제일의 규모를 자랑하는 대산맥과 숲이 되어버린 것이다.

이전 아렌과 빅톤은 마르코 산맥을 이루는 숲을 단 한 달여만에 통과한 적이 있었다. 숲에 있었던 시간은 훨씬 길었지만 이동만으로 치자면 한 달이 조금 넘는 시간 만에 숲을 넘어 망야의 평원까지 도착한 것이었다. 하지만 이것은 키메라가 숲의 몬스터들을 사냥하여 딱히 그들을 공격하는 몬스터가 없었고, 또 키메라를 쫓기 위해 밤낮을 가리지 않으며 이동한 덕분에 나온 기록이었다.

만약 그런 상황이 겹치지 않았다면 절대 한 달 만에 그 숲을 통과하지 못했을 터였다. 그 증거로 아렌과 레이나, 그리고 보노보노가 그 숲을 빠져나오기까지 걸린 시간이 약 두 달여 남짓이었다.

나름대로 서두른다고 했는데도 어느새 키메라들의 몬스터 사냥으로 인한 빈자리를 채운 또 다른 몬스터들이 그들을 공격해 왔기에 그 정도의 시간이 걸린 것이었다. 그나마 그것도 아렌과 레이나의 뛰어난 검 실력이 있었기에 빨리 빠져나왔다 할 수 있는 시간이었다.

그렇게 그들은 두 달여의 기간에 걸쳐 숲을 빠져나올 수 있었지만 레이나는 아렌과 헤어지지 않으려 했다.

그동안 아렌, 보노보노와 함께 지내며 그들에게 정이 많이 들기도 했고 또 그녀가 숲을 빠져나왔다고 해도 딱히 아는 사람도, 갈 곳도 없었기 때문이다.

하지만 가장 큰 이유는 다른 것이었다.

아렌의 검무를 본 레이나는 곧 전날 자신이 아렌에게 패했다는 것을 상기해 내고는 그의 수련을 지켜보게 되었다. 사실 누군가의 수련 장면을 본다는 것은 큰 실례가 되는 행위였지만 그런 것을 알 리 없는 레이나, 그런 것 따윈 아무래도 상관이 없었던 아렌은 크게 신경 쓰지 않았고, 덕분에 레이나는 아렌의 검에 하루하루 빠져들게 되었다.

그렇게 얼마 지나지 않아 레이나와 아렌 사이에 검을 주제로 한 얘기가 오가기 시작했다. 얘기가 오갔다고는 해도 아렌이 디프론에게 배우고 또 그간 그가 느꼈던 깨달음을 레이나에게 얘기해 주는 것이 대부분이었지만 아렌은 누군가와 검에 대해 얘기를 한다는 것이 디프론과 함께 있을 때 이후로 너무나 오래간만이고 또 즐거웠기에 전혀 손해 본다고 생각하지 않았다.

아니, 오히려 레이나에게 많은 얘기를 해주며 그간 깨닫지 못했던 것을 조금씩 깨달을 수 있는 기연을 얻고 있었다. 이미 다 체득했다 느꼈던 것이 배우는 입장이 아닌 가르치는 입장이 되어 다시 생각하게 되니 전혀 새로운 것이 되어 다가온 것이다.

그것은 미처 깨닫지 못하는 사이에 아렌의 검에 날개를 달아준 격이 되어 하루가 다르게 그의 깨달음은 깊어만 갔고, 또 그의 검은 다시 한 번 변화를 겪어가고 있었다.

레이나의 경우 역시 크게 다를 바 없었다. 가르치는 게 아니라 배우는 입장이라는 게 달랐지만 새로운 것을 깨우친다는 것에선 같았던 것이다.

레이나가 그동안 사부님께 배워온 것은 실전 형태의 '검술'이었다. 상대를 제압하는 법이나 검을 더욱 빨리 뻗고 빨리 거두는 법 등, 몸으로 익히는 그런 것이 대부분이었던 것이다. 그런 그녀에게 아렌이 얘기하는 검의 정의와 여러 가지 깨달음은 처음으로 맞이하는 새로운 충격이었다.

그녀로선 생각조차 해보지 못했던 것을 아렌을 통해서 차츰 알게 되고 또 그것을 검에 담으려 하면서 그녀의 검 역시 발전에 박차를 가하기 시작했다.

그녀의 천부적인 재능이 기름진 땅이라면 그곳에 사부가 실전 검술이라는 형태로 씨앗을 심었고, 아렌의 가르침이 햇볕에 되고 물이 되어 그녀의 검을 성숙시키고 있었던 것이다.

그럴수록 레이나는 아렌을 향한 존경심이 날로 커져만 갔고 어느 순간부터 그를 '아렌 사부'라 부르기 시작했다. 그녀의 그런 호칭을 처음 들은 아렌은 기겁하며 손을 저었으나 그녀가 계속해서 그렇게 부르자 차츰 익숙해지더니 결국 호칭을 바꾸게 하는 것을 포기하고야 말았다. 솔직히 아렌도 내심 사부라는 호칭이 싫지만은 않았기에 그렇게 '아렌 사부'라는 호칭은 굳어지게 되었다.

어쨌든 이렇게 암묵적으로 아렌을 사부로 모시게 된 데다, 흑마법사를 통해 세상에는 착한 사람만 있는 게 아니라는 것을 깨닫게 된 그녀였으니 이대로 그를 따라다니며 많은 것을 배우겠다는 생각을 한 것이다.

아렌 역시 레이나에게 정이 든 차였고, 언젠가 빅톤이 말해 주었던 인연이라는 게 이런 것이 아닐까 싶어 그녀가 그를 따르는 것을 기꺼이 승낙했다.

그렇게 다들 좋은 기분으로 길을 떠나면 참 좋으련만, 그렇지 않은 이도 있었는데 바로 보노보노였다.

레이나가 함께할 것이라는 얘길 들은 보노보노의 표정이 우거지상으로 일그러졌다. 그도 그럴 수밖에 없는 것이, 레이나와 함께했던 지난 시간 동안 그는 참 귀찮은 일을 많이 당했던 것이다.

문제는 레이나가 보노보노를 너무 좋아한다는 것부터 시작이 되었다. 친구도 없이 홀로 자라온 레이나는 시도 때도 없이 보노보노와 놀고 싶어했고 그만큼 보노보노에게 졸라대기 시작했다. 그것은 먹는 시간 빼곤 거의 하루의 대부분을 잠으로 보내던 보노보노의 일상에 커다란 파란이나 다름없는 일이었다.

레이나로 인해 엄청난 귀찮음이 몰아닥치자 보노보노는 어떻게든 그녀를 떼어놓으려고 애를 썼지만 레이나는 결코 포기하지 않았다.

한때는 레이나에게 시달리다 못한 보노보노가 아렌이 잠시 자리를 비운 틈을 타 그녀를 삼켜 버린 적도 있었다. 물론 식인은 입맛에 맞지 않는 것을 떠나, 두드러기가 날 만큼 질색하는 보노보노였기에 진짜 먹을 생각은 아니었지만 그녀에게 겁을 주어 떼어놓기 위해 억지로 삼킨 것이었다. 그리고 한참이 지나 도저히 참지 못해 그녀를 뱉어낸 보노보노는 그녀의 멍한 모습에 회심의 미소를 지었다. 하지만 이내 그녀가 너무 신기하고 재미있다며 다시 해보라고 하는 통에 그의 작전은 실패로 끝나고 말았던 아픈 과거가 있었다.

레이나 앞에선 고양이 앞의 생쥐나 다름없는 처지가 된 보노보노는 결국 얼마 후 그녀에게 저항하는 것을 포기하고 말았다. 저항하면 그것이 더 귀엽다며 더욱 귀찮게 군다는 것을 깨달았기 때문이다.

그런 보노보노가 그녀를 피해 마지막으로 택한 곳이 있었으니 그곳은 다름 아닌 아렌의 어깨였다. 그리고 그런 보노보노의 선택은 최고의 선택이라 해도 과언이 아니었다.

아렌을 사부로 모시고 있는 레이나였기에 차마 그의 어깨에 앉아 있는 보노보노는 건드리지 못했고 그저 뚝뚝 떨어질 것만 같은 큰 눈망울로 계속해서 보노보노를 바라만 보았던 것이다. 물론 그녀가 그러든 말든 보노보노는 쾌재를 부르며 하루 종일 아렌의 어깨에 붙어 있다시피 했다.

그런데 앞으로도 그런 생활이 계속된다고 하니 보노보노의 인상이 종이 구겨지듯 잔뜩 구겨지는 것이었다. 오죽했으면 이대로 아렌의 곁을 떠나 동굴로 돌아가 버릴까 하는 고민까지 할 정도였으랴.

보노보노에게 있어 레이나와의 여행은 마음 단단히 먹어야 할 정도의 고된 시련이었다.

숲을 빠져나왔다고는 하나 밀리온까지의 거리는 무척이나 멀었다. 숲을 벗어나며 대륙의 끝에서 조금 떨어졌지만 그렇게 이동한 거리가 아무것도 아닐 만큼 대륙은 무척이나 넓었던 것이다.

예전 아렌과 빅톤이 북쪽에서 서쪽으로 내려오는 데 아홉 달의 시간이 걸렸던 것을 생각한다면 밀리온까지 가는 길도 그리 만만치 않을 것이라는 판단이 설 것이었다. 물론 북쪽에서 서쪽으로 내려오는 동안 이 일 저 일 다 끼어드느라 소비한 시간이 제법 되기는 했지만 그 시간을 뺀다 하더라도 약

다섯 달 이상은 걸릴 거리였다.

그렇게 거리를 대충 계산하니 걸어서 밀리온까지 간다면 대략 세 달은 족히 걸릴 듯했다. 하지만 그렇게 오래 걸려선 안 되었다.

빅톤이 그에게 말하길 분명 한시가 급한 일이라 했다. 그런데도 이미 두 달여 남짓의 시간을 소비해 버렸는데 여기서 세 달이라는 시간을 더 허비할 수는 없었던 것이다.

숲을 나온 뒤 가장 가까운 마을에 들른 아렌은 지도를 한 장 샀다. 작은 마을이었기에 정교한 지도는 없었지만 다행히도 밀리온까지의 대략적인 지형이 나와 있는 지도를 구할 수 있었다. 물론 아렌에겐 값비싼 지도를 살 돈이 없었기에 빅톤의 짐에 들어 있던 자금을 좀 빌리는 수밖에 없었다.

지도를 펼쳐 놓고 좋은 방법이 없을까 고민하던 아렌은 한 가지 방법을 떠올렸다. 그것은 다름 아닌 배를 이용하는 것이었다.

대륙의 서쪽과 밀리온 사이엔 약간의 거리를 두고 엇갈린 두 개의 강이 존재했다. 두 개의 강은 각자 놓고 보면 그다지 길다고는 할 수 없었지만 두 강을 합친다면 제법 긴 길이였다.

배는 멈추지 않고 움직인다. 그것은 밤이 되어 잠자는 시간이라도 마찬가지였다. 그러니 적절히 육로와 수로를 조합하고 선박의 타이밍만 잘 맞춰준다면 밀리온까지 걸리는 기간을 반 이상 줄일 수 있을지도 몰랐다.

그렇게 결정한 아렌은 마을에서 여행에 필요한 준비를 갖춘 뒤 바로 이동하기 시작했다. 그런데 마을을 떠나 한참을 걷고 있는데 뒤로 멘 배낭에서 자고 있던 보노보노가 깨어나더니 아렌의 어깨로 올라타며 말했다.

"아렌, 배고프다."

보노보노의 생김새는 아무래도 특이했다. 아니, 특이하지 않더라도 슬라임을 애완용으로 키운다는 게 애초에 이상한 것이었다. 때문에 보노보노의 보금자리는 눈에 띄는 아렌의 어깨에서 눈에 띄지 않는 배낭 속으로 바뀌어 버렸다.

다행히 보노보노도 어두운 게 잠이 더 잘 온다며 그다지 불만이 없는 듯했으나 이렇게 갑자기 튀어나올 때면 오히려 아렌이 깜짝깜짝 놀랐다. 하지만 보노보노는 전혀 고칠 생각 따윈 없는 듯했다. 아니, 오히려 아렌이 놀라는 모습을 즐기는 듯했다.

"헤헤. 보노보노, 내가 밥 줄게. 나한테로 와."

레이나가 방실대며 보노보노를 향해 손을 뻗었지만 보노보노는 들은 체도 하지 않았고, 레이나는 금방 울먹일 듯이 변해갔다. 하나 그런 것에 신경 쓸 보노보노가 아니었다. 그는 눈을 반쯤 뜬 채로 중얼거리듯이 말했다.

"아렌, 이 몸의 배가 고프시다잖아."

"주변에서 아무거나 뜯어 먹어."

"안 돼. 오늘은 특별한 날이잖아. 그런데 평범한 걸 먹어서야 되겠어?"

보노보노의 말에 아렌은 고개를 갸웃거렸다.

"특별한 날?"

"그래, 오늘은 내가 낮잠을 세 시간밖에 안 잔 특별한 날이야. 평소엔 다섯 시간은 잤는데."

아렌은 보노보노의 그 말에 한숨을 내쉬었다. 그게 무슨 별일이라고 특별한 날을 운운하는지… 그러던 아렌의 머릿속에 안 좋은 예감이 스쳐 지나갔다. 그리고 그의 예감대로 보노보노가 씨익 웃으며 말을 꺼내기 시작했다.

"오늘같이 특별한 날엔 특별한 걸 먹어야지. 그래! 난 특제 야채스튜가 좋을 것 같아!"

"윽!"

보노보노를 향해 열렬한 구애의 눈빛을 보내던 레이나도 그의 마지막 한마디에 기겁을 하며 물러서고 말았다. 하지만 그런 그녀와는 달리 어느새 보노보노의 두 눈은 검을 바라보는 아렌의 눈빛처럼 반짝반짝 빛나고 있었다.

아렌은 그런 부담스런 보노보노의 눈빛에 지난날을 떠올렸다.

애초에 레이나를 치료해 주는 조건으로 특제 야채스튜를 건 것이 잘못이었다. 레이나와 동행하길 며칠 지나지 않아 보노보노는 얼른 약속을 지키라며 특제 야채스튜를 재촉하기 시작했다.

그렇게 보노보노가 계속 재촉하자 레이나까지 그 야채스튜라는 것에 흥미를 가지게 되었고 얼마 지나지 않아 그녀 역시 특제 야채스튜라는 걸 먹어보고 싶다고 아렌을 재촉하기 시작했다. 결국 아렌은 그들의 바람대로 특제 야채스튜를 끓여야 했다.

특제 야채스튜를 끓이는 방법은 대충 그도 알고 있었다. 이미 몇 번이고 빅톤이 야채스튜를 끓이는 것을 보았기 때문이다. 악몽 같은 기억이었지만 그래서 더욱 지워지지 않은 기억이었다.

재료는 숲에서 즉석으로 찾아야 했다. 빅톤이 쓴 재료가 잘 기억나지 않았기에 아렌이 나름대로 먹을 수 있는 재료를 모아 야채스튜를 끓이기 시작했다. 일명 아렌표 특제 야채스튜였다.

아렌표 특제 야채스튜를 만드는 것엔 제법 오랜 시간이 소모되었다. 재료를 모으기 위한 시간도 필요했지만 그보단 끓이는 데 훨씬 많은 시간이 필요했다. 어째서인지 뜨거운 물에 풀어져야 할 야채들이 끓이면 끓일수록 점점 더 그 크기를 더해가며 단단해지기 시작한 것이었다.

그것이 무슨 풀 때문인지 알 길이 없는 아렌으로선 어쩔 수 없이 모든 채소들을 건져내어 나이프로 다시 잘게 잘라 또 끓이기 시작했다. 그러자 이번에는 어느 정도 야채스튜의 모양새가 드러나기 시작했다. 그리고 그 냄새 역시……

아렌은 어쩐지 빅톤이 끓인 특제 야채스튜보다 더욱 냄새가 심한 것 같다고 생각했다. 아니, 그것은 단순한 느낌이 아니었다. 정말 빅톤의 특제 야채스튜보다 더하면 더했지 덜한 냄새가 아니었던 것이다.

아렌은 현기증이 나는 것을 느끼면서도 끝까지 야채스튜를 끓였고, 그렇게 두 그릇의 아렌표 특제 야채스튜를 완성할 수 있었다. 하지만 끝내 레이나는 스튜를 먹지 못했다. 스튜가 완성되기도 전에 이미 냄새 때문에 기절을 한 것이다.

아렌은 자신이 만들었지만 그것은 이미 음식이 아니라 독극물일 것이라 생각했다.

그런데 놀랍게도 보노보노는 그 냄새를 참아내고 있었다. 하지만 그 역시 심각한 표정을 짓고 있는 것으로 보아 도저히 먹을 수 있을 만한 게 아니었다. 아무리 모든 것을 먹을 수 있고 소화시킬 수 있는 능력을 가진 보노보노였지만 아렌은 이것만은 무리일 것이라 생각했다.

그러나 그때 놀라운 일이 일어났다. 보노보노가 단숨에 자신의 몫인 스튜를 삼키고도 모자라 레이나 몫의 스튜까지 먹어버린 것이다.

아렌은 눈을 휘둥그렇게 뜬 채 보노보노를 지켜보고 있었는데, 그 순간 보노보노의 두 눈동자에서 눈물이 뚝뚝 흘러내렸다. 그리고는 고향의 맛이라며 아렌의 요리 솜씨를 극찬하기 시작하는 게 아닌가.

아렌은 전신에 소름이 돋는 것을 느꼈다. 또한 보노보노의 고향이 어딘지는 몰라도 절대로, 무슨 일이 있어도 가고 싶지 않다는 생각이 들었다.

그날부터였다. 보노보노는 밥 먹을 때만 되면 아렌표 특제 야채스튜를 찾기 시작했고, 아렌과 레이나는 그런 보노보노와 눈을 마주치지 않으려 최대한 노력하며 식사를 끝마쳐야 했다.

하지만 온갖 방법을 다 써가며 아렌의 요리 솜씨를 끌어냈고, 덕택에 보노보노는 총 세 번의 아렌표 특제 야채스튜를 먹을 수 있었다. 그리고 그때마다 레이나는 멀찍이 떨어져 있어야 했다.

'끄, 끔찍해!'

맹세코 레이나는 그와 같은 냄새는 평생에 처음이었다. 코를 막았다가 뚫어버리기를 수십 차례 반복할 것만 같은 정말 미칠 듯한 냄새였던 것이다.

아무리 그녀가 귀여워하는 보노보노였지만 스튜를 먹을 때만큼은 감히 보노보노를 쳐다볼 수 없었다. 그럴 때의 보노보노는 마치 세상에서 제일 험악하고 무섭게 생긴 괴물 같아 보였기 때문이다.

어쨌든 아렌표 특제 야채스튜를 끓이라는 보노보노의 말에 아렌은 단호히 고개를 저었다.

"안 돼. 재료를 구할 시간도 없을뿐더러 여기서 그걸 끓이면 난리가 날 거야."

아렌 역시 그 파장을 충분히 짐작하고도 남았기에 절대 안된다고 말했다. 하지만 보노보노는 이해할 수 없다는 듯이 중얼거렸다.

"인간은 정말 이해 못하겠어. 어째서 그 깊고 오묘한 맛을 느끼지 못하는 거지?"

이런 황당한 말을 하는 보노보노를 보며 아렌은 한숨을 내쉴 따름이었다. 하지만 시간이 없다는 말은 빈말이 아니었다.

마을에서 듣기로 가까운 선착장 마을에 배가 정박하는 때는 나흘 후라는 것이었다. 다행히도 선착장 마을까지 서두른다면 사흘 정도의 거리라 하니 별문제 없이 배를 탈 수 있을 터였다. 하지만 아렌표 특제 야채스튜를 해가면서까지 버릴 시간은 없었다.

결국 아렌은 직접 만들 순 없고 선착장 마을에 도착하면 야채스튜를 사주겠다는 것으로 타협을 하고는 발길을 서둘렀다.

그렇게 사흘이 지났다. 다행히 선착장 마을로 향하는 동안 별일은 일어나지 않았고, 그들은 계획대로 사흘 만에 무사히 선착장 마을에 도착할 수 있었다.

승선표가 조금 비싸기는 했지만 빅톤의 자금으로 무리없이 구할 수 있었다. 그 뒤 선착장 마을의 여관에서 방을 잡고 보노보노에게 가장 쓴맛의 야채스튜를 구해주었다. 보노보노는 이 맛이 아니라며 투덜댔지만 먹어치우기는 잘도 먹어치웠다. 그리고 아렌과 레이나는 그날 밤 오랜만에 침대에서 편히 잠들 수 있었다.

맨 처음 강의 모습을 본 레이나는 탄성을 터뜨렸다. 평생 산에서 살아온 까닭에 이런 큰 강은 처음 보는 것이다. 또한 배를 타는 것 역시 처음이라 레이나는 기쁨을 감추지 못하는 듯했다.

하지만 그런 기쁨은 배가 출발하고 얼마 지나지 않아 사라졌다.

강은 유속이 빠르지 않았다. 그렇다고 출렁이는 파도가 있는 것도 아니었다. 하지만 처음 배를 타보는 레이나는 구토 증세와 어지럼증을 동시에 느껴야 했다. 쉽게 말해 뱃멀미를 하는 것이었다.

"으윽! 아렌 사부… 제가 이렇게 가는가 봐요."

어디서 안 좋은 것만 배웠는지 이런 소리만 곧잘 하는 레이나였고 아렌은 그런 그녀에게 꿀밤을 놓았다.

"엉뚱한 소리 하지 마."

"하지만 정말 죽겠는걸요. 아렌 사부, 우리 배에서 내려요."

아렌은 칭얼거리는 레이나를 보며 고개를 젓더니 이내 그녀의 머리를 천천히 쓰다듬으며 말했다.

"물에는 흐름이라는 게 있어. 알지?"

"그럼요, 제가 산속에서만 살았어도 그 정도는 알아요."

"그럼 땅에도 흐름이 있다는 것도 알겠네?"

"네?"

아렌의 말에 레이나는 눈을 동그랗게 뜨며 고개를 갸웃거렸다. 그러자 아렌이 빙긋이 웃었다.

"땅에도 흐름이라는 게 있어. 아니, 세상에 존재하는 모든 것에 흐름이라는 게 있지. 다만 그 정도가 물이나 바람 같은 것에 비해 미약하기 때문에 사람들이 잘 느끼지 못하는 거야. 하지만 분명 그들도 흐름을 가지고 있지. 그렇다면 어째서 땅에선 멀미를 안 하는 걸까?"

"사부님이 말씀하신 것처럼 흐름이 미약하기 때문이 아닐까요?"

"물론 그런 이유도 있지. 하지만 진짜 중요한 이유는 우리가 땅의 흐름에 익숙해졌기 때문이야."

레이나는 아렌의 말에 집중을 하기 시작했다. 별것 아닌 것 같아도 아렌의 말은 언제나 그녀에게 큰 가르침이 되어주었다.

"우리는 태어날 때부터 땅에서 태어나서 별일이 없는 한 땅에서 살아가지. 때문에 어릴 때부터 우리가 잘 느끼지도 못하는 사이 저절로 그 땅의 흐름이라는 것에 익숙해져 버리게 돼. 시간이 지나 우리가 성장하게 되더라도 이미 땅의 흐름에 익숙해진 우리는 그 흐름에 저항을 하지 않게 되고, 또 멀미도 하지 않게 되는 거야."

"정말 다행이네요. 만약 땅에서도 멀미를 하게 되었다면 전 정말 살지 못했을 것 같아요."

"하하, 그럴 리는 없으니 걱정 마. 이미 넌 누구보다 땅의 흐름에 잘 적응하고 있으니까."

"헤헤!"

빙긋이 웃는 아렌을 따라 헤헤거리며 웃던 그녀는 궁금한 게 떠올랐다는 듯이 질문을 던졌다.

"그런데 어째서 전 물의 흐름에 익숙해지지 않을까요?"

"적응은 금방 이루어지지 않는 거야. 특히 우리는 땅의 흐름에 적응하고 살아왔기 때문에 물의 흐름이라는 전혀 새로운 흐름을 더욱 받아들이기 힘든 거지."

"하지만 아렌 사부나 다른 사람들 중에선 멀미를 하지 않는 사람이 있잖아요."

"멀미를 하지 않는 대부분의 사람들은 그 흐름에 적응한 게 아니라 그저 순응하기 때문이야."

아렌이 대답을 해주었지만 그녀는 그 말이 무슨 뜻인지 이해하기가 힘들었다. 흐름에 적응한 게 아니라 순응했기 때문이라니? 이건 또 무슨 뜻이란 말인가.

하지만 그녀의 고민이 오래갈 것도 없이 아렌이 곧바로 풀

이를 해주었다.

"적응과 순응은 어떻게 보면 비슷한 뜻으로 생각할 수도 있지만, 또 전혀 다른 뜻으로도 생각할 수 있어. 네 관점에서 보면 적응과 순응은 멀미를 하지 않는다는 것에서 비슷하지. 하지만 넓게 보면 적응은 자신도 모르는 사이 흐름이 몸에 익숙해져서 저절로 저항을 하지 않게 되는 것을 뜻하고 순응은 그저 흐름 자체에 몸을 맡기고 저항을 하지 않는 것을 뜻해. 적응과 순응 모두 무의식 속의 일환이지만 그 무의식 속에서도 나뉜 무의식과 의식의 차이라고나 할까?"

"우… 너무 어려워서 모르겠어요."

"그래? 아무래도 몸으로 직접 느끼는 게 좋겠어. 누운 그 자세 그대로 눈을 감은 채 숨을 깊게 들이쉬어 봐. 그리고 조용히 흔들림을 느껴봐. 어렵지 않으니 할 수 있을 거야."

레이나는 아렌의 말대로 숨을 깊게 들이쉬며 눈을 감고는 흐름이라는 걸 느끼려 했다. 그리고 그것은 아렌의 말대로 어렵지 않았다. 미약하게 배가 출렁거리는 느낌, 그것이 바로 흐름이었던 것이다.

"흐름을 쉽게 느낄 수 있는 이유는 네 몸이 무의식적으로 땅의 흐름에 맞추려 물의 흐름에 저항을 하고 있기 때문이야. 그 저항이 네 신경을 건드려서 멀미를 일으키는 거지. 하지만 네가 물의 흐름을 그저 그대로 받아들이게 되면 네 몸은 저항을 하지 않게 될 거고, 결국 멀미 역시 사라지게 될 거야. 그게 바로 순응이야. 여기서 네가 알아야 할 것은 물의 흐름이나 땅의 흐름이나 바람의 흐름까지도 사실 모두 하나의 흐름일 뿐이라는 것이지. 그리고 그 흐름과 흐름에 순응함을 깨우치게 되면 아마 세찬 바람이 부는 절벽 끝이든, 깊은 물속이든, 바람 한 점 불지 않는 평평한 땅 위든 다를 바가 없음을 알게 될 거야. 나도 아직 거기까진 잘 모르지만 말이야."

거기까지 말하던 아렌은 더 이상 레이나가 자신의 말을 듣지 않고 있음을 알 수 있었다. 어느새 그녀는 잠에 빠져든 것이다. 멀미 때문에 하루 종일 고생하더니 지친 탓에 잠이 든 것 같았다. 아렌은 그런 그녀를 보며 미소 짓고는 조심히 담요를 덮어주었다. 그리고 조용히 선실을 나왔다.

사아아아!

강의 밤바람이 그를 에워싸며 지나갔다. 아직 밤 날씨는 쌀쌀한데도 아렌은 추위보다는 시원함을 느끼며 배의 선반으로 다가갔다. 어두웠지만 아렌의 시야엔 선반 너머의 출렁거리는 강의 모습이 보였다.

'바람의 흐름과 물의 흐름, 그리고 땅의 흐름. 난 이 모든 흐름에 순응하고 또 이 모든 흐름을 느낄 수 있어. 하지만 어째서 빅톤이 말한 흐름은 느껴지지 않을까?'

아렌은 오래전부터 고민해 오던 문제를 떠올렸다. 그가 레이나에게 흐름에 대해 설명해 주기는 했지만 그 역시 아직 깨우치지 못한 것이다.

빅톤과 헤어진 후에도 빠짐없이 자연에 몸을 맡기는 수련을 해왔지만 그간 얻은 성과라고는 이처럼 물과 바람, 땅의 흐름에 순응하는 것뿐이었다. 하지만 그것조차 완전하지는 않았다. 그저 멀미나 하지 않을 정도의 미약한 수준일 뿐이었다.

아렌은 좀처럼 느껴지지 않는 흐름에 그 자신이 무엇인가를 잘못 생각하고 있는 것이 아닌가 하는 생각까지 들었다. 하지만 이내 고개를 저었다.

'그럴 리 없어. 바람의 흐름과 물의 흐름, 땅의 흐름까지 모두 느낄 수 있었는걸. 내가 무엇인가를 잘못 생각하고 있었다면 이것을 느끼지 못했을 거야. 모두 하나의 똑같은 흐름이니까.'

그 순간, 아렌의 뇌리에 조금 전 자신이 레이나에게 설명해 주었던 내용이 떠올랐다. 그리고 방금 그가 생각했던 것 역시 그의 머릿속에서 떠나질 않았다.

'똑같은 흐름? 그래, 바람의 흐름이든, 물의 흐름이든, 땅의 흐름이든 모두 똑같은 하나의 흐름일 뿐이야. 그런데 왜 난 각자의 흐름이라 생각했던 거지? 왜 내 멋대로 그 기준선을 긋고 따로 생각했던 거지? 결국 하나의 흐름일 뿐인데.'

아렌은 뇌리에서 번개가 치는 듯한 느낌을 받았다. 눈앞이 번쩍이고 뒤통수를 세게 얻어맞은 것같이 모든 생각이 뒤죽박죽으로 혼란스럽게 변해갔다. 하지만 그 속에서도 아렌은 하나의 생각을 집어내고 있었다.

"기준선을 긋지 말아야 해. 바람의 흐름이나 땅의 흐름, 물의 흐름이라 나누지 말아야 해. 아니, 그런 존재는 애초에 내 머릿속에서나 존재할 뿐이야. 하나의 흐름, 그저 그것을 받아들이면 되는 거야."

아렌은 눈을 감았다. 그리고 자연에 몸을 맡겼다. 그러자 곧 어머니의 품에 안긴 듯한 포근한 느낌이 그의 전신을 감싸 안았다. 아렌은 그 속에서 그가 평소 느끼고 있었던 몇몇 흐름들을 발견할 수 있었다.

'아니야, 결국 저건 내가 멋대로 나눈 것일 뿐. 따로 생각할 필요는 없어. 따로 느낄 필요는 없어. 어차피 모든 것은 하나이니까.'

그 순간 그가 발견한 모든 흐름들이 사라졌다.

조금 전까지 그를 시원하게 해주던 밤바람도 느껴지지 않았고, 흐르는 물에 출렁대는 배의 느낌도 느껴지지 않았다. 아무것도 느껴지지 않는 어둠 속에서 아렌 홀로 존재하는 것만 같았다.

그렇게 얼마나 지났을까. 아렌의 코끝을 무엇인가가 스쳐 지나갔다.

언젠가 빅톤과 함께 키메라를 뒤쫓을 때 느꼈던 그 감각이었다. 그때는 코끝을 스친 그 감각에 놀라 깨어났지만 이번엔 달랐다. 아렌은 그 감각을 가만히 내버려 두었다.

하지만 다시 오랜 시간이 지나도 그 감각은 코끝을 맴돌 뿐이었다. 마치 아직은 때가 되지 않았다 말하는 것처럼.

'서두르지 말라는 건가.'

아렌은 스스르 눈을 떴다. 그러자 시원한 밤바람이 불어와 그의 전신을 쓰다듬듯 휘감았다. 그리고 출렁이는 물결에 흔들리는 배의 느낌도 느껴졌다. 하지만 아렌은 그것을 더 이상 따로따로 보지 않았다. 그는 이제 하나의 흐름으로 받아들이기 시작한 것이다.

"이제 한 걸음 나아갔구나."

아렌은 작게 미소 지으며 나직이 중얼거렸다. 아직도 흐름을 알기에는 먼 길이 남은 듯하지만 아렌은 드디어 멈추어졌던 한 발자국을 내딛은 것이다.

그렇게 아렌이 흐름의 여운에 젖어 있을 때 배의 저편으로부터 누군가가 다가오는 것이 보였다. 그리고 얼마 지나지 않아 웬 후드를 깊게 뒤집어쓴 누군가가 그의 앞에 와 섰다.

"안녕하세요."

후드를 쓴 누군가는 고개를 숙이며 인사했다. 아렌은 여리고 고운 목소리로 하여금 그 사람이 여성임을 알 수 있었다. 아렌 역시 작게 고개를 숙였다. 그러자 그녀는 선반 건너편의 강을 보면서 말했다.

"좋은 밤이죠? 바람도 시원하고 물도 조용하고 하늘은 맑고."

흐름의 여운을 조금 더 느껴보고 싶었지만 아직 서두르지 않기로 하며 여인과 마찬가지로 선반 건너편을 바라보았다.

"정말 그렇군요."

아렌은 그녀의 말에 고개를 끄덕였다.

하긴 정말 좋은 밤이기는 했다. 그녀의 말처럼 바람도 시원했고 물도 조용했고 하늘까지 맑았으니 좋은 밤의 조건은 거의 충족된 듯했다.

하지만 아렌은 한 가지 걱정이 들었다.

'이 좋은 밤이 언제까지 계속될까?'

아렌이 떠올린 것은 흑마법사와 키메라, 그리고 센티넬이었다.

그들이 대륙을 공격해 온다면 이런 좋은 밤은 더 이상 기억 속에 남지 않으리라. 피가 계속되는 나날에 사람들은 공포에 떨고 울부짖으리라. 그것을 막기 위해 빅톤의 부탁대로 밀리온으로 가고 있는 아렌이었지만 과연 그들을 막을 수 있을 것인지 확신할 수 없었다.

그렇게 아렌이 고민에 빠져 있을 때 잠시간의 침묵을 깬 것은 다시 그녀였다.

"이런 밤이 언제까지 계속될 순 없겠죠?"

아렌은 깜짝 놀라며 그녀를 바라보았다. 방금 전 그의 생각과 똑같은 말을 그녀가 하고 있었기 때문이다. 하지만 그녀는 여전히 선반 너머에서 시선을 거두지 않고 있었다. 아렌은 이상한 기분이 들었지만 우연일 것이라 생각하며 다시 선반 너머를 바라보며 입을 열었다.

"전 이런 밤이 계속됐으면 좋겠군요."

"후훗! 감성이 풍부한 분이시로군요? 하지만 그렇게 되진 않을 거예요."

"어째서죠?"

"이렇게 좋은 밤이 계속된다면… 폭풍우 한 번 몰아치지 않는 그런 밤이 계속된다면 사람들은 과연 이 밤을 좋은 밤이라 여길까요?"

그녀의 물음에 아렌은 고개를 갸웃거렸다. 좋은 밤이 계속되는데 어찌 좋은 밤이라 여기지 않을 수 있단 말인가?

그러자 그녀가 다시 말을 이어갔다.

"사람이란 그렇죠. 익숙해지면 그것의 감사함을 깨닫지 못해요. 다른 것을, 더 좋은 것을 찾으려 하죠. 지금은 이 좋은 밤에 감사하고 있을지 모르겠지만, 이런 좋은 밤이 계속되면 그들은 곧 이 좋은 밤을 흔하디흔한 밤으로밖에 여기지 않게 될 거예요."

"아⋯⋯!"

"그렇기 때문에 가끔 폭풍우가 필요하죠. 폭풍우가 지나가고 날이 개면 비록 지금처럼 좋은 밤이 아니더라도 폭풍우에서 무사한 사람들은 감사할 테니까. 무사히 폭풍우가 지나가고 잠잠한 밤이 돌아온 것에 감사할 테니까요. 어쩌면 그 때문에 신께선 이렇게 변하는 날씨를 만든 것일지도 몰라요. 조금 더 일상의 소중함을 느끼라는 뜻에서 말이죠."

"…그렇군요."

일리가 있는 그녀의 말에 아렌은 자신도 모르게 고개를 끄덕이고 말았다. 하지만 그렇다고 완전히 수긍한 것은 아니었다.

"하지만… 폭풍우가 친다고 얌전히 숨죽인 채 폭풍우가 지나가길 기다리고만 있는 건 싫어요. 폭풍우가 치는 것이 어쩔 수 없는 것이라면, 그 폭풍우에서 주변에 있는 사람들을 지켜내기 위해 어떻게든 노력해야죠. 그 폭풍우에 홀로 맞서서라도."

"당신은 노력파로군요. 하지만 세상엔 노력만으로 되지 않는 게 있어요. 세상은 그렇게 공평하지 않거든요."

"공평하지 않더라도 노력을 한다면 적어도 어느 정도 가능성은 생길 거예요. 불가능에서 일말의 가능성으로 바뀌었다면 그 가능성에 모든 것을 걸어보는 것도 나쁘진 않을 것 같지 않나요? 전 그렇게 배웠거든요. 그것이 용기라고."

어느새 여인은 아렌을 바라보고 있었다. 마치 그의 생각이 거짓이 아닌지, 그를 모든 것을 탐색하는 것 같았다. 그때 아렌이 고개를 돌려 그녀를 바라보았고, 그녀는 아렌의 눈동자를 볼 수 있었다.

'흔들림없는 눈동자. 쓰러져도, 부러지더라도 다시 일어나는 눈동자.'

그녀는 아렌의 눈동자에서 그것을 읽었다.

한편 아렌은 그녀가 빤히 자신을 쳐다보자 쑥스러운 듯 머리를 긁적이며 말했다.

"당신은 제 친구랑 참 비슷한 말을 해요. 그 친구가 제게 마지막으로 물었었죠. 그래도 안 되면 어떻게 할 거냐고."

"그래서 당신은 어떻게 대답했죠?"

"'그땐… 뭐 어떻게든 되겠지'라고 대답했던 것 같네요."

아렌의 마지막 말에 그녀가 잠시 침묵을 지켰다. 그러더니 이내 참지 못하겠다는 듯이 웃음을 터뜨렸다.

"푸흣! 그게 뭐예요, 어떻게든 되겠지라뇨. 기껏 멋있는 말 다 해놓고 갑자기 그런 밑도 끝도 없는 말이라니… 쿠쿠쿡!"

웃음을 멈추지 못하는 그녀의 모습에 아렌은 멋쩍은 미소를 지을 수밖에 없었다. 그러던 중 그녀가 간신히 웃음을 그치며 아렌을 향해 손을 내밀었고, 아렌은 그 손을 잡았다.

"당신의 이름은 뭐죠?"

"아렌."

"아! 당신이 바로……!"

그녀는 아렌이 자신의 소개를 하자 마치 이전부터 아렌에 대해 알고 있었다는 듯이 홀로 작게 무엇이라 중얼거렸다. 그 중얼거림이 너무 작아 아렌으로서도 알아들을 수가 없었고, 그 때문에 고개를 갸웃거리는 아렌의 모습에 그녀는 잡았던 손을 놓으며 다시 입을 열었다.

"만나서 정말 반가웠어요. 전 이만 가봐야 할 것 같네요.

그전에 만남의 선물로 아까의 얘기에 이어서 이런 좋은 밤이
계속될 수 없는 절대적인 이유를 알려 드리죠."

"절대적인 이유요?"

"그건… 해가 뜨기 때문이에요. 해가 뜨고 아침이 되면 아
무리 좋은 밤이라도 계속될 순 없는 일이겠죠."

그녀의 엉뚱한 대답에 아렌은 한 대 맞은 듯한 표정을 지었
다. 설마 그런 단순한 대답을 할 것이라 생각지 못했기 때문이
다. 하지만 단순하긴 해도 그녀의 말대로 절대적인 이유였다.

아침이 오기에 밤은 계속될 수 없다. 그것이 아무리 좋은
밤이든, 폭풍우가 치는 밤이든.

어느새 그녀는 선반을 따라 천천히 뒤로 걸어가기 시작했
다. 그리고 아렌을 향해 말했다.

"당신은 듣던 대로 정말 재미있는 사람이에요."

"듣던 대로? 잠깐만요. 그게 무슨……?"

"후훗! 그건 다음에 만나면 알게 될 거예요. 내 이름은 쥬라
니예요. 그리고 언젠가 다시 만나게 될 거예요. 그럼 안녕."

그렇게 말한 그녀는 저편으로 사라지고야 말았다. 아렌은
너무나 갑작스런 그녀의 퇴장에 어안이 벙벙한 표정을 지을
수밖에 없었다. 그러다가 이내 작게 중얼거렸다.

"듣던 대로? 쥬라니? 다시 만나게 돼?"

정체를 알 수 없이 바람처럼 나타났다 바람처럼 사라진 그
녀, 쥬라니와의 만남과 함께 좋은 밤도 서서히 지나가기 시작

했다.

　여정은 순조로웠다. 배는 아무런 사건 사고도 없이 강을 따라 흘러갔고, 며칠이 지나자 레이나는 그 천재성을 살려 어느새 물의 흐름에 순응했는지 더 이상 멀미를 하지 않게 되었다. 하지만 그런 레이나에 쫓겨 보노보노는 또다시 고생이 시작되었다.

　아렌은 그날 이후 몇 번이고 배 안에서 쥬라니를 찾아보았지만, 끝내 쥬라니를 다시 만날 순 없었다. 그리고 레이나를 가르칠 때나 몇몇 일상적으로 사용하는 시간을 뺀 나머지 시간은 모두 선실 안에서 명상에 잠긴 채 보냈다. 흐름을 깨닫는 것에 서두를 생각은 없었지만 조금 더 생각하고 느껴보고 싶었기 때문이다.

　나흘에 한 번씩, 두 번을 중간 선착장 마을에서 잠시 정박한 배는 총 열흘 하고도 이틀이 지나 목적지인 선착장 마을에 도착할 수 있었다.

　그곳에서 내린 아렌과 레이나, 그리고 보노보노는 다음 배를 타기 위해 또 다른 강까지 걸어야 했다. 중간에 보노보노가 아렌표 특제 야채스튜를 내놔라 떼를 쓰는 바람에 하루 종일 레이나에게 안겨놓는 특단의 조치를 취한 것 빼고는 그 육로를 통한 여행마저 아무런 문제도 없었다.

　다시 보름 만에 강의 선착장 마을에 도착한 그들은 그곳에서 닷새를 더 기다린 뒤에야 배를 탈 수 있었다. 배가 출발하는 시간에 딱 한발 늦었던 탓이다. 그리고 또다시 배를 타고 여행을 하길, 이번엔 일주일 만에 목적지였던 선착장 마을에 도착할 수 있었다. 아니, 그들이 도착한 곳은 마을이 아니라 커다란 도시였다.

북적대는 사람들 틈에서 레이나는 이것저것을 보며 신기해했고, 보노보노는 투덜대면서도 배낭 속에서 잠에 빠져들고 있었다.

이곳저곳을 싸돌아다니려는 레이나를 힘겹게 따라다니던 아렌은 언젠가 용병 길드 연합 총단이 있는 대도시 알마탄에서의 나들이를 떠올릴 수 있었다. 자신과 바카스, 그리고 네린 이렇게 셋이서 즐겁게 보냈던 그 하루를 떠올릴 수 있었다.

아렌은 문득 그들이 너무도 그리워졌다.

할아버지도 그리웠고, 스승인 디프론도 그리웠으며 네린과 바카스 역시 어느 누구 못지않게 그리웠다.

하지만 아직 그는 할 일이 있었고, 때문에 아직 그들에게 돌아갈 수가 없다. 아렌은 그들을 향한 그리움을 지우는 대신 지도를 펼쳤다. 그리고 한 가지 사실을 새삼 상기할 수 있었다.

이제 밀리온까지 얼마 남지 않았다는 것을.

Chapter 33

밀리온에서

대륙의 중심이자 통일 제국 바티스타 제국의 수도.

황제가 사는 황궁을 중심으로 넓게 펼쳐진 광대한 대도시이자 천 년 제국의 역사에 있어 상업의 혁명을 가져온 13대 황제가 수도로 지정하였으며 대륙 각지의 모든 문물들이 다 모여들고 가장 많은 인구가 분포되어 있는 곳. 그곳이 바로 밀리온이었다. 그리고 그런 밀리온에 아렌과 레이나, 그리고 보노보노는 드디어 발걸음을 내딛었다.

"와아!"

레이나는 입을 다물지 못했다. 숲을 빠져나와 밀리온으로 향하는 도중 몇몇 마을과 도시를 들러본 터였지만 이처럼 거대하고 또 발전된 도시는 처음이었던 것이다.

아렌 역시 놀랍기는 마찬가지였다. 그가 지내던 용병 길드 연합 총단이 있는 알마탄 역시 대도시 중 하나이고, 빅톤과 함께 여행을 다니며 제법 많은 도시들을 보았다 할 수 있었지만 밀리온은 그런 도시들과는 비교도 되지 않을 만큼 거대하고 수많은 구경거리가 풍성했으며 또 어디보다도 활기찼다.

게다가 상상을 뛰어넘을 정도로 무척이나 넓은 도시였음에도 그 어느 도시보다 치안이 잘되어 있는 곳이기도 했다. 혹자는 바퀴벌레처럼 뛰어난 생명력을 자랑하는 도둑 길드조차도 이 밀리온에서만큼은 생계를 유지하기가 어려울 것이라고 말할 정도였다.

이외에도 수많은 장점을 가지고 있는 밀리온은 제법 큰 도시에서 살아왔다고 유세 떠는 이들도 단숨에 촌사람으로 만들어 버릴 만큼 대단한 도시였다.

그런 곳에 평생을 산속에서만 자란 레이나가 당도했으니 그녀의 놀람과 호기심 가득한 반응은 당연한 것이었고 아렌 역시 그런 사실을 알고 있었기 때문에 이곳저곳을 구경 다니려는 그녀의 행동을 막을 수 없었다.

그렇게 오랜 시간이 지나고 서산으로 해가 기울고 날이 어둑어둑해지려 할 때에서야 수많은 볼거리에 넋을 잃고 연신 탄성을 터뜨려 대던 레이나의 발걸음이 멈추었다.

"헤헤, 제가 너무 들떴나요?"

아렌은 죄송하다는 듯이 말하는 그녀의 머리를 쓰다듬어 주고는 주변을 둘러보았다. 너무 정신없이 돌아다니다 보니 여기가 어딘지도 모를 정도였다.

"일단 숙소부터 구하도록 하자."

"네!"

아렌과 레이나는 숙소를 구하기 위해 또다시 걷기 시작했다. 그리고 얼마의 시간이 걸려서야 식당이 딸린 작은 여관에 짐을 풀 수 있었다. 그러자 이번엔 배낭 속에서 모습을 드러낸 보노보노가 배고프다고 칭얼대기 시작했다.

아렌은 그동안 배낭 속에서 살다시피 해야 했던 보노보노에게 미안한 마음이 들었기에 그의 칭얼거림대로 방 안에서 식사할 수 있도록 음식을 주문하러 방을 나섰다.

2층의 방에서 1층의 식당으로 내려가던 아렌은 경갑을 입은 사람들이 식당 이곳저곳을 둘러보고 있는 걸 볼 수 있었다. 그러던 그들은 아렌이 식당으로 내려오자 잠시 그를 흘깃 보더니 이내 주인에게 인사를 하고 식당 밖으로 나가 버렸다.

아렌은 잠시 고개를 갸웃거렸지만 이내 대수롭지 않게 여기고는 여관 주인에게 다가가 입을 열었다.

"방에서 식사를 하고 싶은데, 괜찮나요?"

"그럼요, 물론입죠. 주문은 어떻게 하시겠습니까?"

"그냥 맛 괜찮고 양 많은 걸로 5인분 가져다주시겠어요?"

"네?"

여관 주인은 아렌의 주문에 눈을 동그랗게 뜨고 그를 쳐다 보았다. 그가 알기로 아렌의 일행이라고 해봐야 작은 소녀 한 명뿐일 텐데 5인분이나 주문하는 것이 의아했던 것이다.

아렌도 그런 사실을 눈치 챘지만 지금까지 여러 도시를 거 치면서 겪어왔던 시선이기에 새삼스럽지도 않다는 듯 그냥 멋쩍게 웃으며 말했다.

"하하, 제가 좀 많이 먹어서요."

"아… 예, 알겠습니다."

체구도 그다지 크지 않는 아렌이 5인분이나 되는 양을 모 두 먹는다는 게 어쩐지 믿기지 않았지만 주인은 그러려니 하 며 주방에다 음식을 주문했다. 그러더니 깜빡했다는 듯이 아 렌을 향해 말했다.

"아참, 조심하십시오."

"네?"

"조금 전의 사람들이 이 주변을 관할하는 경비대의 일원인 데 어젯밤 누군가 성벽을 넘어 도시 안으로 들어오는 게 목격 됐답니다. 그래서 관할 경비대가 비상이 걸려서 찾고 있는데 아직도 못 찾았다지 뭡니까. 그것 때문에 오늘 성문 검문도 심하다고 하고, 또 경비대들도 잔뜩 열이 올랐으니 괜히 잘못 걸렸다가 경을 칠지도 모릅니다. 제가 경비대들과 친분이 조 금 있어 우리 여관 사람들 중엔 수상한 사람들이 없다고 말해 놓긴 했지만 그래도 혹시 모르니 조심하시라고 미리 말씀해

두는 겁니다."

여관 주인의 말에 아렌은 고개를 끄덕였다.

그러고 보니 낮에 밀리온으로 들어설 때 다른 도시에 비해 검문이 제법 삼엄했다. 어린 소녀인 레이나와 함께 동행한 덕분에 어렵잖게 검문을 통과할 수 있었지만 만약 아렌 혼자였다면 꽤나 고초를 겪었을지도 몰랐다. 하지만 아렌은 그저 수도인 만큼 검문이 심한 줄 알았는데 여관 주인의 말을 들어보니 그런 게 아닌 것이었다.

'레이나가 야시장을 구경 간다고 잔뜩 들떠 있던데… 오늘은 참으로고 해야겠군.'

아렌이 그렇게 생각하고 있을 때 여관 주인이 그에게 말했다.

"음식은 제가 가져다 드릴 테니 올라가서 쉬십쇼."

"아니오. 그냥 제가 가지고 올라갈게요."

"그럼 기다리셔야 할 텐데… 5인분이나 만들려면 시간이 조금 걸릴 겁니다."

"그럼 저기 앉아서 기다리고 있을게요."

"그럼 그렇게 하십시오."

아렌은 식당의 빈 테이블로 다가가 앉으며 주변을 둘러보았다. 점심이 한참이나 지난 탓인지, 아니면 원래 그런 건지 식당엔 손님이 그다지 많지 않았다.

그런데 그때 아렌의 귓가에 다른 사람들의 얘기 소리가 들렸다.

"젠장, 오늘 검문이 삼엄해져서 물건을 들여오는 데 한 시간이나 더 지체됐지 뭔가. 덕분에 약속 시간에 늦어 나만 죽어라 욕먹었다네."

"어디 자네만 그랬겠나. 하지만 어쩔 수 없지 않나. 도시 안으로 정체를 알 수 없는 괴인이 침입했다는데……."

"얼어죽을! 솔직히 까놓고 말해서 밀리온 안에 정체를 알 수 없는 사람이 한두 명인가? 겉으론 활동을 못해도 이곳저곳에 다 루트를 뚫어놓고 하루에도 수십 명씩 들락날락하는데 그게 뭐가 대수라고."

욕설을 내뱉는 사람은 화가 풀리지 않는 듯 계속 씩씩댔고, 한 사람은 그런 사람을 말리고 있었다. 그러다가 말리던 사람이 화제를 다른 것으로 돌리기 시작했다.

"그나저나 자네, 그거 들었나? 핏빛의 사신에 관한 거 말일세."

"핏빛의 사신?"

"왜 그 북쪽의 귀족이랑 병사들 수천을 몰살시켰다는 살인광 말이여. 그 핏빛의 사신이 이 밀리온으로 다가오고 있다는 구먼. 아니, 벌써 지척에 당도했을 수도 있다던데."

"그게 정말인가?"

"그렇다네. 벌써 저 위쪽 도시에는 그런 소문이 쫙 퍼져서 귀족들이 나 살려라 하고 밀리온으로 도망쳐 오고 있다는 거 아닌가."

설명하는 하는 사람은 마치 자신이 귀족이라도 된 것처럼 헐레벌떡 도망치는 시늉을 하며 얘기를 하고 있었다.

'핏빛의 사신?'

처음 듣는 이름이었다. 하긴 한시라도 빨리 밀리온에 도착하기 위해 그렇게 서두른다고 다른 건 제대로 챙겨 들을 정신이 없었으니 핏빛의 사신이든 분홍빛의 사신이든 아렌이 알리가 없었다.

어쨌든 아렌은 그들의 이야기를 흥미진진하게 듣고 있었다. 엿듣는다는 건 나쁜 것이지만 뭐 어떤가. 어차피 거리도 멀리 떨어져 있으니 설마 그들도 아렌이 자신들의 얘기를 듣는다곤 생각지 못할 터였다.

한참을 귀족은 나쁜 놈들이네, 그런 놈들을 죽이다니 참 통쾌하다느니 등등 귀족들이 들었다간 난리가 날 소리를 자기들끼리 작은 소리로 수군대던 그들은 끝내 아주 작은 소리로 비밀스럽게 한 이야기를 뱉어냈다.

"그런데 말이야, 그 핏빛의 사신이라는 그 사람… 사실 반역죄로 달아난 황태자라는 소문이 돌고 있다는 거 알고 있나? 억울하게 반역죄를 뒤집어쓴 황태자가 복수를 하기 위해 나타났다는 소문 말일세."

"쉿! 이것 보게! 그런 얘기는 함부로 하는 게 아닐세. 잘못 떠들었다가는 자네나 내가 죽은 목숨이 될지도 모른단 말일세."

"그, 그렇지?"

그들은 다른 사람들은 듣지도 못할 작은 목소리로 말하면서도 무엇이 겁이 나는지 이내 대화를 멈추고 다른 것으로 화제를 돌려 버렸다. 하지만 그들에겐 안타깝게도 그들의 그 작은 목소리조차 놓치지 않고 들은 이가 있었으니, 바로 아렌이었다.

'황태자라……'

아렌은 일여 년 전의 일이 떠올랐다.

뜨거운 불길을 부리는 마법사와 칼을 든 기사, 그리고 뒤에서 지켜보던 황금빛 눈동자의 소년. 그들이 바로 반역죄를 쓰고 달아나던 황태자와 그 일행이었다.

사실 이젠 그들에게 나쁜 감정은 그다지 남아 있지 않았다. 어차피 그들을 먼저 잡으려 한 것은 아렌을 포함한 용병단이었고 그들은 살기 위해 그런 용병단을 죽였을 뿐이다. 물론 그 당시에는 네린과 바카스가 다친 사실이 화가 났지만 어쨌든 죽지 않았으니 끝난 일 아닌가.

게다가 아렌은 빅톤과 여행하면서 그에게서 황태자의 반역에 대해 몇 가지 사실을 들을 수 있었는데 그중 하나가 반역이 거짓된 것일 수도 있다는 것이다.

풀리지 않은 여러 가지 의혹, 그리고 확인된 것이라고는 그 자리에 있었던 유일한 증인인 게틀린 후작뿐이라는 불충분한 증거, 아직도 밝혀지지 않은 정확한 전말이 그럴 가능성을 제시하고 있다는 것이다. 그래서 그들을 한쪽의 시선만으로 보지 말라는 빅톤의 말에 아렌은 고개를 끄덕였던 적이 있다.

뭐 지금도 아렌에게야 반란이 어쩌고저쩌고는 그저 먼 얘기였기에 그러려니 했고, 새삼 황태자 얘기를 듣게 되자 그냥 그들이 떠올랐을 뿐이다.

그저 그 황금빛 눈동자가 떠올랐을 뿐이다.

'괜찮을까?'

아렌은 내심 불안한 마음을 감출 수가 없었다.

날이 밝고 아직 이른 아침 시간에 아렌은 홀로 여관을 나서고 있었다. 애초에 밀리온에 오게 된 목표인 고튼 후작을 만나기 위해서다.

귀족들의 예의범절은 둘째 치고 귀족들조차도 만나보지 못한 아렌이었다. 먼발치에서 본 적은 몇 번 있었지만 직접 대면한 적은 한 번도 없었던 것이다. 그런 만큼 고튼 후작을 찾아가는 아렌은 조심스러웠고, 때문에 레이나와 보노보노를 여관에 남겨두고 그 홀로 고튼 후작의 저택으로 찾아가고 있는 중이다.

하지만 따라오고 싶어하던 모습을 전혀 지우지 않던 레이나의 모습에 아렌은 불안한 마음을 감출 수 없었다. 만약을 대비해 보노보노에게 아렌표 특제 야채스튜 한 그릇이라는 특단의 조건을 내걸며 레이나가 함부로 여관 밖으로 못 나가게 보호하라 했지만 보노보노 역시 크게 믿을 만한 녀석이 되지 못한다는 게 문제였다.

'어쨌든 믿어보는 수밖에.'

아렌은 애써 불안감을 지우며 어제 여관 주인을 통해 미리 구해둔 밀리온의 대략적인 지형이 그려진 지도를 펼쳤다. 그 지도에서 가장 먼저 눈에 띄는 것은 다섯 개의 원이다.

가장 큰 원 안에 그보다 한 단계 작은 원이 있고, 그 원 안엔 또 그보다 한 단계 작은 원이 있는 식으로 그려진 다섯 개의 원은 밀리온의 다섯 개 지구를 나타내는 것이다.

지구를 나눌 때는 각각 떨어진 지역으로 나누는 게 보통이지만 밀리온은 그와는 다르게 황궁을 중심으로 점점 퍼져 나가는 식의 지구가 형성되어 있었다.

가장 안쪽의 작은 원이 바로 황궁이고 그 한 단계 밖의 원이 상위 귀족들이 거주하는 A지구이고, 그 다음이 중하위 귀족들이 거주하는 B지구, 다음이 평민들의 C지구, 마지막으로 밀리온의 대부분을 이루고 있는 상업 지역인 D지구다.

황궁을 제외한 각 지구마다 출입 제한은 없었지만 밀리온의 주민들은 암묵적으로 각자 자신들 지위 이상의 지구에는 잘 들어가지 않도록 노력했다. 아니, 정확히 말해서 평민들이 귀족의 A, B지구에 잘 들어가지 않는다는 것이다.

어쨌든 아렌이 지금 향하는 곳은 상위 귀족들이 거주하는

A지구다. 그곳에 바로 고튼 후작의 저택이 있었다.

아렌은 오랫동안 걸어야 했다. 밀리온은 그야말로 입이 떡 벌어질 정도로 넓었기에 가장 밖의 D지구에서 A지구까지 가는 거리만 해도 장난이 아니었다.

안쪽으로 들어갈 때마다 조금씩 변화하는 도시의 풍경에 걷는 동안 지겹지는 않았지만 이른 아침에 출발했는데도 A지구에 도착하자 어느덧 정오를 조금 넘긴 시간이 되었다는 사실이 아렌을 조금 지치게 만들었다.

그럼에도 아렌은 걸음을 멈추지 않았고, 마침내 그는 고튼 후작의 저택에 도착할 수 있었다. 그러나 그런 아렌에게 한 가지 고민이 주어지고야 말았다.

'약도대로라면 여기가 맞긴 한데… 여기는 저택이라기보다는…….'

저택이라기보다는 성에 가까웠다. 그만큼이나 저택은 으리으리했다. 웬만한 작은 영지의 성보다도 더 고풍스럽고 웅장한 위엄을 갖추었을 정도다. 만약 레이나를 데려와 저택이 아니라 성이라 말한다 해도 일말의 의심조차 가지지 않고 그대로 믿어버릴 터였다.

아렌은 성인지 저택인지 구분하지 못할 정도의 저택을 보며 얼떨떨한 기분이었지만, 그런 기분을 애써 털어내며 저택의 정문으로 향했다. 그리고 정문에 도착한 그는 문지기를 볼 수 있었다. 고튼 후작의 저택엔 문지기들조차도 평범하지 않왔다. 붉은 경장을 차려입고 절제된 동작으로 자리를 지키는 그들의 모습은 단순히 문지기로만 볼 수 없을 정도였다. 아렌은 그런 문지기에게 다가가 입을 열었다.

"이곳이 고튼 후작 각하의 저택이 맞습니까?"

"네, 그렇습니다. 실례지만 누구시며 어떤 용무로 저택에 방문하셨는지 여쭤보겠습니다."

"저는 후작 각하를 만나뵈러 왔습니다."

"후작 각하께선 사전에 선약을 하시거나 특별한 용무가 아니면 만나실 수 없습니다."

딱 잘라 말하는 문지기의 모습에 아렌은 품에서 작은 금패를 꺼내어 그에게 건네주며 말했다.

"이것을 후작 각하께 보여 드리면 절 만나주실 겁니다."

문지기는 곤란한 듯 아렌을 잠시 쳐다보다가 이내 금패를 건네받고는 고개를 숙였다.

"잠시만 기다려 주십시오."

금패를 건네받은 문지기는 곧 저택 안으로 향했고, 한참이 지나자 다시 문지기가 어떤 사내와 함께 나타났다. 그리고 문지기와 함께 온 사내가 아렌을 향해 정중히 허리를 숙였다.

"처음 뵙겠습니다. 전 이 저택을 관리하는 집사입니다. 이 금패를 가지고 오신 분이 맞으십니까?"

"네, 제가 금패를 가지고 왔습니다."

"주인님께서 손님을 정중히 모시라 하셨습니다. 절 따라오

시지요."

"아, 네."

아렌은 집사를 따라 저택으로 발걸음을 옮겼다. 저택은 정원까지도 뭐가 이리 넓은지 한참을 걸어서야 저택의 안에 들어설 수 있었다. 그리고 집사는 아렌을 접객실로 데려갔다.

"이곳에서 잠시만 기다리시면 주인님께서 오실 것입니다. 그리고 죄송하지만 저택 안에선 무기 소지를 금하고 있습니다. 제게 검을 맡겨주시면 안전하게 보관하여 돌아가실 때 다시 돌려 드리겠습니다."

아렌은 집사의 말에 고개를 끄덕이며 검을 풀어 그에게 건넸다. 항상 검을 차고 다니다가 갑자기 풀어놓으니 허리춤이 허전했지만 그것이 이 저택의 룰이라 하니 따를 수밖에 없었다. 집사는 아렌에게 검을 받아 들고 허리를 숙여 인사하곤 접객실을 나갔다.

아렌은 어느새 그의 앞에 대령된 찻잔을 집어 들고 차를 한 모금 홀짝 마시며 씁쓸한 맛을 느끼고 있을 때, 접객실의 문이 다시 열리며 두 명의 남자가 걸어 들어왔다.

"내가 고튼 후작일세. 그리고 이쪽은 내 부관이지."

자신을 소개하는 고튼 후작은 검은 머리카락에 깔끔한 인상을 가진 중년인이었다. 빅톤과 비슷해 보이는 연령대였지만 활달한 빅톤과는 달리 무척이나 진중하고 또 기품이 느껴지는 분위기를 지니고 있었다.

아렌은 어떻게 인사해야 할지 몰라 고민하다가 곧 허리를 숙이며 인사했다.

"처음 뵙겠습니다. 전 아렌이라고 합니다."

화려한 귀족들의 예식과는 전혀 동떨어진 간결한 인사였지만 고튼 후작은 그런 아렌의 인사가 나쁘지 않은 듯 아렌에게 자리에 앉으라고 권하며 맞은편 소파에 앉았다. 그리고는 품에서 금패를 꺼내어 아렌에게 내밀었다.

"자네가 이 금패를 가져왔는가?"

"그렇습니다."

"자네는 빅톤과는 무슨 사이지?"

고튼 후작의 질문에 잠시 생각을 한 아렌은 이내 간결하게 대답했다.

"그는 제 스승과 같은 분입니다."

"호오, 정령사였나?"

"정령은 다룰 줄 모릅니다. 다만 빅톤에게서 다른 많은 것을 배웠을 뿐입니다."

아렌의 대답에 고튼 후작은 그를 빤히 쳐다보았다. 그러다가 고개를 끄덕였다.

"그렇군. 그런 스승이란 말이로군. 좋아, 그럼 자네가 날 찾아온 이유가 무엇이지? 빅톤에게 건네주었던 금패까지 가지고 찾아올 정도라면 그저 한 번 만나보고 싶어서는 아닌 것 같은데 말일세."

"이것을 건네 드리라는 부탁을 받았습니다."

아렌은 미리 준비하고 있던 두루마리 문서를 고튼 후작에게 내밀었다. 그리고 그 두루마리 문서를 받아 든 고튼 후작은 두루마리 문서를 천천히 읽기 시작했다.

문서를 읽는 내내 고튼 후작의 안색이 몇 번이나 변하고 나서야 두루마리 문서를 다 읽었는지 그가 아렌을 바라보았다.

"이 문서에 적힌 것이 전부 사실인가?"

"전 그 문서에 적힌 것이 무엇인지 모릅니다. 하지만 그 문서를 빅톤이 적은 것이라면 거짓은 들어 있지 않을 것입니다."

아렌이 그렇게 대답하자 고튼 후작은 고개를 끄덕이며 '분명 그런 사람이지'라고 홀로 중얼거렸다. 그러다가 아렌을 향해 말했다.

"이 문서의 내용은 무척이나 놀라운 것일세. 제국에 한바탕 큰일이 일어날지도 모를 정도이지."

고튼 후작은 아렌에게 문서의 내용을 간략히 설명하기 시작했다.

대륙의 서쪽, 마르코 산맥에서 나타나 닥치는 대로 몬스터들을 사냥하며 스스로 진화하는 키메라와 망야의 평원의 길목에 집결한 그들의 대략적인 전력, 그리고 이 사건에 데아칸의 후계자인 팔론을 비롯한 수많은 흑마법사들의 관련 사실.

하나같이 놀라운 사실들뿐이었다. 문서가 사실이라면 정

말 제국에 한바탕 평지풍파가 일어날 수도 있을 정도였다. 하지만 아렌은 그런 내용을 묵묵히 듣고만 있었다. 그 모든 걸 직접 보고 겪은 그에겐 새삼 새로울 것도 없는 사실인 것이다. 그리고 조금 더 자세한 설명을 해달라는 고튼 후작의 말에 아렌은 자신이 알고 있는 것을 모두 말하기 시작했다.

"저와 빅톤은 그들을 조사하던 중 공격을 받아 헤어지고 말았습니다. 그리고 그 이전에 빅톤에게서 후작 각하께 두루마리 문서를 전해달라는 부탁을 받았기에 먼저 후작 각하를 만나뵈러 온 것입니다."

고튼 후작과 아렌의 이야기는 한참이나 이어졌다. 고튼 후작은 조금 더 정확한 사실을 알기 위해 질문했고, 아렌은 그가 알고 있는 모든 것을 얘기해 주었다. 그리고 그렇게 한참의 시간이 지나서야 그들의 대화는 끝을 맺었다.

"빅톤과 자네가 전하고자 하는 바가 무엇인지 알겠네. 제국의 국민들을 보호하기 위해 내 즉시 조치를 취하도록 하지."

"부탁드리겠습니다."

모든 이야기를 끝낸 아렌은 이제 그만 돌아가려 했고, 고튼 후작은 집사를 불러 아렌을 저택 밖까지 안내하도록 지시했다. 그렇게 되자 이제 접객실에 남은 것은 고튼 후작과 그의 부관뿐이었다. 그리고 잠시 생각에 빠진 듯한 고튼 후작에게 그의 부관이 질문을 던졌다.

"그 소년의 말을 믿으십니까?"

"음? 그럼 자네는 어떻게 생각하나?"

"저는 솔직히 믿기 힘듭니다. 소년의 말을 사실이라고 믿기에는 증거가 불충분할뿐더러, 여러 가지 정황으로 볼 때 너무도 허황된 사실입니다. 각자 자신의 연구밖에 모르는 흑마법사들이 한데 뭉쳤다는 것도 처음 듣습니다."

"확실히 허황된 구석이 없진 않지. 하지만 소년이 가지고 온 금패와 두루마리 문서 안에는 빅톤의 인장이 찍혀 있었네. 그는 장난으로 이런 사실을 내게 전할 사람이 아니야."

"하지만 그것만 가지고……."

반박을 하려는 부관의 말을 고튼 후작은 손을 들어 막았다.

"자네… 내가 후작이란 자리에 있는 것이 전부 선대가 이루어낸 것을 운 좋게 그대로 물려받은 것이라 생각하나?"

"어찌 제가 그런 생각을 가질 수 있겠습니까?"

"분명 나는 운이 좋아 후작이란 자리를 물려받을 수 있었네. 하나 그것만으론 안 돼. 호시탐탐 내 자리를 노리는 사람들이 한두 명이 아니거든. 그런 그들에게서 이 자리를 유지하려면 적어도 몇 가지 특별한 능력 같은 걸 가지고 있어야 하지. 물론 내겐 자네같이 사무를 잘 본다던가, 누구처럼 마법이나 검술이 뛰어난다던가 하는 능력은 없네. 내게 능력이 있다면 그것은 오직 사람을 보는 눈과 진실을 듣는 귀를 가졌다는 것뿐이야."

"……."

"난 그 능력들로 자네와 같은 인재를 찾아낼 수 있었지. 그 것이 내 눈과 귀가 틀리지 않았다는 증거라네. 그리고 그런 내 눈과 귀가 말하길 소년은 진짜야."

거기까지 말한 고튼 후작은 자리를 털고 일어났다. 그리고 창가로 걸어가며 말을 이었다.

"물론 자네의 말도 틀린 건 아니야. 분명 소년의 말 하나론 증거가 불충분하지. 그 정도론 군사를 움직일 수 없어. 그러 니 일단 충분한 증거를 확보해야 해."

"지금 즉시 순찰대를 보내겠습니다."

"조심해야 할 걸세. 소년의 말대로라면 증거를 확보하기도 전에 발각당할지도 모르니. 나가 보게."

고튼 후작의 말에 부관은 깊이 허리를 숙이며 접객실을 나 갔다. 그리고 홀로 남은 고튼 후작은 창밖으로 넓게 펼쳐진 밀리온의 풍경을 바라보았다.

"황제 폐하께선 혼수상태로 용상에 계시고, 홀로 남은 어 린 황자를 이용해 먹으려 눈에 불을 켠 썩어 빠진 귀족들이 설쳐 대는데 그것도 모자라 이젠 흑마법사와 키메라까지… 부디 국민들에게까지 이 피해가 미치지 말아야 할 것인 데……."

지금 밀리온에는 황궁을 중심으로 상위 귀족들은 거의 다

집결해 있다 해도 과언이 아니었다. 황태자의 반란 이후 아직도 깨어나지 못하는 황제의 빈자리가 그들에게 밀리온으로 집결할 여러 가지 이유를 부여한 것이다. 그리고 그 중심에 서 있는 자가 바로 올해 9살이 된 어린 황자였다.

귀족들은 어린 황자를 이용하여 자기 잇속을 챙기려 혈안이 되어 있었다. 하지만 아직도 그러지 못하는 이유는 두 후작 때문이었다.

원래 대륙에는 네 명의 후작이 있는데, 제국의 검 카고라스와 화염의 파오덴, 그리고 고튼 후작과 게틀린 후작이 그들이다. 카고라스와 파오덴은 그 능력을 인정받아 후작의 지위에까지 오른 이들이라면 고튼 후작과 게틀린 후작은 선대로부터 지위를 물려받은 케이스라 할 수 있었는데 제국은 황제를 중심으로 네 명의 후작에 의해 다스려지고 있다 해도 과언이 아니었을 정도로 네 후작의 세력은 무척이나 거대했다.

그러나 결국 이 네 명의 후작 집권 역시 붕괴를 겪게 되었다. 그것은 카고라스가 반역에 휘말려 죽고 난 후부터였다.

반역에 휘말려 폐위된 카고라스, 그리고 어째선지 파오덴까지 두문불출하며 황궁에 그 모습을 드러내지 않게 되자 황제가 집권하지 못하는 제국은 남은 두 후작의 판도로 돌아가고 있는 것이다.

그런데 그렇게 남은 두 후작은 서로를 못 잡아먹어 안달인 앙숙이었다. 고튼 후작은 국민을 잘 다스려야 제국이 영원히

번창할 것이라 외쳤으나, 게틀린 후작은 높은 신분인 귀족들이 잘살기 위해선 미천한 평민들은 얼마든지 부려먹어도 좋다는 생각을 가지고 있었기 때문이다.

그런 이유로 고튼 후작은 평민을 비롯한 국민의 전폭적인 지지를 받고 있었고, 게틀린 후작은 귀족들의 지지를 받는 인물이었다. 그나마 네 명의 후작이었을 때는 카고라스와 파오덴이 중간에서 중재가 되었기 때문에 함부로 서로를 향해 이빨을 들이댈 수 없었지만, 이제는 말릴 사람도 없기에 그들의 극심한 대립은 더욱더 심화되어 갈 뿐이었다.

그 중심에 있는 것이 어린 황자였다.

이유야 어쨌든 그들은 서로의 이상향을 위해 황자를 자신의 편으로 만들려 했고, 그런 두 사람의 싸움에 감히 다른 귀족들이 끼어들지 못하는 것이다.

고튼 후작과 게틀린 후작의 싸움은 점점 심해져 이젠 각자의 영지로 돌아가지도 않고 밀리온에 머물면서 서로를 견제하고 있는 중이었다.

게틀린 후작은 심기가 불편했다. 처음엔 자신의 상대가 못될 것이라 생각했던 고튼 후작이 그와 비슷한 세력으로 균형을 맞추고 있다는 사실이 언제나 그의 심기를 불편하게 하는 것이다.

모든 것이 계획대로 되어 가고 있었건만 고작 평민 따위의 지지를 등에 업은 고튼 후작이 활개를 치고 있으니 게틀린 후작은 심기가 불편하다 못해 분통이 터질 지경이었다.

때문에 그는 더 이상 고튼 후작을 얕보지 않게 되었다. 그리고 고튼 후작이 언제 어떤 술수를 부릴지 몰라 항상 그의 동태를 살피게 했다.

"고튼 후작이 웬 소년과 만났다고?"

까랑까랑한 목소리로 묻는 게틀린 후작은 무척이나 마른 체구를 가지고 있었다. 게다가 입은 옷은 보통 귀족들이 선호하는 화려한 옷이 아니라 검정색 일색으로 무겁지만 기품이 넘치는 그런 옷이었다.

검정색을 좋아하는 그였기에 항상 옷은 검정으로 입었고, 그런 검정색이 그의 마른 체구와 맞물려 무척이나 인색하고 가까이 근접하기가 힘든 인상을 풍겼다.

게틀린 후작의 물음에 수하가 대답했다.

"네, 저택으로 찾아온 소년과 고튼 후작은 몇 시간이나 대화를 나누다가 소년은 곧 돌아갔습니다."

"고위 귀족의 자제 같진 않더냐?"

"그렇진 않은 것 같습니다. 아니, 오히려 평범한 여행객의 차림이었습니다."

"멍청한! 아무리 고튼 후작이 평민 놈들의 지지를 얻고 있다 해도 평범한 소년 같은 걸 일부러 오랜 시간을 내서 만나줄 성싶더냐. 분명 무슨 다른 이유가 있을 것이다. 그런 것을 조사해 보란 말이다!"

"죄, 죄송합니다."

안절부절못하는 수하의 모습에 게틀린 후작은 콧방귀를 뀌었다. 그러다가 이를 악물며 조용히 중얼거렸다.

"고튼 후작… 별것이 다 신경을 거스르는군."

"그렇습니다. 장차 황제 폐하의 자리에……."

"닥쳐라! 어디 함부로 입을 놀리느냐!"

게틀린 후작은 수하의 말을 끊으며 소리쳤다. 수하도 제 잘못을 알았는지 깜짝 놀라며 입에 손을 가져다 댔다. 그런 수하를 바라보는 게틀린 후작의 눈초리가 싸늘히 빛났다.

"지금은 말 한마디 한마디에 조심을 가해야 한다는 것을 잊었느냐! 네놈이 죽는 것은 상관없지만 그것이 어디까지 이어질 줄 모른단 말이더냐!"

"죄, 죄송합니다."

"멍청한 놈 같으니! 어째서 내 주변에는 이렇게 인재가 없는 것인지……."

게틀린 후작은 안절부절못하는 수하의 꼴도 보기도 싫다는 듯 아예 몸을 돌려 버렸다. 수하는 치욕감에 얼굴을 붉혔지만 감히 어찌할 수 없는 노릇이었다.

잠시 시간이 지나 게틀린 후작이 화를 삭였는지 수하를 향해 물었다.

"요즘 밀리온에 좋지 않은 소문이 돌고 있다더군. 그 핏빛의 사신이라는 자에 대해 말이다."

그 물음에 수하는 뜨끔한 표정을 지었다.

물론 핏빛의 사신이라는 자에 대해 모를 리가 없었다. 황태자의 반란도 슬슬 가라앉은 마당에 요즘 사람들의 입에 제일 많이 오르락내리락하는 것이 바로 핏빛의 사신에 대한 것이었으니 말이다.

북쪽 귀족과 병사들을 학살하고 다닌다는… 아니, 정확한 정보에 따르자면 북쪽 귀족 중에서도 게틀린 후작의 심복과 자신에게 덤비는 병사들을 죽인다는 핏빛의 사신.

단순히 그것만으로도 게틀린 후작의 심기를 건드리기에 충분하고 넘치는데 요즘 세간에 도는 소문은 그 도를 넘어서고 있었다.

"데미안 황태자라……."

게틀린 후작은 곱씹듯 그렇게 중얼거렸다.

그렇다. 요즘 세간에 도는 소문은 핏빛의 사신이 바로 데미안 황태자라는 것이었다. 더욱이 어디서부터인지 모르겠지만 억울한 반역죄를 뒤집어쓴 황태자가 그 복수를 하기 위해 칼을 들었다는 소문도 나돌고 있었다.

때문에 수하는 한창 몸을 사리는 중이었다. 함부로 핏빛의 사신에 대한 얘기를 꺼냈다가 무슨 꼴을 당할지 충분히 짐작이 갔기 때문이다. 그런데 오늘 하필이면 게틀린 후작이 그 얘기를 꺼내다니…….

하지만 게틀린 후작은 잔뜩 얼어붙은 수하에게 눈길조차

주지 않으며 잠시 생각에 빠지더니 이내 웃음을 터뜨렸다.

"큭! 크큭! 우습지도 않군. 데미안 황태자가 검을 들었다고? 그 유약한 황태자가?"

그는 황태자의 반역이 일어나기 이전부터 데미안 황태자를 가장 가까이서 보아왔다고 해도 과언이 아닌 인물이었다. 그리고 그렇기에 데미안 황태자가 얼마나 유약한 사람인지 누구보다도 잘 알고 있었다.

장차 황제의 자리에 올라야 하면서도 기사 따위를 동경해 검을 쥐길 좋아하고, 그러면서도 개미 새끼 한 마리 죽이지 못하는 우유부단한 성격을 가지고 있었던 이가 바로 데미안 황태자였다.

그런 그가 검을 들어 십수 명의 귀족들과 그들의 사병을 학살했다니… 지나가던 개가 웃을 일이다.

"말도 안 되는 헛소문이지만… 그래서 기분이 더욱 나쁘군. 그 소문을 퍼뜨리는 자들을 잡아들여라. 엄중히 다스려야 할 것이다."

"네, 알겠습니다."

게틀린 후작의 말에 수하는 고개를 숙이며 대답했다. 그러다가 곧 게틀린 후작은 다시 말을 이었다.

"주신 푸우의 신전에서 보내온 자들은 어떻게 하고 있느냐?"

"아, 그게… 식사를 하거나 하는 시간을 빼놓고는 숙소에서 잘 나오지 않고 있습니다."

게틀린 후작은 주신 푸우의 신전에 많은 돈을 기부하고 있었다. 제국이 대륙을 통치하고 있다지만 주신 푸우의 신전이 가진 힘도 만만치 않았고 그런 신전과 관계를 가지고 있으면 충분히 도움이 될 것이라는 계산하에서였다.

그런 그의 노력이 통했는지 지금껏 그와 신전은 좋은 관계를 유지하고 있었다. 그러다가 이번에 핏빛의 사신이라는 자가 출몰하면서 흉흉한 소문이 퍼지자 푸우의 신전에서 게틀린 후작을 경호하라는 임무를 한 명의 신관과 두 명의 성기사에게 부여하여 밀리온으로 보낸 것이다.

게틀린 후작은 그깟 세 명 따위 있거나 없거나 마찬가지라 생각했지만 그래도 신전의 성의를 봐 당분간 그들을 받아들이고 그들에게 극진한 대접을 해줄 수밖에 없었다.

하지만 그들이 할 일은 없었다. 밀리온에서도 가장 중심부에 있는 A지구에서 무슨 일이 벌어질 리는 없었던 것이다. 아마 푸우의 신전에서도 형식적으로 세 명을 보냈을 뿐 정말 게틀린 후작을 보호하라는 의미는 별로 담지 않고 있는 듯했다.

"두어 달 더 데리고 있다가 푸우의 신전으로 돌려보내도록 하여라. 그 정도라면 신전의 체면 정도는 살려준 셈이겠지. 그리고 마차를 준비하여라. 지금 황궁으로 들어갈 것이다."

"네, 알겠습니다."

수하가 새삼스럽지도 않다는 듯 고개를 숙여 대답했다.

게틀린 후작은 언제나 이맘때쯤에 황궁에 들러 어린 황자를 만났다. 어린 황자를 제 편으로 회유하려는 수작임에 불구했지만 감히 그가 황자를 만나겠다는데 뭐라고 할 수 있는 사람은 현재 제국에 아무도 없었다. 어린 황자조차 게틀린 후작을 무서워할 정도였다.

그 때문이라도 게틀린 후작은 매일매일 황궁을 제집 드나들듯 하는 것이다. 황자를 압박하기 위해서, 자신의 말을 잘 듣는 허수아비로 만들기 위해서.

그런 게틀린 후작의 행동에 수하조차도 질릴 지경이었지만 그가 어떻게 할 수 있는 일은 없었고, 오늘도 그와 다를 바 없는 하루가 계속될 뿐이다. 그런데 그때였다.

콰앙!

게틀린 후작이 서재에서 나가려는 그때, 멀지 않은 곳에서 거대한 굉음이 들렸다. 마치 무엇인가가 터져 나가는 듯한 소리였다.

방을 나서려던 게틀린 후작은 그 소리에 깜짝 놀라고 말았다.

"무슨 일이냐!?"

"제, 제가 알아보고 오겠습니다!"

당황한 수하가 무슨 일인지 알아보기 위해 급히 방을 나서려는데 그보다 먼저 다른 사람이 문을 박차고 들어왔다.

그는 다름 아닌 저택을 경비하는 병사였다. 그는 다급한 표정으로 들어와 게틀린 후작에게 고개를 숙였다.

"큰일 났습니다!"

"웬 소란이더냐?"

"누군가 저택에 침입한 것 같습니다!"

"뭣이라!?"

게틀린 후작이 믿을 수 없다는 듯이 외쳤다.

그의 저택은 A지구 중에서도 가장 안전하다고 할 수 있는 곳이다. 수많은 병사들이 대기 중인 황궁이 멀지 않은 데다가 저택을 지키는 완전무장한 사병만 해도 200여 명에 가까운 이곳에 누가 감히 침입을 한단 말인가.

하지만 병사는 거짓을 말하고 있지 않은 듯했다.

"도대체 누가 감히 내 저택에 침입을 했단 말인가!"

"그, 그게……."

"크으! 내가 직접 그곳으로 가봐야겠다!"

대답을 하지 못하는 병사의 말에 게틀린 후작이 먼저 외쳤다. 그러자 수하가 그를 만류했다.

"후작 각하, 위험하십니다! 얼마 지나지 않아 경비원들이 침입자를 잡을 테니 그때까지 이곳에 계시는 게……."

"닥쳐라! 감히 누가 내 저택에 침입을 했는지 내가 직접 봐야겠단 말이다!"

이미 게틀린 후작은 화가 머리끝까지 치솟은 상태였다. 정말 누군가가 저택에 침입이라도 한 것이라면 그것은 단순히 망신살 뻗치는 일만이 아니다. 그의 위엄이 상할 수도 있는 중대한 일인 것이다.

때문에 화를 감추지 못한 게틀린 후작은 막으려는 수하를 밀쳐 내며 방을 나섰다. 상황이 이렇게 되자 우물쭈물하던 수하는 병사를 데리고 그의 뒤를 따를 수밖에 없었다.

빠른 걸음으로 걸어 게틀린 후작은 곧 폭발음이 들린 곳에 도착할 수 있었다. 그곳은 다름 아닌 저택의 정문이었다. 침입자는 저택의 정문으로 쳐들어온 것이다. 그리고 게틀린 후작은 볼 수 있었다.

덤벼드는 병사들을 단 일검에 갈라 버리는 검은 검과, 전신에서 핏빛 기운을 흘리는 한 사내의 모습을. 그리고 그의 금빛 머리카락과 금빛 눈동자를.

그것을 본 게틀린 후작은 자신도 모르게 중얼거렸다.

"데, 데미안 황태자……?"

대륙은 바티스타 제국에 의해 통치되고 있다. 그것은 분명 사실이다.

하지만 대륙에서도 제국이 함부로 대할 수 없는 곳도 분명 존재한다. 대륙의 동쪽에 위치한 성역이라 불리는 대도시 '라빈스'가 바로 그곳이다.

밀리온의 중심에 황궁이 존재하듯, 라빈스의 중심엔 주신 푸우의 신전이 있고 이것이 곧 라빈스를 성역으로 부르며 제국이 함부로 대할 수 없는 곳인 까닭이다.

전 대륙에 있어 유일신이라 해도 다름없을 정도의 주신 푸우였기에 그 영향력은 막대했고, 특히 주신의 신전에 거주하는 교황은 제국의 황제조차도 감히 함부로 대할 수 없는 상대였던 것이다.

그런 주신의 신전을 상징하는 표식이 있었으니 단지 모양의 표식이었다. 그리고 지금 단지 모양의 표식을 지닌 이들이 게틀린 후작의 저택에 머물고 있었다.

"언제까지 이러고 있어야 하는 거야?"

찬란히 빛나는 은빛 갑옷을 입은 남자가 머리를 긁적이며 따분하다는 듯 하품을 터뜨렸다. 그러자 옆에 앉아서 조용히 기도를 올리던 여인이 눈을 떠 그를 바라보았다.

"그렇게 지루하면 기도라도 드려."

"아아, 미넬. 난 몸을 움직이는 성기사지 하루 종일 기도만 하는 사제가 아니야."

"트리폰. 너는 지금 불경죄를 저지르고 있어. 기도를 올리는 건 신께 감사하는 뜻을 전하는 거란 말이야."

남자, 트리폰과 여인, 미넬은 그렇게 티격태격 다투기 시작했다. 트리폰을 구박하긴 했지만 미넬 역시 지루함이 없진 않았던 것 같았다. 그런 그들을 향해 한마디 조용한 목소리가 날아들었다.

"그만 다퉈. 트리폰, 너의 그 말은 불경죄로 라빈스로 돌아가면 검 휘두르기 이천 번이야. 그리고 미넬 너는 형제를 감싸주지 못하고 다툰 벌로 명상 세 시간이야."

목소리의 주인공은 창가에 앉아 창밖을 바라보고 있던 남자였다. 그는 트리폰과 마찬가지로 은빛 갑옷을 입고 있었는데, 은빛 갑옷과 그의 군청색 머리카락이 어울려 한 폭의 그림을 연상케 했다. 쉽게 말해 멋들어지게 잘생겼다는 말이다.

그의 말에 트리폰의 얼굴이 종잇장 구겨지듯 잔뜩 구겨졌고, 미넬은 얼굴을 빨갛게 붉힌 채 조용히 고개를 숙였다. 그러다가 트리폰이 그에게 투덜댔다.

"브리드. 너도 심심한 건 마찬가지잖아."

"인내 역시 수련의 일환이야. 내가 보기엔 트리폰 너에겐 그게 꼭 필요한 것 같다."

"그럼 이 갑옷만이라도 좀 벗고 있자고. 정말 왜 갑옷을 못 벗게 하는 거야?"

브리드라고 불린 군청색 머리카락의 남자는 그제야 트리폰을 바라보았다. 그리고 단호히 말했다.

"우린 놀러 온 게 아니야. 게틀린 후작 각하를 보호하러 온 것이지. 만약 갑옷을 벗고 있을 때 무슨 일이라도 벌어진다면 그땐 갑옷도 입지 않은 채 달려나가 싸울 거야?"

"끄응, 딱딱한 녀석."

트리폰은 고개를 저으며 한숨을 내쉬었다. 그러자 브리드가 그를 향해 말했다.

"잊지 마. 우리에겐 또 다른 임무도 있다는 것을."

"단의 부탁 말이냐?"

"부탁이 아니라 임무야."

브리드는 딱 잘라 말했다.

그들은 분명 게틀린 후작을 보호하라는 명을 받고 이곳으로 왔다. 하지만 그것이 전부가 아니었다. 분명 신전에서 그들에게 내린 명령은 그것이 전부였지만 신전이 아닌 다른 이에게서 한 가지 부탁을 받았다.

게틀린 후작을 감시하고 황태자의 반역에 대한 전말을 자세히 조사하라는 부탁. 하지만 브리드는 그것을 부탁이 아닌 임무라고 생각했다. 그 부탁을 한 인물이 다름 아닌 단이었기 때문이다.

성령의 단. 주신 푸우를 섬기는 모든 성기사들의 우상이자 세븐 스타의 일인, 그리고 최고 최강이라 불리는 성기사.

단은 딱딱한 성격의 브리드에게도 우상인 존재다. 그런 우상이 부탁을 했다. 그것도 대륙을 한바탕 어지럽힐지도 모르는 중대한 사건에 대한 조사를 해달라는 부탁을. 그러니 그것이 브리드에게 부탁이 아니라 반드시 이루어야 할 임무가 되는 건 당연한 일이다.

"부탁이라 생각하지 말고 임무라고 생각해. 단이 우리에게 내린 임무야."

"네네, 알았네요, 알았다고요."

빈정대는 트리폰을 일별하며 브리드는 다시 창밖으로 시선을 던졌다. 그리고는 한숨을 내쉬었다.

사실 그가 트리폰에게 이런 말을 할 처지는 아니었다. 그가 게틀린 후작을 보호하는 세 명을 인솔하는 역할을 맡긴 했지만 그렇다고 대장이라도 된 것은 아니었다.

다만… 안타까웠을 뿐이다. 단이 그들에게 직접 그런 부탁을 했는데도 아직까지 아무런 단서조차 얻지 못하고 있다는 사실이 안타까웠을 뿐이다.

그들은 나름대로 열심히 조사를 했다. 그렇지만 알아낸 것이라고는 세간에 알려진 그대로였다. 나머지는 모두 꽁꽁 숨겨져 찾고 찾아도 머리털 하나 보일 생각을 하지 않았다.

이쯤 되면 정말 아무 일도 없으리라 생각이 들 만도 하건만 브리드는 그것이 전부가 아니라고 믿었다. 단이 의심을 가졌다면 분명 무엇인가 이유가 있을 것이란 생각에서였다.

'도대체 무엇일까?'

아무리 생각해 봤지만 도저히 답은 떠오르지 않았다. 그러던 그는 갑자기 살갗이 오싹해지는 기분을 느꼈다. 그는 깜짝 놀라며 트리폰과 미넬을 바라보았는데, 그들 역시 그런 기분을 느꼈는지 브리드를 바라보고 있었다.

"이봐, 브리드. 너도 느낀 거지? 그런 거지?"

"이 오싹하고 끈적끈적한 기운. 이건 분명……."

"마기다!"

그들은 창밖을 바라보았다. 그곳에서 마기가 느껴졌기 때문이다. 그리고 그들은 저택의 정문을 향해 다가오는 한 남자의 모습을 볼 수 있었다. 전신에서 핏빛을 뿌리는 한 남자를⋯⋯.

그들은 즉시 문을 박차고 방을 뛰쳐나갔다. 브리드와 트리폰은 무거운 갑옷을 입고 있었지만 익숙한 일이었기에 빠른 속도로 뛰어갔고, 사제복을 입고 있는 미넬 역시 그들에게 뒤떨어지지 않는 속도로 뛰어갔다.

콰앙!

큰 폭발음이 들려왔다. 역시 저택의 정문 쪽에서였다.

"세상에! 어떻게 이렇게 가까이 왔는데도 전혀 모를 수가 있었지?"

"아마도 마기를 숨길 수 있었던 것 같아. 저택에 도달해서야 감춘 마기를 풀어낸 거겠지."

"그게 말이 돼? 제아무리 뛰어난 흑마법사라도 마기를 완전히 숨기는 건 불가능하다고."

"그럼 어쩌라는 거야, 그 본인을 직접 봤잖아!"

말도 안 된다고 부정하는 트리폰의 말에 미넬은 소리를 질렀다. 그녀 역시 믿기 힘든 건 마찬가지였다. 하지만 정말 어쩌란 말인가. 그렇지 않으면 이렇게 가까이 올 때까지 마기를 느끼지 못했다는 것을 설명할 수가 없는데.

빠르게 달린 그들은 곧 정문에 도착했고, 핏빛 기운을 흘리며 검은 검을 휘둘러 병사들을 베어버리는 금발금안의 사내를 볼 수 있었다.

"트리폰, 넌 왼쪽에, 난 오른쪽으로 간다. 미넬, 뒤를 부탁해!"

"알았어."

말을 마친 브리드와 트리폰은 곧장 검을 뽑아 금발금안의 사내를 향해 뛰쳐나갔다. 그리고 약속대로 트리폰은 왼쪽에서 브리드는 오른쪽에서 그를 공격해 나갔다.

그런데 그때 검은 검이 허공을 가르자 핏빛 날카로운 기운이 그들을 향해 쏘아져 나왔다.

카캉!

"큭!"

핏빛 기운은 무척이나 빨랐다. 브리드와 트리폰은 마치 약속이나 한 듯 신성력을 내뿜으며 검을 들어 핏빛 기운을 막았지만 뒤로 튕겨지듯 물러서고야 말았다. 그런 그들을 향해 또다시 핏빛 기운이 날아들었다. 그때 미넬의 목소리가 들렸다.

"신의 방패!"

그녀의 목소리와 함께 브리드와 트리폰의 주변으로 새하얀 빛이 번쩍거리기 시작했다. 그리고 그 빛은 날아든 핏빛 기운과 함께 사그라졌다. 그것이 바로 신성 주문의 방어 주문 중 하나인 신의 방패였다.

그녀 덕분에 간신히 위기를 넘긴 브리드와 트리폰이 자세를 잡으며 핏빛 기운을 흘리는 사내를 바라보았다.

'저 핏빛 기운… 마기야.'

'세상에! 어지간한 흑마법사들도 마기를 실체화시키긴 어려운데 이토록 뚜렷한 실체화라니. 게다가 핏빛 마기는 들어본 적도 없어!'

브리드와 트리폰은 각각 그렇게 생각하며 긴장감을 북돋았다. 아무래도 눈앞의 사내가 보통이 아닌 것 같았기 때문이다.

그런 그들을 잠시 바라보던 핏빛의 기운을 뿌리는 사내, 데미안이 입을 열었다.

"너희들인가, 기분 나쁜 기운을 가지고 있던 녀석들이."

데미안은 게틀린 후작의 저택에 들어서기 전부터 이미 이상한 기운을 느끼고 있었다. 무어라 설명할 수는 없지만 기분 나쁜 느낌… 그것이 게틀린 후작의 저택에서 느껴졌다.

마검은 그 기운을 일컬어 신성력이라 했다.

신을 섬기는 자에게 주어지는 기적 같은 기운. 지금껏 데미안은 그런 것이 신성력이라 생각했다. 하지만 느끼지 못할 땐 몰랐는데 막상 느낄 수 있게 되니 보통 기분 나쁜 기운이 아닐 수 없었다.

하지만 위협적인 기운은 아니었다. 때문에 무시해 버렸다.

데미안은 평소 다닐 때는 마검이 가진 기운, 마기를 뿜어내지 않았다. 마기 자체만으로도 충분히 사람을 상할 능력이 있었기에 그랬던 것이다. 데미안은 복수를 원할 뿐이지 상관없는 사람을 무참히 죽이는 살인광이 아니었다. 그리고 마기를 뿜어내지 않는 그는 유령처럼 존재감을 느끼기 힘들 었다.

그래선지 그가 정문에 도달하여 마기를 뿜어낼 때까지 누구도 그의 존재를 눈치 채지 못했던 것이다. 그리고 사람들이 그의 존재를 눈치 챈 그 순간, 그의 검은 이미 정문을 갈라놓 아 버렸다.

그랬더니 병사들이 덤벼들었고 데미안은 검을 휘둘러 그들을 죽였다. 그리고 잠시 후, 그의 눈에 경악의 표정을 짓는 게틀린 후작의 모습이 들어왔다. 하지만 그를 향해 바로 다가 서지 않았다.

그의 심기를 건드린 기분 나쁜 기운을 가진 세 명이 나타났 기 때문이다.

"이봐, 뭔가 잘못 아나 본데 우리가 가진 건 신성력이라고. 기분 나쁜 마기를 가진 건 바로 당신이야."

데미안의 말에 트리폰이 발끈하여 바로 받아쳤다.

사실 말이야 바른말이지 마기에 비한다면 신성력은 따뜻 한 기운이다. 아무렴 신이 내린 기적이라는 기운인데 마기보 다 기분 나쁜 기운일 수가 있으랴! 아니, 설령 마기에 비유하 지 않는다 하더라도 신성력은 따뜻한 기운이고 마기는 절대 적으로 기분 나쁜 기운이다.

트리폰은 그것을 역설하고 싶었지만 데미안은 귀찮은 듯 검을 휘둘러 핏빛 기운을 뿌릴 뿐이다. 하지만 이번에도 똑같이 당할 트리폰이 아니었다.

핏빛 기운은 여전히 빨랐지만 미리 대비하고 있었던 트리폰은 어렵지 않게 그 기운을 피해내며 데미안을 향해 달려들었다.

"성급하게 굴지 마!"

뒤에서 브리드의 목소리가 들렸으나 트리폰은 달려나가는 신형을 멈추지 않았다. 그리고 마침내 데미안을 사정거리 안에 두었다.

"차앗!"

기합을 지르며 데미안을 향해 검을 휘둘렀다. 빠르고 힘찬 공격이었다. 하지만 검은 검이 그의 검을 막아냈다. 그러나 트리폰이 진정 노리던 공격은 첫 일격이 아니었다.

데미안의 검에서 막힌 충격을 흩뜨리지 않고 도리어 그 반대쪽으로 회전하며 연속해서 데미안을 공격해 갔다. 데미안은 여전히 검은 검으로 트리폰의 검을 막아냈지만 그러면 그럴수록 그의 회전 속도와 검의 빠르기, 그리고 힘은 점점 더 강해져 갔다.

이것이 트리폰의 주특기이자 그가 처음부터 노리던 회전 공격이었다. 게다가 그의 전신에서 퍼져 나가는 신성력은 데미안의 핏빛 마기를 억누르며 주변을 깨끗이 정화하는 듯했다.

마기를 멸하는 신성력의 능력이 발휘되는 것이다.

하나 정작 공격을 당하고 핏빛 마기가 흩어져 감에도 데미안의 표정은 변하지 않았다. 여전히 싸늘한 황금빛 눈동자로 트리폰을 주시할 뿐이다.

그러다가 이내 그가 중얼거리듯 말을 내뱉었다.

"이게 전부인가?"

"뭣!?"

데미안의 중얼거림에 발끈한 트리폰은 더욱 거세게 밀어붙이려 했지만 그보다 데미안이 빨랐다. 트리폰을 향해 검을 찔러 넣은 것이다.

단순한 찌르기라면 회전력을 살려 피할 수 있었겠지만 트리폰은 급히 회전을 멈추며 검을 거둘 수밖에 없었다. 데미안의 마검이 회전하는 트리폰의 중심을 정확히 찔러왔기 때문이다. 그리고 그런 데미안의 전신으로 폭발하듯 핏빛 마기가 치솟기 시작했다.

그 모습이 마치 지금까지 신성력에 흩어져 가던 것은 거짓이었다고 말하는 것처럼 핏빛 기운은 단숨에 주변을 잠식해 버리며 트리폰을 덮칠 듯 달려들기 시작했다.

트리폰은 마기를 피해 급히 뒤로 물러섰다. 아무리 신성력으로 보호받는 그의 몸이라 하더라도 마기와 직접 접촉하는 것은 위험했기 때문이다. 그런데 그 순간 그의 뒤편에서 데미안의 목소리가 들려왔다.

"형편없군."

"헉!"

조금 전까지 그의 앞에서 마기를 뿜어내던 데미안이 어느새 그의 뒤편으로 이동해 있었다. 게다가 한마디 낮은 중얼거림과 동시에 그의 목을 베어오는 데미안의 마검은 마치 유령처럼 섬뜩하고 또 날카로웠다.

'피해야 한다!'

트리폰은 그렇게 생각했다. 아니, 그래야 했다. 그런데 어째선지 몸이 말을 들어주지 않았다. 발이 얼어붙은 듯 움직이지 않았다. 마치 사신의 검 앞에 목을 내놓고 있는 것 같았다.

그때였다.

"이쪽이다!"

외침과 동시에 데미안을 향해 한 인영이 떨어져 내렸다. 그 인영은 바로 브리드였다.

브리드는 데미안을 향해 검을 강하게 휘둘렀다. 막지 않는다면 단숨에 데미안의 숨통을 끊어놓을 것이라는 기세가 강렬히 담겨 있는 일검이었다.

결국 데미안은 트리폰을 향하던 검을 돌려 브리드의 검을 막아내야 했다.

카앙!

쇳소리가 울리고 브리드는 데미안과 검을 사이에 둔 채 마주 섰다. 브리드의 이글거리는 눈빛이 데미안을 향했지만 데미안의 황금빛 눈동자는 여전히 차갑게 가라앉아 있을 뿐이다.

그때 브리드가 마주 댄 검을 비틀어 내리더니 이내 데미안을 향해 뻗어냈다. 그 교묘한 수가 데미안의 검을 흘리고 단숨에 공격 거리를 줄인 것이다.

데미안은 일촉즉발의 상황임에도 전혀 당황하지 않았다. 그는 다가오는 검의 속도에 맞춰 두 걸음 뒤로 물러나며 어느새 거둔 검을 다시 휘둘러 갔다.

그런 데미안의 검에 브리드의 검은 힘없이 튕겨났다. 버티려고 한 브리드였지만 데미안의 검에 담긴 힘은 그가 감당할 수 있는 수준이 아니었던 것이다.

검이 튕겨나자 완전히 무방비가 된 브리드였지만, 데미안은 그를 향해 마지막 일격을 가할 수 없었다. 그의 등 뒤에서 이제야 정신을 차렸는지 트리폰이 공격해 왔기 때문이다.

상대의 등 뒤에서 공격하는 치욕을 무릅쓴 트리폰의 일격이었지만 데미안은 이마저도 어렵지 않게 피해 버렸다. 그러나 검을 피해내는 데미안에게 트리폰과 브리드의 연속 공격이 계속해서 잇따랐다. 절대로 물러설 틈을 주지 않겠다는 의지가 강렬히 담긴 공격들이었다.

그러자 데미안이 갑자기 기합을 내질렀다.

"하압!"

기합을 지르는 그의 주변으로 퍼져 나가는 핏빛 물결!

마기라는 이름의 그것은 단숨에 주변을 다시 장악해 버렸다. 그리고 그 중심에서 데미안이 힘차게 검을 휘둘러 자신을 향해 짓쳐들어오는 브리드와 트리폰의 검을 모두 쳐냈다.

"큭!"

"으윽!"

브리드와 트리폰은 손으로 느껴지는 저릿한 감각에 자칫 검을 놓칠 뻔했다. 그러나 다행히 검을 놓치지는 않았고, 한참이나 뒤로 물러서 버렸다.

그때 미넬의 낭랑한 목소리의 외침이 울려 퍼졌다.

"저 어리석은 자에게 당신의 심판을!"

미넬의 외침과 동시에 핏빛 기운을 뿜어내던 데미안을 향해 한줄기 빛이 내리꽂혔고 그대로 데미안을 집어삼켜 버렸다.

이것이 신성 주문 중 몇 되지 않는 공격 주문인 신의 심판이다.

마를 멸하는 기운이 담긴 신성력을 집결하여 신의 심판이라는 이름의 빛의 기둥으로 적을 내리꽂는 주문이다. 마를 멸하는 기운이 가득 담겨 있었기에 흑마법사 같은 마기를 사용하는 자들에겐 치명적인 기술이었다.

빛의 기둥이 그대로 데미안을 삼켜 버리자 트리폰은 미넬을 바라보며 소리를 질렀다.

"미넬! 나도 맞을 뻔했잖아!"

"넌 좀 맞아야 돼!"

성기사처럼 신성력을 가진 이들에겐 별다른 타격이 없는 주문임에도 버럭하는 트리폰이나 진심으로 맞히고 싶었다는 듯한 미넬이나 서로를 향해 티격태격하고 있었지만 그것이 그들의 나름대로 칭찬의 한 방법이었다.

그런데 그런 그들을 향해 브리드가 입을 열었다.

"아직 끝나지 않았어."

그의 말과 동시에 빛의 기둥이 내리꽂힌 곳에서 다시 핏빛 기운이 뭉실뭉실 일어나기 시작했다. 그리고 그 중심에 별다른 타격을 입지 않은 듯한 데미안이 차가운 황금빛 눈동자로 그들을 바라보고 있었다.

"괴, 괴물이냐?"

마기를 다루는 자가 신의 심판을 맞고도 멀쩡하다니… 트리폰은 이건 사기라고 외치고 싶은 마음을 애써 억눌러야 했다.

데미안은 잔뜩 얼어붙은 그들의 모습을 보며 입을 열었다.

"발악은 모두 끝난 건가?"

"이익!"

데미안의 말에 발끈하는 트리폰이었지만 아까처럼 함부로 데미안을 향해 달려들 수 없었다. 짧은 겨룸이었지만 그가 얼마나 강한지 뼈저리게 깨달았기 때문이다.

그들은 극도의 긴장감에 손에 땀이 쥐어지는 것을 느꼈다.
그리고 그들을 향해 데미안이 다시 한 번 나직이 중얼거렸다.
"그럼 이번엔 내가 간다."

Chapter 34

숙명의 재회

고튼 후작의 저택을 나온 아렌은 여관으로 돌아가기 위해 지도를 펼쳤다. 그렇게 돌아가는 길을 찾던 그의 눈에 한 가지 특이한 것이 띄었다.

"영웅들의 서사시?"

아렌이 지금 서 있는 곳과 멀지 않은 곳에 그런 이름을 가진 장소가 있었다. 아렌은 고개를 갸웃거렸다. 이름만 가지고는 도대체 무엇을 하는 장소인지 알 수 없었기 때문이다.

'한번 가볼까?'

혼자 구경 간 걸 레이나에게 들키기라도 한다면 골치 아프겠지만, 뭐 일단 가서 한번 보고 괜찮은 곳이면 레이나도 데려오면 된다는 생각에 아렌은 가보기로 결정을 내렸다.

아렌은 그렇게 결정을 내리고 약도를 집어넣던 중 저기 골목으로 사라지는 하나의 인영을 볼 수 있었다. 그런데 꼭 그 인영의 모습이 어쩐지 낯익은 것 같다는 생각이 들었다.

'잘못 봤겠지. 밀리온에 내가 아는 사람이 어디 있다고.'

아렌은 고개를 젓고는 영웅들의 서사시라는 곳을 향해 발걸음을 옮겼다. 그리고 그렇게 아렌이 사라지자 골목길에서 빠끔히 고개를 내미는 인영이 있었으니, 다름 아닌 레이나였다.

그녀는 아렌이 사라지자 안도의 한숨을 내쉬었다.

"어휴, 들킬 뻔했네. 아렌 사부는 왜 이런 곳에 있는 거야?"

그녀는 그렇게 중얼거렸다. 그런데 만약 그 말을 아렌이 들었다면 오히려 아렌이 묻고 싶었을 것이다. 왜 그녀가 이곳에 있는 것인지. 또한 보노보노는 왜 그녀의 어깨에 앉아 있는 건지.

한숨을 내쉬는 그녀의 어깨에 앉은 보노보노 역시 한숨을 내쉬었다. 하지만 레이나가 내쉬는 안도의 한숨과는 다른, 자신이 한심해진다는 한숨이었다.

"내가 왜 이렇게 된 거지?"

한탄을 하듯 그렇게 중얼거리는 보노보노의 모습에 레이나가 헤헤 미소를 지었다.

일의 전말은 이러했다. 보노보노에게 레이나를 부탁하고

여관을 나선 아렌. 하지만 아렌이 나가지 말랬다고 그곳에 가만히 기다리고 있을 레이나가 아니었다.

레이나는 아렌이 여관을 나서자마자 몰래 그 뒤를 따를 생각이었다. 그런데 보노보노가 그녀의 앞을 막아섰다. 야채스튜 한 그릇에 충실한 레이나의 감시관이 된 보노보노는 그녀의 앞을 가로막으며 나가지 못한다고 으름장을 놓았다.

레이나는 고민에 빠졌다. 설령 여기서 보노보노를 따돌리고 몰래 빠져나간다고 해도 나중에 아렌이 돌아오면 보노보노가 모두 말해 버릴 것이다. 그렇다면 몰래 빠져나가는 의미가 없었다.

혼나지도 않고 시내를 구경할 수 있는 그런 좋은 수단을 생각해야 했다. 그리고 이내 떠오른 생각이 바로 회유책이었다.

어차피 보노보노도 아렌의 야채스튜에 회유당한 것이니 더 좋은 조건이라면 그녀도 보노보노를 회유할 수 있을 것이란 생각이었다. 그리고 그 결과 그녀는 이렇게 보노보노와 함께 거리를 돌아다닐 수 있게 된 것이다.

보노보노가 싱글벙글 웃는 레이나를 향해 입을 열었다.

"너 정말 야채스튜 만들 줄 아는 거지?"

"그, 그럼! 아렌 사부가 만드는 거 다 봐뒀어!"

그녀는 보노보노의 질문에 고개를 끄덕이며 대답했다. 하지만 보노보노는 그녀를 향한 의심의 눈초리를 지우지 못하는 듯했다.

그랬다. 그녀가 보노보노를 회유하는 데 써먹은 조건은 바로 야채스튜 두 그릇이었다. 그것도 아렌표 특제 야채스튜가 아니라 레이나표 특제 야채스튜라는 이름으로.

레이나는 아렌이 야채스튜를 만드는 것을 모두 봤다고 말하며 자신도 만들 줄 안다고 보노보노에게 말한 것이다. 그리고 보노보노는 의심의 눈초리를 지우지 못하면서도 두 그릇을 만들어준다는 그녀의 말에 결국 넘어가 버리고 만 것이었고.

아렌이 야채스튜를 만들 때 레이나는 멀찍이 떨어져 있었고, 그나마 처음 만들었을 때는 기절을 했기에 만드는 법을 전혀 보지 못했다는 사실을 깨닫지 못한 단순한 보노보노의 실책이었다.

그렇게 보노보노는 '야채스튜로 흥한 자, 야채스튜로 망한다' 라는 명언을 그대로 따라가고 있었다.

어쨌든 레이나와 보노보노는 상업 지구인 D지구에서 구경을 다니다가 안쪽으로 들어갈수록 풍경이 더욱 멋지게 바뀐다는 사실을 눈치 채고 여기까지 들어온 것이다. 그러다가 아렌을 발견하고는 그가 자신들을 발견하기 전에 얼른 숨어버린 것이 바로 조금 전의 일이었다.

"여긴 위험해. 아렌 사부한테 들켜 버릴 수도 있겠어. 다른 곳으로 가자."

그렇게 말한 그녀는 아렌이 사라진 곳과 반대편으로 걸어가기 시작했다. 그렇게 잠시간 더 걷고 나자 그녀의 어깨에 앉아 있던 보노보노가 그녀를 향해 말했다.

"일단 일이 이렇게 됐으니 어딜 가든 따라가긴 하겠는데… 나 배고프다."

"배고파?"

하긴 배가 고플 만도 했다. 먹은 거라고는 아침이 전부였는데 여기저기 쏘다니느라 점심때가 훨씬 전에 지났으니 배가 고플 수밖에 없었다. 그러다가 그녀는 뭔가 떠올랐는지 함박웃음을 지었다.

"헤헤! 이럴 때를 대비해서 여관 주인 아저씨한테 주먹밥을 부탁해 뒀지!"

"오오!"

주먹밥을 싸왔다는 얘기에 보노보노는 금방 들떴고, 레이나는 주먹밥을 먹을 만한 장소를 찾아 헤매기 시작했다. 그러다가 발견한 곳이 작은 공원이었다. 그들은 그곳의 잔디밭에 앉아 주먹밥을 꺼내놓고 먹기 시작했다.

"맛있다! 그지?"

"으음! 야채스튜엔 상대가 안 되지만 그럭저럭 먹을 만하군."

참고로 말하지만 그들이 위치한 곳은 A지구로 상위 귀족들이 머무는 곳이었고, 그런 A지구에선 공원 잔디밭에 앉아 싸온 주먹밥을 먹는 이들의 모습은 무척이나 보기 드문 광경이었다. 거기다가 아렌의 우려대로 보노보노의 특이한 모습에 지나가던 사람들이 힐끔힐끔 쳐다보기까지 하는 게 아닌가.

하지만 보노보노는 말할 필요도 없고, 산속에서만 살아오느라 그런 시선 같은 건 전혀 알지 못하는 레이나는 그저 맛있게 주먹밥을 먹을 뿐이었다.

그렇게 주먹밥을 다 해치우고 다시 구경거리를 찾아 걸으려는 그때, 왠지 오싹한 기분이 레이나를 덮쳤다.

"뭐지?"

알 수 없는 기분에 고개를 갸웃거리는데 보노보노가 그녀를 향해 말했다.

"저쪽이다."

"응?"

"방금 느낀 그거 말이야. 저쪽에서 일어난 거야."

보노보노는 한쪽 방향을 바라보며 말했다. 그제야 레이나는 보노보노가 조금 전 그녀가 느낀 오싹한 기분을 말하는 것이라는 걸 알 수 있었다.

그녀는 보노보노가 가리키는 방향으로 걸었다. 그리고 그렇게 걸을수록 그 오싹한 기분이 강해지는 것을 느낄 수 있었다. 그녀는 보노보노에게 물었다.

"이게 뭐지?"

"마기라는 거야. 마족이라는 것들이 흘리고 다니는 거지. 하지만 이 정도 기운이라면 마족 같지는 않고……."

마기니 마족이니 레이나는 보노보노가 하는 말을 하나도 알아들을 수가 없었다. 때문에 그녀는 발걸음을 빨리해 오싹한 기분이 느껴지는 곳으로 향했다. 그리고 곧 그곳에 도착할 수 있었다.

"집 정말 크다!"

지금까지 A지구를 싸돌아다니면서 큰 집도 많이 봤지만 눈앞에 보이는 이 집만큼 큰 집은 처음이었다. 그녀는 어느새 몰려든 사람들의 틈을 뚫고 정원으로 걸어 들어갔다. 보통 같았으면 당장에 경비원이 달려와 그녀를 내쫓았을 테지만 지금은 아무도 그녀에게 다가오지 않았다.

그녀는 정원을 통과했고, 곧 정문이 있는 곳에 도착했다. 그리고 부서진 문과 그 안쪽의 많은 시체들을 볼 수 있었다. 그녀는 끔찍한 그 모습에 눈을 감아버렸다. 그리고 보노보노는 그 모습을 보며 나직이 중얼거렸다.

"한바탕했나 보군."

"한바탕?"

"싸움이 일어났단 얘기야. 그래서 인간들이 저렇게 많이 죽은 거고."

"도, 도와줘야 하지 않을까?"

레이나가 그렇게 말하자 보노보노가 이해할 수 없다는 듯이 그녀를 바라보았다.

"너나 아렌이나 왜 그렇게 다른 사람 일에 끼어들지 못해서 안달인 거냐?"

"그, 글쎄?"

"어쨌든 얼른 이곳에서 벗어나자. 난 귀찮은 건 질색이야."

보노보노의 말에 레이나는 잠시 갈등하는 듯하더니 이내 어깨에서 보노보노를 내려놓았다.

"일단 난 안으로 들어가 볼래. 여기서부턴 위험하니까 나 혼자 갈게."

"엥?"

그녀는 그렇게 말하고는 곧바로 저택의 안으로 뛰어들어가버렸다. 미처 보노보노가 말릴 틈도 없을 정도로 신속한 움직임이었다. 그러자 보노보노는 뚱한 눈빛으로 그녀가 들어간 곳을 바라보았다.

"헹! 네 멋대로 해라. 난 절대 따라가 주지 않을 거다."

그는 자신의 말을 듣지 않은 레이나의 행동이 마음에 들지 않은 듯했다. 때문에 그는 몸을 통통 튕겨 그곳을 벗어나려 했다. 그러던 그는 무엇인가를 떠올릴 수 있었다.

"아차! 쟤가 죽으면 내 야채스튜는 누가 해주는 거지? 일이 이렇게 됐는데 아렌이 만들어줄 리가 없잖아."

보노보노는 심한 갈등에 휩싸였다. 귀찮음을 무릅써야 할 것인가, 아니면 야채스튜를 포기해야 할 것인가.

갈등 속에 시간은 계속 흘러가기 시작했다.

아렌은 얼마 걷지 않아 영웅들의 서사시에 도착했고 죽 나열돼 있는 수많은 사람 모양의 석상들을 볼 수 있었다.

"여기가 영웅들의 서사시?"

막상 도착하기는 했는데 왜 영웅들의 서사시인 건지 아렌은 이해하지 못해 고개를 갸웃거렸다.

석상들은 하나같이 사람 모양을 하고 있었는데 같은 사람이 아니라 각각 전부 다 다른 사람이었다. 아렌은 가장 큰 석상을 발견하고는 그곳으로 다가갔다. 그리고 석상 아래 받침대 쪽에 웬 글씨가 새겨져 있는 것을 발견했다.

"내가 살아 있는 이유는 현재를 걷기 위해서다. 바티스타 제국의 초대 황제 마이언 대제?"

그 글을 읽고 나서야 아렌은 이 가장 큰 석상이 마이언 대제이고, 밑에 적혀 있는 글은 마이언 대제의 유명한 명언이라는 것을 깨달았다.

아렌은 발걸음을 돌려 다른 석상들로 향했다. 그러기를 몇차례… 아렌은 드디어 이곳의 이름이 왜 영웅들의 서사시인지 알 수 있었다.

이곳에 있는 모든 석상들은 한때 대륙을 풍미했던 인물들의 모습을 조각해 놓았던 것이었다. 그야말로 영웅들이 한데 모인, 영웅들의 서사시 그 모습 그대로였다.

아마도 이 영웅들의 서사시라는 곳은 역대 영웅들의 모습을 후대에 기리기 위해 만들어진 것 같았다. 그리고 석상들의 받침대엔 각각 영웅들의 명언이 적혀 있어 그들의 뜻까지 함께 전해질 수 있도록 되어 있었다.

아렌은 천천히 그곳을 걸어가며 영웅들의 모습을 보았다.

정말 정의로운 듯한 영웅들의 모습부터 어딘지 모르게 악인처럼 보이는 영웅들까지 수많은 영웅들이 그곳에 존재했다.

'언젠가 빅톤의 석상도 만들어질까?'

아렌은 그런 생각을 하며 웃음을 터뜨렸다.

빅톤은 이곳에 있는 그 누구와 비교해도 뒤처질 바 없는 영웅이었다. 세븐 스타의 일인이라는 것 때문이 아니라, 대륙의 평화와 많은 사람들을 위해 자신의 모든 것을 헌신하는 그의 모습은 영웅이라 불려도 손색이 없을 것이다.

하지만 이곳에 빅톤의 모습이 생긴다고 생각하니 왠지 웃음을 새어 나왔다. 능글능글한 표정의 빅톤이 한쪽 손은 허리에 가져다 대고 다른 한쪽 손으론 브이 사인을 하며 서 있는 모습이 저절로 그려졌기 때문이다.

그렇게 킥킥대며 걸음을 옮기던 아렌의 시야에 검을 들고서 있는 한 석상의 모습이 들어왔다.

그저 단순히 검을 들고 서 있는 석상이었다면 특별함을 느끼지 못했을 것이다. 지금까지 지나오면서 본 석상들 중 많은 석상들이 검을 들고 있었고, 개중에는 독특한 무기를 가진 이들도 종종 있었으니 웬만한 검으로는 눈길을 끌지 못하는 게 당연했다.

하지만 그 석상은 달랐다. 검을 들고 있었지만 검의 모양이 독특했다. 아니, 독특하다기보다는 눈에 익었다.

마치 검 위로 무엇인가 둘러싸고 있는 듯한 모습. 잠시 후 아렌은 그것이 디프론이 펼친 광검의 모습과 비슷하다는 것을 깨달을 수 있었다.

아렌의 시선이 석상의 받침대로 향했다. 그리고 그곳에 써져 있는 글은 아렌을 더욱더 놀라게 만들었다.

"스스로의 검에 대한 믿음과 벨 수 있다는 믿음이 정점에 다다랐을 때, 세상에 베지 못할 것은 없다. 레전드 나이츠의 퍼스트 나이트 페리스."

레전드 나이츠의 퍼스트 나이트 페리스라는 사람을 아렌은 알지 못했다. 석상을 봐도 전혀 낯익지 않은 얼굴이었다. 그가 누구인지 어느 시대의 사람인지조차도 알지 못했다. 하지만 그가 한 말은 너무나도 익숙했다.

바로 디프론이 그에게 광검을 가르치며 했던 말이니까.

'그럼 저 검이 광검과 비슷한 게 아니라 광검이 맞단 말이야?'

아렌은 도대체 뭐가 뭔지 알 수가 없었다.

갑자기 이런 곳에서 생각지도 못한 문구를 보게 된 것도 그렇고, 알지도 못하는 석상이 펼치는 광검의 모습을 보는 것도 그렇고 어지간히 혼란스러운 상황이었다.

그때 멍하니 석상을 바라보는 아렌의 곁으로 웬 노인이 다가왔다.

A지구는 보통 평민들은 잘 드나들지 않는 곳이지만 이 영웅들의 서사시가 있는 곳은 다른 지구로 넘어가는 통로와 가깝기도 했고, 또 관광 명소이기도 했기에 신분에 관계없이 많은 사람들로 북적대는 곳이었다.

아렌에게 다가온 노인도 얼핏 보기엔 높은 귀족 같지는 않아 보였다. 그런 노인이 아렌을 향해 입을 열었다.

"자네, 이 석상에 관심이 있는가?"

"네? 아, 네."

"별일이군. 젊은이들이 이 석상에 관심을 가지는 것은 드문 일인데."

"이 사람은… 누구죠?"

노인이 하는 말로 봐 그는 이 석상의 주인을 아는 것 같았기에 아렌은 그렇게 물었다. 그러자 노인은 옛날 생각이 난다는 듯이 석상이 쳐다보다가 이내 입을 열었다.

"아주 오랜 옛날, 순수하게 검의 끝을 보기 위해 어떤 세 명의 검사들이 한데 모였지. 그들은 한곳에 자리를 잡고 때로는 서로 검을 겨루며, 때로는 검에 대한 얘기를 나누며 밤낮을 잊은 채 검에 빠져들었다네."

노인의 이야기는 그렇게 시작되었다.

검의 끝을 보기 위해 모인 세 사람. 그런데 그렇게 하루가 지나고 이틀이 지나고 오랜 시간이 지나자 그들이 머무는 곳으로 점점 많은 이들이 찾아오게 되었다.

그들 역시 검의 끝을 보길 바라는 검사들이었다. 그들은 갖가지 방법을 통해 검의 끝을 보려는 세 검사를 알게 되었고, 그에 동참하기 위해 그들이 머무르는 곳으로 온 것이다. 그리고 그들 역시 그곳에 머무르며 기존의 세 사람과 함께 검의 끝을 보려 했다.

그렇게 20년이란 시간이 지났다. 하지만 그 오랜 시간이 지나갔음에도 어느 누구도 검의 끝을 보지 못했다. 검에 대해 알면 알수록 더욱 깊고 무궁무진한 검을 다시 보게 될 뿐이었다.

그제야 그들은 검의 끝을 보는 일이 자신들의 대에서 성공할 수 없음을 깨달았다. 하지만 그들은 포기하지 않았다. 자신들의 대에서 볼 수 없다면 후대에서라도 보게 하리라. 그런 생각으로 그들은 하나의 단체를 만들기 시작했다.

이미 그곳에 모인 검사들의 수는 셀 수도 없을 만큼 엄청나게 늘어나 있었다. 단 세 명으로 시작했었지만 전 대륙의 수많은 검사들이 몰려들며 엄청난 인원을 이루게 된 것이다.

"그런 그들이 하나가 되었으니 단체를 만들기란 어렵지 않았다네. 그리고 그들은 자리에 모인 이들 중에서 가장 검의 끝에 가까이 다다랐다고 인정한 한 사람을 단체의 장으로 뽑았지. 그런데 놀랍게도 단체의 장으로 뽑힌 사람은 검의 끝을 보려 함을 시작한 초대의 세 명 중 하나였고, 사람들은 그를 퍼스트 나이트라 칭했다네."

"그렇다면……."

"바로 이 석상의 주인이 퍼스트 나이트 페리스라는 분이지. 그리고 검사들이 모여 만들어진 단체의 이름은 레전드 나이츠라네."

노인의 말에 아렌은 고개를 끄덕였다. 이제야 이 석상의 주인이 누구인지 알게 된 것이다. 하지만 아렌의 궁금증이 모두 풀린 것은 아니었다.

"그런데 이 페리스라는 분의 검은 왜 이런 거죠?"

"그분은 검의 끝으로 가는 길이 의지와 관련이 있다고 생각하셨네. 그리고 마침내 벨 수 있다는 믿음이 극의에 다다르면 무엇이든 벨 수 있다는 광검이라는 것을 만들어내셨지. 그분은 광검의 깨달음을 레전드 나이츠에 전수했고, 그 후로 광검은 레전드 나이츠의 상징이 되었다네. 이 석상은 그 광검을 표현한 것이지."

아렌의 궁금증은 그렇게 풀렸다.

왜 석상의 받침대에 디프론이 말해주었던 문구가 적혀 있는지, 또 어떻게 광검이 전수해져 내려오고 있었는지 아렌은 이제야 알게 된 것이었다.

'스승님도 레전드 나이츠라는 곳의 일원이셨구나.'

아렌은 가슴이 두근거리는 것을 느낄 수 있었다. 레전드 나이츠와 광검에 얽힌 이야기가 그의 가슴을 두근거리게 만들고 있었던 것이다.

아렌은 조금 더 레전드 나이츠에 대한 얘기를 듣고 싶었다. 과연 그들은 검의 끝을 볼 수 있었는지, 또 지금은 어떻게 된 것인지 알고 싶었다. 그런데 그런 그의 귓가에 안타깝다는 노인의 목소리가 들려왔다.

"하지만 그것도 지금은 다 부질없는 일이야. 레전드 나이츠는 대륙에서 완전히 사라졌고 지금의 젊은이들은 레전드 나이츠는커녕 50여 년 전쯤까지만 해도 모든 검을 든 이들의 우상이었던 페리스님조차도 알지 못해."

"네? 레전드 나이츠가 사라졌다니요?"

"레전드 나이츠는 모든 것을 잃었다네. 그들의 목적, 그들의 의의, 그리고 광검마저도 잃고 말았지. 그리고 50여 년 전, 유구한 역사를 이어오던 그들은 마침내 대륙에서 사라지고야 말았다네."

"조, 조금만 더 자세히 말씀해 주세요. 그게 무슨……?"

노인의 말에 깜짝 놀라며 조금 더 자세히 말해달라 부탁하던 아렌은 갑자기 오싹한 느낌이 전신을 훑고 지나가는 것을 느꼈다. 그리고 멀지 않은 곳에서 오싹한 기분을 들게 하는 낯설지 않은 기운이 퍼져 나오는 것을 깨달을 수 있었다.

아렌도 익히 느껴보았던 기운. 이것은 분명…….

'마기!'

분명 마기였다. 그것도 팔론에게서나 느껴보았을 법한 무척이나 진한 마기가 멀지 않은 곳에서 느껴지고 있었다.

'무슨 일이지? 왜 이런 곳에 마기가……?'

밀리온에서 마기가 느껴지다니!

치안이 안정된 밀리온에서 거대한 마기가 느껴지는 것은 분명 심상치 않은 일이 벌어졌다는 뜻일 터. 아렌은 마기가 느껴지는 곳으로 가봐야 한다는 생각이 들었다.

레전드 나이츠에 대해 조금 더 듣고 싶었지만, 점점 더 강해지는 마기가 왠지 모르게 그를 불안하게 했다. 결국 아렌은 노인과 아쉬운 작별 인사를 나누고는 마기가 흘러나오는 쪽으로 급히 달려가기 시작했다.

브리드와 트리폰, 그리고 미넬은 이미 만신창이에 가까웠다. 정확히 말해서 브리드와 트리폰이 몸을 바쳐 미넬을 지킨 끝에 그녀는 다친 곳이 별로 없었지만, 그만큼 브리드와 트리폰이 거의 반죽음이 되어버렸다. 하지만 순수한 공격력은 거의 제로인 그녀인 만큼 이미 그들은 저항 불능의 상태가 되어버렸다.

순식간에 일어난 일이었다.

데미안이 본실력을 내비치자 상황이 한순간에 끝나 버렸다. 그들은 데미안의 움직임을 제대로 쫓을 수도 없었고, 또 그의 힘과 마기를 감당할 수도 없었다. 데미안 앞에선 그들이 가진 신성력마저 무력했다.

데미안의 무위는 실로 무시무시할 정도였다.

"제, 제길……!"

브리드는 자신도 모르게 욕설을 내뱉었다.

3대 1의 상황인데도 도저히 상대가 되지 않았다. 아니, 대 관절 움직임이라도 보여야 상대가 되든 되지 않든 하지 않겠 는가. 이건 그저 일방적인 놀이일 뿐이었다.

그저 상대가 자신들이라는 장난감을 가지고 노는 일방적 인 놀이.

나름대로 검술에 자신이 있었던 브리드는 비참함을 느꼈 다. 어디서 갑자기 이런 괴물 같은 자가 나타났단 말인가.

그런 비참함을 느끼는 것은 그뿐만이 아니었다. 자신들이 너무도 무력하다는 사실에 트리폰과 미넬 역시 비슷한 감정 을 느끼고 있었다. 하지만 그들의 그런 감정 따위는 관심없다 는 듯, 데미안은 더 이상 그들을 지켜보고 있지 않았다.

그의 황금빛 눈동자는 다른 곳을 향하고 있었다. 그리고 그 곳에는 얼어붙은 듯 제자리에서 움직이지 못하는 창백한 얼 굴의 게틀린 후작이 있었다. 그런 그를 보며 데미안이 미소를 지었다. 아름답지만 두려움이 느껴지는 미소였다.

그가 게틀린 후작을 바라보고 있다는 것을 눈치 챈 브리드 가 소리쳤다.

"후작 각하, 몸을 피하십시오!"

어디까지나 그들의 역할은 후작의 안위를 보호하는 것. 어떻게든 후작이 자리를 피할 동안 시간을 벌어야 했다. 그리고 브리드의 외침에 게틀린 후작은 그제야 정신을 차렸는지 나타났던 곳으로 황급히 달아나기 시작했다. 그러자 데미안의 미소가 짙어졌다.

"어디까지 달아날 수 있을 거라 생각하는가."

"크윽! 우리를 무시하지 마라!"

쓰러져 있던 트리폰이 이를 악물고 신형을 일으켜 다시 데미안을 향해 달려들었다. 하지만 이미 많은 상처를 입고 있는 그의 움직임은 너무나도 형편없었다. 그리고 그런 그를 바라보는 데미안의 차가운 황금빛 눈동자가 빛났다.

탓!

땅을 박차는 순간 어느새 데미안은 또다시 트리폰의 뒤편에 신형을 세웠다. 그리고 지금까지와는 다르게 살기를 담은 일격으로 트리폰을 향해 마검을 휘둘렀다.

마검은 트리폰의 은빛 갑옷을 마치 두부 가르듯 아무렇지도 않게 가르고 있었다. 그런데 그 순간 또다시 그에게 빛의 기둥이 떨어져 내렸다. 미넬이 신의 심판을 다시 한 번 쏟아부은 것이다.

하지만 이번에는 데미안 역시 가만히 당하고 있지 않았다. 빛의 기둥이 데미안의 신형을 집어삼킨다 싶더니, 그의 신형이 갑자기 사라졌다. 그리고 살기를 드리운 채 미넬의 코앞에서 그 모습을 드러냈다.

"신성력이란 거… 귀찮군."

"으……!"

미넬의 눈동자가 커졌다. 그녀의 전신이 두려움에 젖어갔다. 다리가 후들거렸고, 그녀를 감싸 안던 신성력이 약해져 갔다. 단지 데미안의 황금빛 눈동자를 보았을 뿐인데도 전의를 잃고 말았다.

그때였다.

"잠깐!"

낭랑한 목소리가 데미안의 시선을 돌리게 만들었다. 그리고 황금빛 눈동자를 바라보던 미넬은 그대로 무너지듯 주저앉아 버렸다.

데미안은 목소리의 주인공을 바라보았다. 뜻밖에도 목소리의 주인공은 이제 막 열 살이 좀 넘었을까 하는 어린 소녀였다. 그녀는 다름 아닌 레이나였다.

저택 안으로 들어온 레이나는 한 여인이 위험에 빠진 것을 볼 수 있었고, 앞뒤 가릴 것 없이 그대로 소리쳐 데미안의 시선을 돌린 것이다.

그녀는 주변의 시체들을 돌아보며 데미안을 향해 물었다.

"이 사람들… 당신이 죽인 건가요?"

"그렇다."

웬일인지 데미안은 레이나의 물음에 순순히 대답해 주었다. 어쩌면 어린 그녀의 모습에서 이젠 기억도 나지 않는 추억들 중 하나가 떠올랐던 것일 수도 있었다.

레이나는 데미안이 순순히 대답해 주자 다시 한 번 질문을 던졌다.

"어째서 이들을 죽인 거죠?"

"복수."

"이들이 당신에게 무슨 잘못을 했는데요?"

"잘못이라… 글쎄……?"

잘 모르겠다는 표정을 짓는 데미안의 모습에 레이나는 화가 치솟는 것을 느낄 수 있었다. 그가 그녀를 얕본다고 생각한 것이다.

"얕보지 말아요!"

그녀는 그렇게 외치며 데미안을 향해 쏘아져 나갔다. 그리고 그를 향해 날카로운 공격을 퍼부었다.

파파팟!

순식간에 몇 차례의 공격이 데미안의 전신을 노렸다. 트리폰이나 브리드의 공격과는 비교조차 할 수 없는 엄청난 빠르기의 공격이었다. 게다가 그 공격에서 느껴지는 날카로움은 결코 데미안의 마검에 뒤지지 않았다.

데미안에게 의외라는 표정이 떠올랐다. 그저 소녀라고만 생각했던 레이나가 그의 마기도 뿌리치며 매서운 공격을 펼처 내고 있었기 때문이다. 게다가 지금 이어지는 공격은 그조차도 가볍게 생각할 수 없을 정도로 빠르고 날카로운 것이었다.

그는 트리폰과 브리드를 상대할 때처럼 그저 움직임만으로 공격을 피해내는 것이 아닌, 마검을 이용하여 레이나의 공격을 막아내고 또 공격하기 시작했다.

'빨라!'

레이나는 자신의 공격을 막아내고 그것에 이어 방어에서 공격으로 순식간에 전환해 오는 데미안의 검에 살짝 놀라고 말았다. 하지만 그 정도론 그녀에게 위협을 줄 수 없었다.

그녀의 움직임이 점점 더 빨라지기 시작했다. 그 움직임은 브리드나 트리폰은 인식조차 하지 못하던 데미안의 움직임보다 더욱 빠른 움직임이었다. 그리고 그런 움직임과 함께 그녀의 레이피어가 허공을 휘저어 놓았다.

카카캉!

한순간에 수차례의 쇳소리가 울려 퍼졌다. 데미안의 마검이 레이나의 레이피어를 쳐냈기 때문이다. 하지만 완전히 막진 못했는지 그의 황금빛 머리카락 조금이 사르르 땅에 흘러내렸다.

레이나는 더욱더 움직임을 빨리했다. 그녀 나름대로 최선을 다한 공격이었는데도 겨우 머리카락을 베어낸 것이 전부였기에 더욱 움직임을 빨리한 것이다.

그런데 계속해서 움직임을 더욱 빨리하며 공격하는데도 어째선지 느릴 때보다 데미안의 마검을 뚫기가 더 힘들어졌다. 레이나는 곧 그 이유를 알아챌 수 있었다.

'내 움직임을 따라오고 있어.'

아니, 정확히 말하자면 데미안의 움직임이 어느 순간 그녀를 넘어서 버렸다. 그러고도 계속해서 더욱 빨라지며 그녀의 검을 막아내고 또 그녀를 공격했다.

이제는 오히려 레이나가 그의 공격을 막아내기가 힘겨울 정도였다. 결국 그녀는 속도를 더욱 높이는 대신 그녀가 가진 검술을 전력을 다해 펼쳐 내기 시작했다.

한편, 주저앉은 채 넋을 잃고 레이나와 데미안의 접전을 바라보던 미넬은 갑자기 화들짝 놀랐다. 잊고 있던 브리드와 트리폰이 생각났기 때문이다.

그녀는 풀린 다리에 억지로 힘을 줘 일어선 다음 가까이 있는 브리드를 향해 다가갔다.

"브리드, 괜찮아?"

"난 괜찮으니 트리폰을……."

언뜻 보기에도 브리드의 상태는 나빠 보였지만 브리드는 그렇게 말하고 있었고, 그녀 역시 고개를 끄덕이며 트리폰을 향해 다가가 그의 상세를 살폈다.

다행히 트리폰은 숨은 쉬고 있었다. 게다가 그녀가 데미안을 향해 공격한 신의 심판이 늦지 않았던지 등 뒤의 상처는 거죽만 베인 정도였다. 다만 그 충격에 정신을 잃은 것뿐이었다.

그녀는 반쯤 잘려 나간 갑옷의 틈새에 손을 대고는 눈을 감았다. 신성력을 이용한 치료를 행하려는 것이다. 그러자 그녀의 주변으로 뿌연 안개 같은 것이 일어났고 그 안개는 천천히 트리폰에게로 옮겨가 그를 감싸 안았다. 그리고 잠시 후 그녀는 숨을 몰아쉬며 뒤로 털썩 주저앉았다.

"하아! 하아!"

그녀는 무척이나 지친 듯한 모습이었다.

그도 그럴 것이 미넬은 견습 사제를 간신히 벗어난 하급 사제일 뿐인데도 신의 심판을 비롯하여 여러 신성 주문을 연달아 사용한 데다 회복 주문까지 사용했으니 심신이 고단할 만했다. 하지만 곧 억지로 몸을 일으키더니 브리드를 향해 다시 다가왔다.

"난… 됐어."

"가만히 있어."

그녀는 만류하는 브리드를 다그치며 그를 향해 회복 주문을 시전하기 시작했다. 트리폰 때처럼 뿌연 안개가 일어나 브리드의 몸속으로 스며들자 브리드는 몸이 한결 가뿐해지는 것 같은 기분을 느낄 수 있었다.

아니, 그것은 기분만이 아니었다. 데미안에게 입은 상당한 상처들이 어느새 아물어 있었던 것이다. 이것이 신성력이 가진 가장 대표적인 큰 힘이라 할 수 있었다.

하지만 두 번의 회복 마법을 연달아 사용한 미넬은 상당히 지쳤는지 탈진하여 쓰러져 버렸고 브리드는 급히 몸을 일으켜 세우며 그녀를 부축했다.

"미넬, 괜찮아?"

"으응, 좀 쉬면 나아질 거야."

그녀는 정신은 잃지 않았지만 더 이상 움직일 힘이 남아 있지 않은 듯했다. 브리드는 그녀를 안아 들고 트리폰이 쓰러져 있는 곳까지 물러섰다.

때마침 트리폰도 정신을 차린 듯 자리에서 몸을 일으키고 있었다.

"크윽! 도대체 어떻게 된 거야?"

정신을 차린 트리폰은 곁에 있는 브리드와 미넬을 보며 그렇게 물었다. 분명 억지로 힘을 짜내어 데미안을 향해 돌진한 것까지는 기억나는데 그 뒤론 기억나지 않는 것이다.

그런데 브리드와 미넬은 그의 물음에는 신경도 쓰지 않고 한곳을 바라보고 있었다. 그러자 트리폰도 그곳을 바라보았고, 곧 입을 쩍 벌려 버렸다.

허공으로 불똥이 번쩍 번쩍 튀어 오르고 있었다. 그의 눈에는 그것밖에 들어오지 않았다. 하지만 아무런 허공에 불똥이 피어오를 리는 없는 법. 트리폰은 그것이 누군가가 싸우고 있는 것임을 알 수 있었다.

그것이 놀라웠다. 한 사람이 데미안인 건 알겠는데, 다른 한 사람은 대체 누구란 말인가. 도대체 그 괴물 같은 데미안과 누가 저 정도로 겨룰 수 있단 말인가! 또 저 기막힌 속도는 무엇이란 말인가!

트리폰은 해명을 해달라는 눈빛으로 브리드를 바라보았지만 브리드 역시 이 상황이 믿기지 않는다는 듯, 튀어 오르는 불똥들에서 눈을 떼지 못하고 있었다.

그러던 어느 순간 그곳에 핏빛 기운이 폭발하듯 퍼져 올랐고 각각 다른 방향으로 두 개의 인영이 뒤로 튕겨나며 바닥으로 나뒹굴었다. 그리고 브리드들을 향해 튕겨난 인영은 바로 레이나였다. 그녀는 바닥을 나뒹굴다가도 곧바로 자세를 바로 잡았지만 충격이 만만치 않은 듯 일으키려는 신형이 휘청거렸다.

"아야야."

그녀는 울상을 지으며 신음을 터뜨리고 있었다. 그리고 그제야 그녀의 모습을 보게 된 트리폰의 표정은 점점 더 이상하게 변해갈 뿐이었다.

이곳저곳에 상처를 입고 있은 듯한 그녀는 잠시 울상을 짓다가 이내 브리드들을 향해 물었다.

"괜찮아요?"

"저흰 괜찮습니다. 그런데 당신은?"

"난 레이나라고 해요."

레이나는 멍하니 대답하는 브리드들을 향해 그렇게 자신을 소개했다. 그러자 이번엔 트리폰이 상황이 어떻게 돌아가는지 모르겠다는 듯이 입을 열었다.

"도, 도대체 뭐가 어떻게 돌아가는 거야? 이 꼬마는 또 누구고? 이 꼬마가 좀 전에 그 괴물이란 싸운 게 맞는 거야? 내 눈이 틀리지 않은 거지?"

"이보세요! 꼬마라뇨! 난 레이나라구요!"

트리폰의 꼬마라는 말에 발끈한 레이나가 그렇게 쏘아붙였다. 그러자 트리폰은 땀을 삐질 흘리며 실수했다는 듯이 말을 이었다.

"아, 미안… 미안해."

"홍!"

그녀는 사과하는 트리폰에게 콧방귀를 뀌며 시선을 돌렸다. 데미안이 나가떨어진 곳을 향해서였다. 그리고 때마침 쓰러져 있던 데미안이 조금씩 몸을 일으키고 있었다.

그 모습을 본 트리폰이 깜짝 놀라며 물었다.

"뭐야? 끝난 거 아니었어?"

"무슨 소리예요. 이번엔 운이 좋았을 뿐이에요. 저 사람… 강해요. 분하지만 나보다 훨씬 더."

그녀는 인정하고 싶지 않았지만 결국 인정할 수밖에 없었다.

데미안은 강했다. 속도나 근력은 물론, 그녀의 평생을 바쳐

왔다고 할 수 있는 검술을 눌러 버릴 수 있을 정도의 검술마저도 지니고 있었다. 그것도 아직 전력을 다한 상태가 아니었다. 그저 레이나가 발악하면 발악할수록 점점 더 수준을 올릴 뿐이었다.

'마치 자신이 얼마나 강한 건지 시험해 보는 것 같아.'

레이나는 데미안을 보며 그런 생각이 들었다.

하지만 어째서? 저 정도의 힘을 지니려면 보통의 수련 가지고는 되지 않을 것이다. 그런데 어째서 자신의 강함을 시험해 보려는 것일까? 또 그토록 강한 힘을 가졌으면서 그녀의 사부나 아렌처럼 자신 수양에 정진하지 않는 것일까.

레이나는 그런 의문이 들었지만 아쉽게도 상대는 이젠 레이나의 의문에 답해줄 의사가 없는 듯했다.

'아렌 사부……'

레이나는 아렌의 말을 듣지 않은 것을 후회했다. 아렌의 말을 어긴 벌로 이런 상황에 처한 것만 같았다. 하지만 후회한다고 해서 변하는 것은 없었다. 다만 아렌이 얼른 이곳으로 달려와 줬으면 하고 바랄 뿐이었다.

어쨌든 그렇게 레이나가 중얼거리듯 자신보다 데미안이 강하다고 하자 브리드와 트리폰의 표정에 긴장의 기색이 가득해졌다. 트리폰과 브리드는 미넬을 땅에 눕히고는 다시 검을 잡으며 레이나의 옆에 섰다.

"뭐 하는 거예요?"

"돕겠습니다. 도움이 될지는 모르겠지만……."

"도움이 안 된다고 해도 너 같은 꼬마도 싸우는데 가만히 앉아 있을 수는 없잖아."

"으으! 계속 꼬마라고 할 거예요!?"

트리폰은 발끈하는 레이나를 보며 씩 웃고는 검을 쥔 손에 힘을 주었다. 그리고 브리드 역시 검을 쥔 채 만반의 태세를 취하고 있었다.

그런 그들의 모습에서 레이나는 더 이상 말려선 안 될 것 같은 기분이 들었다. 물론 그렇다고 그들이 무슨 도움이 되는 것은 아니었다. 상대의 움직임도 보지 못하는 그들이 무슨 도움이 될 수 있단 말인가.

하지만 레이나는 왠지 기분이 나쁘지 않았다. 세상으로 나와 처음 누군가와 힘을 합치는 경험을 겪고 있었기 때문이다. 다만 그 상황이 최악으로 달려가고 있다는 게 안타까울 뿐이었다.

레이나가 그렇게 감동에 젖어 있을 때, 데미안은 몸을 완전히 일으켜 세워 자신을 바라보는 세 명에게로 시선을 던졌다. 그러자 머릿속에서 마검의 목소리가 울렸다.

[저 여자 아이도 여기까진가 보군.]

'그래, 저 아이로선 여기까지밖에 내 힘을 끌어내지 못하는군.'

[넌 강하다. 그리고 계속해서 강해지고 있다. 그런데 굳이

네 강함이 어디까지인지 알고 싶어하는 거지?]

데미안은 마검의 그런 물음에는 대답하지 않았다. 다만 마검을 곧추세우며 천천히 레이나들을 향해 다가갈 뿐이었다.

"할 수 있는 저항이 모두 끝났다면… 이제 더 이상 시간을 끌 필요는 없겠지. 게틀린 후작이 날 기다리고 있을 테니."

데미안의 전신으로 지금까지완 비교도 되지 않을 정도의 강렬한 핏빛 마기가 흘러나오기 시작했고 그의 기세가 사방을 짓누르며 레이나들에게 거대한 압박감을 심어주었다.

이젠 정말 끝내려는 심산인 것이다.

그런데 그때, 마검의 목소리가 들려왔다.

[뭔가가 온다.]

마검의 목소리가 아니더라도 데미안 역시 누군가가 다가오는 것을 느꼈다. 그리고 곧 누군가가 모습을 드러냈다.

데미안의 눈동자가 커졌다. 지금까지 거의 변하지 않던 그의 표정에 찾아온 가장 큰 변화였다. 그럴 수밖에 없었다. 나타난 누군가는 데미안의 뇌리 깊숙이 남아 있는 인물이었기 때문이다. 그리고 레이나가 그 누군가를 향해 반가운 목소리로 외쳤다.

"아렌 사부!"

그랬다. 나타난 이는 다름 아닌, 아렌이었다. 그리고 그의 어깨에는 뚱한 표정을 한 보노보노가 앉아 있었다.

보노보노는 고민을 하고 있었다. 그리고 오랜 시간이 걸려

마침내 야채스튜를 위해 레이나에게로 가기로 작정하고 막 몸을 튕기려는데 마기를 느낀 아렌이 나타나고 만 것이다.

결국 보노보노는 아렌에게 모든 사실을 말할 수밖에 없었고, 레이나가 안으로 들어갔다는 사실을 알게 된 아렌은 보노보노를 데리고 급히 안으로 들어온 것이다.

아렌이 나타나자 레이나는 그에게로 달려들 듯 품에 안겨 갔다. 너무나 반가운 마음에 자신도 모르게 그런 것이다. 그리고 아렌은 그런 그녀의 머리를 쓰다듬어 주었다.

"아렌 사부."

"내 말을 어겼으니 나중에 벌받을 줄 알아."

"엑!"

감동의 재회 장면에 어울리지 않는 말을 하는 아렌의 모습에 레이나의 아미가 좁혀졌다. 혼나지 않으려 그렇게 애를 썼는데 결국 일이 이렇게 되고 만 것이다.

레이나가 이상한 표정을 지으며 품에서 떨어져 나가자 아렌은 그제야 주변을 둘러볼 수 있었다.

참혹한 현장. 수많은 시체들. 그리고 그 중심에 선 전신에 핏빛 마기를 뿜어내는 금발금안의 남자.

그 정확한 연유는 알 수 없었지만 어떻게 된 것인지는 대충 알 수 있었다. 그리고 마기를 뿜어내는 금발금안의 남자를 쳐다보았다. 그때 그의 귓가에서 보노보노의 목소리가 들렸다.

"아렌, 저거 먹어버릴까?"

보노보노는 웬일인지 입맛을 다시고 있었다. 그리고 아렌은 그 먹어버린다는 대상이 금발금안의 상대가 아닌, 그가 들고 있는 흑색의 검이라는 것을 알 수 있었다.

아렌은 고개를 저었다.

"보노보노, 레이나에게로 가 있어."

아렌의 말에 보노보노는 계속 입맛을 다시면서도 결국 레이나에게로 향했다. 그리고 아렌은 금발금안의 사내를 향해 다가가며 검을 뽑았다.

그 모습을 지켜보는 브리드와 트리폰, 그리고 미넬은 어리둥절할 뿐이었다. 갑자기 나타난 사내는 정말 보잘것없어 보였다. 검을 수련한 듯했지만 겉보기엔 높은 수준까진 오르지 못한 듯했다. 그렇다고 체격이 좋은 것도 아니었다.

그저 평범했다.

트리폰은 조심히 레이나에게로 접근하여 물었다.

"어떻게 된 거야? 저 사람은 누구야?"

"헤헤, 이제 걱정할 필요 없어요. 아렌 사부가 왔으니 모두 다 해결될 거예요."

"사부?"

트리폰은 그녀의 말에 다시 한 번 아렌을 바라보았다. 하지만 어딜 봐도 그저 평범할 뿐이었다. 가지고 있는 검은 평범한 철검 같았고, 또 강렬한 기세를 내뿜지도 않았다. 그저 고요히 잠든 호수 같은… 그런 모습이었다.

"정말 믿을 만한 거야?"

"아저씨 같은 사람 백 명이 덤벼도 우리 아렌 사부의 털끝 하나 건드리지 못하니까 걱정 마시죠."

레이나는 그렇게 말하고는 팩 고개를 돌려 버렸다. 하지만 여전히 트리폰의 표정엔 믿을 수 없는 기색이 가득했다. 그는 브리드와 눈으로 신호를 나누며 언제든지 대처할 수 있도록 준비했다.

한편, 데미안은 자신에게로 다가오는 아렌을 가만히 바라보고 있었다. 그런 그의 머릿속에서 마검의 목소리가 들려왔다.

[지금까지 상대해 왔던 자들과는 다르다. 위험한 자다. 조심해라.]

데미안이 검을 쥐고 여태껏 마검이 이와 같은 말을 하는 것은 처음이었다. 상대의 능력에 대해선 일언반구도 하지 않던 마검이 처음으로 누군가를 조심하라 말하고 있었다.

그러자 데미안은 그런 마검을 향해 나직이 중얼거렸다.

"네가 말하지 않아도 알고 있다, 그가 얼마나 강한지."

데미안은 가슴이 두근거리는 것을 느낄 수 있었다.

그는 잊을 수 없었다. 반역죄를 뒤집어쓰고 도주하던 그때, 열 명의 기사와 파오덴에 맞서 싸우던 소년의 모습을. 얼마나 그와 같이 되고 싶어했던가. 얼마나 그 같은 힘을 가지고 싶어했던가.

오랜 시간이라면 오랜 시간이 지나 그는 힘을 가졌고, 마침내 그의 맞은편엔 그 소년이 서 있었다.

물론 지금의 데미안이라면 그때 소년이 상대했던 기사 열명 정도는 단숨에 해치울 수 있었다. 그렇게만 따진다면 소년은 그의 상대가 되지 않을 터. 하지만 데미안의 생각은 달랐다. 그때의 자신이 지금의 자신이 아닌 듯, 그때의 소년이 지금의 소년은 아니었다.

데미안은 마검을 쥔 손에 힘을 주었고, 그의 전신에서 핏빛마기가 줄기줄기 뿜어져 나오기 시작하며 단숨에 주변을 모두 휩쓸어갔다. 숨 막힐 정도의 엄청난 기세가 사방을 압박했고, 그 중심에 데미안이 서 있었다.

마침내 그가 전력을 다하기 시작한 것이다.

하지만 아렌은 조용히 그를 바라보고 있을 뿐이었다. 핏빛마기가 그를 잡아먹을 듯 마구 날뛰었지만 아렌은 그런 마기엔 눈길조차 주지 않았다. 그저 데미안만을 바라보며 검을 펼칠 자세를 잡기 시작했다. 그리고 그런 아렌을 향해 데미안이 입을 열었다.

"큭! 여기서 널 만나게 되다니… 정말 난 운이 좋군!"

"역시 그랬어. 네가 그때의 그 소년이었구나."

아렌은 그제야 눈앞의 금안금발의 사내가 일 년여 전쯤에 보았던 황금빛 눈동자의 소년, 불운의 황태자 데미안이라는 것을 깨달을 수 있었다. 하지만 그의 모습은 이전과는 너무 달랐다.

불과 일 년여가 지났을 뿐인데 그에게서 예전의 모습을 찾기란 힘들었다. 일 년 전에 그를 자세히 본 것은 아니지만 두려움에 떨던 그의 모습이 전혀 남아 있지 않다는 것 정도는 알 수 있었다. 그때와 지금 같은 게 있다면 그저 황금빛 머리카락과 눈동자뿐이었다.

지금 그의 모습을 한마디로 표현하자면⋯⋯.

"핏빛의 사신⋯⋯."

아렌은 여관에서 들었던 핏빛의 사신이라는 것에 대해 떠올릴 수 있었다. 데미안의 모습이 핏빛의 사신이란 이미지에 정확했기 때문이다.

'보여주겠다. 내 힘을⋯ 그 당시 부러워했던 네 힘이 아무것도 아니라는 것을 증명해 주겠다!'

그런 생각에 젖은 데미안은 아렌에게 더 이상 아무런 말도 하지 않았다. 마검을 쥔 손에 힘을 주며 당장이라도 아렌을 향해 달려들 듯한 태세를 취하고 있을 뿐이었다. 그리고 어느 순간, 그의 신형이 쏜살같이 아렌을 향해 날아들었다. 레이나와 겨룰 때와는 비교도 되지 않을 정도의 움직임이었다.

그의 마검이 단숨에 아렌을 발기발기 찢어놓을 듯이 허공을 휘저었다. 하지만 이미 그런 데미안의 움직임을 예상하기라도 한 듯이 아렌은 몸을 가볍게 저으며 마검을 피해냈다.

첫 공격이 실패로 돌아갔지만 데미안은 속도를 더욱 높이며 아렌을 계속 공격해 갔고 아렌 역시 데미안을 향해 검을 펼치기 시작했다.

데미안과 아렌의 움직임은 무척이나 큰 차이가 났다.

데미안이 눈에도 보이지 않는 움직임으로 사방을 휘저어 놓는다면 아렌은 브리드나 트리폰보다도 느린 움직임으로 사방을 휘젓는 데미안의 마검에 맞서갔다.

얼핏 들으면 얼토당토않는 말이다. 보이지도 않는 움직임을 어떻게 느린 움직임으로 맞설 수 있단 말인가. 하지만 브리드들은 그 믿기지 않는 사실을 직접 목격할 수 있었다.

"어떻게 저런 게 가능한 거지?"

트리폰은 믿기지 않는다는 듯이 중얼거렸다.

아렌이 펼쳐 내는 검은 그야말로 충격이었다. 눈에 보이지도 않는 데미안의 괴물 같은 움직임 역시 놀라웠지만 그 속에서도 유유자적 검을 펼쳐 내며 데미안을 상대해 가는 아렌의 모습은 그야말로 신기에 가까웠다.

입을 다물지 못하는 그의 모습에 레이나가 어깨를 으쓱하며 말했다.

"아렌 사부는 흐름을 읽고 있는 거예요. 저 사람이 어떻게 검을 펼칠지, 어떤 식으로 움직일 것이고 어떤 식으로 움직임에 제한을 두는지, 그리고 어떻게 검을 거두는지까지 아렌 사부는 그 모든 흐름을 읽고 계신 거죠."

"그게 말이 되냐?"

"직접 보고 있잖아요. 방어와 공격이 하나가 되면 하나의 움직임이 곧 두 움직임이나 다름없어지죠. 그리고 그 움직임 자체가 아주 작은 움직임으로 구성되어 있다면, 검을 뻗어내는 것에도 수많은 움직임이 들어가게 되는 거예요. 결국 아무리 빠르게 움직인다 한들 공격과 방어로선 별다른 차이가 없게 되는 거죠."

레이나는 예전 아렌에게 들었던 느림의 요체를 기억해 냈다.

느림의 요체의 첫 번째는 먼저 스스로의 움직임을 최소화하는 것이다. 큰 움직임을 아주 작게, 하지만 그럼에도 움직임의 의의를 잃지 않도록 하는 것이 관건이다.

다음으로 그 작은 움직임들을 이어준다면 그것이 곧 하나의 움직임이 되는 것이고, 아무리 느리게 움직인다 한들 이미 하나의 움직임에 수많은 움직임들이 담겨 있게 되는 것이다.

하지만 이것에 앞서 먼저 상대의 움직임과 흐름을 완벽히 읽을 수 있어야 하며, 움직임을 이루는 동작 하나하나가 몸 깊숙이 지워지지 않을 정도로 각인되어 있어야 했다.

한마디로 거의 불가능에 가깝다는 소리였다.

천년만년 검만 익힌다면 모를까, 고작해야 백 년쯤 살면 많이 산 사람으로서야 이룰 수 없는 것이다.

레이나의 설명을 트리폰은 아주 조금밖에 이해할 수 없었다.

지금껏 그런 얘기는 단 한 번도 들어본 적이 없었던 것이다. 그저 검술을 열심히 수련하는 것이 장땡인 줄 알았고, 지금껏 그렇게 살아왔는데 갑자기 다른 이론을 받아들이는 것은 어려운 일이었다.

대신 그는 한 가지는 이해할 수 있었다. 지금 그로서는 한참을 올려다봐도 보이지 않는 경지라는 사실을……

얼핏 보기엔 트리폰 자신보다 더 어려 보이는 이가 그런 경지를 밟고 있었다. 트리폰은 레이나를 향해 마지막 한 가지 물음을 던졌다.

"너희 사부… 사람 맞냐?"

"실례예요! 지금 아렌 사부를 괴물 취급 하려는 거예요?"

"아, 아니… 꼭 그렇다기보다는……"

날카롭게 쏘아붙이는 레이나의 모습에 한 발자국 뒤로 물러나며 트리폰은 그녀에게 사과했다. 그러자 그녀는 아렌과 데미안의 접전으로 다시 고개를 팩 돌려 버렸다.

그런데 그때 트리폰의 귓가로 작은 레이나의 중얼거림이 들려왔다.

"사람… 맞겠지?"

그녀의 그 말에 결국 트리폰은 자신도 모르게 한마디를 내뱉고 말았다.

"미치겠군."

아렌과 검을 겨루며 데미안은 자신의 공격이 통하지 않음을 느끼고 있었다. 아니, 그뿐 아니라 틈틈이 날아오는 아렌의 반격은 그의 등골을 서늘하게 할 정도였다. 그리고 그럴수록 더욱더 거세게 거침없이 몰아붙였다.

'더! 더! 더!'

데미안은 더욱더 움직임을 빨리했다. 그리고 마검을 더욱 힘차게 휘둘렀다. 아렌이 더 이상 피해낼 수 없을 정도로, 그의 검이 더 이상 마검을 막아낼 수 없을 정도로.

하지만 아렌의 검은 여전했다. 여전히 느렸으며 또 그럼에도 더욱 빨라지고 거세어지는 데미안의 검에 전혀 밀리지 않았다.

레이나의 설명대로였다. 아렌은 이미 하나의 움직임 속에 수많은 움직임을 담고 있었다. 검을 찌르는 것에도 마검을 피하고 데미안의 움직임을 억제하며, 그를 공격하는 등의 움직임들이 숨어 있었다.

아렌의 검은 느렸지만 느린 것이 아니었다.

'빠른 것은 강함의 절대가 아니야.'

아렌은 데미안에게 그렇게 말해주고 싶었다. 하지만 차마 입을 열어 그 말을 전해줄 수 없었다.

데미안의 검술은 놀라웠다. 빠른 속도와 힘을 차치하더라도 아렌이 기억하는 수많은 검술들 중에서도 가장 높은 축이라 할 수 있었다. 게다가 끊임없이 변화하여 수많은 검술을 구사하며 아렌의 틈을 노리고 있었다.

하지만 아렌은 그 검술들이 부족하다고 여겼다. 분명 검술은 뛰어났고, 그것을 펼치는 데미안의 신체적 능력 역시 뛰어났지만 그 속에 깨달음이 존재하지 않았다.

누구든지 검을 수련하면 자신도 인식하지 못하는 사이 크든 작든지 간에 깨달음을 얻는다. 인식하지 못한 깨달음을 통해 검을 이해하고 더욱더 발전해 나가는 것이 보편적인 검의 길이다.

그런데 데미안의 검은 아니었다. 그저 검술이라는 형을 제멋대로 다루고 있을 뿐이었다. 그 형 안에 마기라는 무시무시한 위력을 가진 기운이 가득 채우고 있어 웬만한 사람은 도저히 그 힘을 당해내지 못할 뿐이지, 정말 그 속을 채우고 있어야 할 것은 아주 조금밖에 남아 있지 않았다.

데미안의 그런 검을 상대할수록 아렌은 화가 나기 시작했다. 데미안이 휘두르는 검은 검이되 검이 아니었다. 검이 아닌, 그저 다른 사람을 상하게 하는 흉기일 뿐이었다. 그리고 그것은 아렌이 추구하고자 하는 검에 대한 모든 것을 부정하는 것이나 다름없는 것이었다.

'검의 길을… 얕보지 마!'

그렇게 생각한 아렌은 이번엔 오히려 그가 데미안을 향해 발걸음을 내딛었다. 소름이 돋을 정도의 날카로움을 지닌 마검이 그를 향해 날아들었지만 아렌은 개의치 않았다.

아렌은 심혈을 기울여 검을 이용해 작은 원을 그렸다. 그러자 그를 향해 달려들던 마검의 모든 길이 막혀 버렸다. 단 일검에 데미안의 공격을 모두 허사로 만들어 버린 것이다.

이것은 아렌의 검이 데미안의 마검이 만들어내는 검술의 중심을 모두 꿰뚫었기에 가능한 것이다. 물론 말이 쉽지 가능한 것이 아니다.

하지만 아렌은 해냈고, 빠르게 움직이던 데미안의 신형이 흐트러졌다. 그리고 아렌은 그런 그를 향해 또다시 검을 펼치기 시작했다. 여전히 그의 검은 느렸지만 조금 전과 다른 점이 있다면, 지극히 공격적이라는 것이다.

파파팟!

아렌의 믿을 수 없는 일검에 검술의 맥이 끊겨 버린 데미안은 곧바로 자신을 치고 들어오는 아렌의 검에 놀라며 물러서려 했다. 하지만 아렌의 검이 그를 쉽게 물러서게 내버려 두지 않았다.

사방팔방 모든 방위를 점하며 아렌의 검이 그의 퇴로를 모두 막아버린 것이다. 결국 데미안은 아렌의 검에 어깨에 긴 혈선을 남기고 말았다.

"크윽!"

상처는 제법 깊었다. 뼈가 드러날 정도는 아니었지만 많은 피가 새어 나오기 시작했다. 하지만 데미안은 고통에 떨기보다는 마검을 회수하여 새로이 공격을 펼치려 했다. 그런데 그 순간 회수하는 마검을 어느 사이엔가 짓쳐든 아렌의 검이 세게 쳐내 버렸다.

데미안은 비틀거리며 뒤로 물러섰고, 아렌은 아직 검을 회수하지 못했음에도 그런 데미안의 뒤를 따르며 주먹으로 그의 얼굴을 갈겼다.

퍼억!

생각지도 못한 일격을 얻어맞은 데미안은 바닥을 나뒹굴었다. 설마 아렌이 검이 아닌 주먹으로 공격해 올 것이라고는 생각지 못한 것이다. 그동안 그가 빅톤과 함께 지내오며 어깨너머나마 배웠다는 사실을 모르는 데미안의 실책이었다.

데미안은 쓰러지자마자 곧바로 다시 일어났다. 검에 베였다면 모를까, 주먹에 맞았기에 큰 데미지는 없었던 것이다. 하지만 검도 아닌 주먹에 맞았다는 것은 치욕적인 일이다.

"크으으!"

데미안의 표정이 잔뜩 일그러졌다. 그리고 다시 아렌을 향해 달려들었다. 하지만 분노가 그의 이성을 흐렸는지 그의 전신엔 허점이 가득했다. 그리고 그 틈을 뚫은 아렌의 검이 데미안의 옆구리를 베며 지나갔고, 동시에 아렌의 돌려차기가 그의 머리에 적중했다.

"커억!"

정통으로 머리를 얻어맞은 데미안은 멀찍이 뒤로 나가떨어졌다. 이번에 받은 충격은 조금 전 주먹에 맞았을 때보다 데미지가 더 컸다. 맞는 순간 잠시 의식까지 잃을 정도였던 것이다. 게다가 아렌의 검이 베고 지나간 옆구리에선 많은 양의 피가 쏟아져 나오기 시작했다. 얼핏 봐도 치명상임을 알 수 있었다.

[멍청한 공격이었다. 침착했다면 당하지 않을 수 있는 공격에 당했다. 어리석은 행동이다.]

바닥에 쓰러진 데미안의 머릿속에서 마검의 목소리가 울려 퍼지고 있었다. 하지만 데미안은 대꾸하지 않았다. 그저 속으로 무엇인가 계속 중얼거리고 있을 뿐이었다.

'그라면… 그라면……'

[상처가 심각하다. 지금은 몸을 피하고 상처를 치료하는 게 우선이다.]

"……닥쳐. 난 달아나지 않아."

데미안은 마검을 향해 그렇게 말하고는 자리에서 일어났다. 관자놀이를 정통으로 맞은 탓인지 앞이 흐릿하게 보였지만 상관없었다. 다른 거야 어떻게 보이든 그의 눈동자에 아렌이란 존재는 선명히 들어오고 있었으니까.

그런 그의 전신에선 다시 핏빛 마기가 폭발하듯 터져 나오기 시작했다. 그리고 마기는 단숨에 주변을 잠식해 들어가며 모든 것을 파괴해 갔다.

'그라면… 그라면……'

속으로 계속 그렇게 중얼거리던 데미안은 광포하게 날뛰

는 핏빛 마기를 전신에서 폭사시키며 아렌을 향해 달려들기 시작했다.

방어 따위는 생각조차 하지 않았다. 오로지 그의 모든 힘을 일검에 담아 아렌을 향해 뻗어내려 할 뿐이었다. 지금 마검엔 그의 모든 힘이 집결해 있었다.

아렌 역시 그의 일검에 감히 무시할 수 없는 엄청난 힘이 담겨 있다는 사실을 눈치 챌 수 있었다. 마검의 주변으로 뿜어져 나오는 마기가 데미안의 전신에서 뿜어내는 마기보다 훨씬 더 진하고 광포했기 때문이다.

하지만 아렌은 피하지 않았다. 데미안의 마검이 단숨에 그를 발기발기 찢어놓을 듯했지만 그는 한 발자국도 움직이지 않았다. 그저 손에 쥔 검을 늘어트리며 핏빛 마기의 중심에서 달려오는 데미안을 뚫어지게 바라볼 뿐이었다.

'아무것도 담겨 있지 않은 검에 내 검은 지지 않아. 그러니 더 이상 망설일 필요는 없어. 더 이상 주저할 것도 없어. 내 검은… 모든 것을 벤다!'

아렌의 검에서 희미한 빛이 새어 나오기 시작했다. 그리고 그 빛은 조금씩 강해지더니 아렌의 검 전체를 뒤덮기 시작했다.

웅웅웅!

검이 울음을 토해내고 있었다. 슬픈 울음이 아닌, 자신을 믿어주는 주인에 대한 감격의 울음인 것만 같았다. 그리고 울음과 함께 아렌의 검을 감싼 빛은 점점 더 강해져만 갔다.

그렇게 아렌이 검에 광검이 깃들었다.

[위험하다!]

아렌의 검에 빛이 깃들자 마검이 데미안을 향해 다급히 경고했다. 하지만 데미안은 마검의 경고를 받지 않았다. 전력을 담은 일검을 뻗어내기 위해 아렌을 향한 발걸음을 조금도 줄이지 않았다.

'그라면… 그라면……'

데미안은 계속 속으로 그렇게 중얼거리고 있었다. 그러다가 문득 그 뒤의 말이 무엇인지 잊고 말았다. 그러나 곧 다시 기억해 낼 수 있었다.

'그라면… 날 멈춰줄 수 있을지도 모른다.'

그의 중얼거림은 그것으로 끝났다. 대신 그는 크게 기합을 지르며 모든 것이 담긴 마지막 일검을 뻗어내려 했다.

하지만 그 순간, 그보다 한발 앞서 아렌의 검이 모든 것을 베었다.

마지막 광검으로 데미안을 벤 아렌은 더 이상 그에게 시선을 두지 않았다. 그는 광검을 거두고는 신형을 돌려 레이나들에게로 다가갔다.

"괜찮니?"

아렌은 넋을 잃고 자신을 바라보고 있는 그들에게로 다가가 레이나에게 그렇게 물었다.

그가 겨룬 데미안은 상당히 강력한 상대였다. 그리고 그런 상대와 대적했을 레이나였으니 부상을 입었을까 걱정이 든 것이었다.

그런데 그런 그를 향해 레이나가 달려와 안겼다.

"아렌 사부! 정말 멋져요! 최고예요!"

레이나도 아렌이 광검을 펼치는 것을 목격한 건 처음이었다. 그런 그녀가 그것도 지금까지의 제대로 형체조차 갖추지 못하던 광검이 아닌 뚜렷한 빛을 뿜어낸 광검을 보게 되었으니 감탄할 만도 한 것이었다.

그나마 아렌이 엄청나게 대단하다고 굳게 믿고 있었던 그녀였으니 감탄 정도로 끝난 것이지, 트리폰과 브리드는 턱이 빠진 듯 아예 입을 다물지 못하고 있었다. 아직 바닥에 누워 있는 미넬 역시 아렌의 마지막 일격에 놀란 것은 마찬가지였다.

세상에, 마기마저 베어버리는 빛의 검이라니… 그들이 직접 보지 않았다면 절대 믿을 수 없었을 것이다. 그만큼 아렌의 무위와 그가 마지막으로 펼친 광검은 놀라웠다.

품에 안긴 레이나의 머리를 쓰다듬어 주던 아렌은 아직도 입을 다물지 못하는 브리드와 트리폰을 바라보며 입을 열었다.

"저흰 이만 돌아가 보겠습니다."

아렌은 그들에게 고개를 꾸벅 숙이고는 저택을 나가려 발길을 돌렸다. 그제야 정신을 차린 브리드가 자신도 모르게 급히 그를 불러 잡으려 했다. 하지만 그보다 앞서 누군가가 아렌을 멈춰 서게 만들었다.

"잠깐."

아렌을 멈춰 서게 한 것은 다름 아닌 보노보노였다. 브리드나 트리폰은 이상한 생명체가 말을 하자 깜짝 놀랐지만 아렌은 새삼스럽지 않다는 듯 보노보노를 바라보았다. 그러자 보노보노가 뭐 하냐는 듯이 아렌을 향해 입을 열었다.

"갈 땐 가더라도 끝장은 보고 가야 할 거 아니야. 왜 저렇게 어중간하게 하고 가는 건데?"

"그게 무슨……?"

"아직 죽지 않았어."

보노보노의 시선이 데미안의 시신을 향하고 있었다. 그런데 그때 놀라운 일이 일어났다. 죽은 줄만 알았던 데미안이 천천히 몸을 일으키기 시작하는 것이었다. 게다가 일어선 그는 매서운 눈초리로 보노보노를 바라보았다.

"잘도 눈치 챘군."

"헹! 그걸 죽은 척이라고 한 거냐?"

데미안의 말에 보노보노는 대수롭지 않다는 듯이 맞받아쳤다.

한편 아렌은 무척이나 놀라고 있었다. 그의 검엔 분명 광검이 깃들었고, 광검은 데미안을 감싸던 마기와 함께 그를 베었다. 그런데 아직도 그가 살아 있는 것이다.

그러던 아렌은 데미안의 복부가 쩍 갈라져 장기가 흘러나오는 모습을 볼 수 있었다.

'광검이 실패한 건가?'

광검이 성공했다면 데미안은 그대로 갈라져 버렸을 것이다. 잔인한 일격이었지만 그의 전신을 덮고 있던 마기를 베어 버리기 위해선 그 정도의 위력이 필요했다. 그것도 광검의 위력을 최소화한 것이다. 오직 다른 것을 베지 않고 데미안만을 베기 위한.

그런데 데미안의 복부만이 갈라졌을 뿐이었다. 저것만으로도 충분히 치명상… 아니, 살아 있는 게 신기했지만 데미안은 멀쩡히 살아서 그들을 바라보고 있었다. 그러다가 아렌은 데미안이 어딘가 이상하다는 것을 깨달았다. 그가 풍기던 분위기가 전혀 달라진 것이었다. 그리고 그의 의문을 보노보노가 풀어주었다.

"마검 주제에 어지간히도 주인을 챙기는군. 아니, 그렇게 몸을 빼앗기라도 할 생각인가?"

마검? 그렇다면 지금 데미안의 몸을 조종하는 것이 마검이란 말인가!?

"너는 많은 것을 알고 있군. 그렇다면 이것도 알고 있겠지."

"응?"

"마검이 인간의 육체를 얻었을 때 낼 수 있는 힘을!"

그 순간 데미안이 그들을 향해 마검을 휘둘렀다. 그러자 엄청난 수의 날카로움을 띠는 마기가 그들을 향해 뻗어져 나오기 시작했다. 아까 브리드들을 향해 뿌렸던 마기의 칼날과는 비교조차 되지 않을 정도로 빠르고 또 날카로운 공격들이었다. 그리고 그 공격을 피할 수 있는 힘이 브리드와 트리폰, 미넬에게는 없었다.

그 순간 아렌이 앞으로 뛰쳐나가 검으로 허공을 수놓기 시작했다. 어느새 그의 검에는 완전한 광검은 아니지만 희미한 빛이 새어 나오고 있었고 빛은 그들에게 쏘아지는 핏빛 마기의 칼날을 모두 베어버렸다.

그때 보노보노의 목소리가 아렌의 귓가에 들렸다.

"앗! 도망친다!"

보노보노의 목소리에 시선을 돌리니 이미 데미안은 한쪽 벽을 부숴 버리며 신형을 날리고 있었다. 부상을 입은 육체인데도 그 속도가 얼마나 빠른지 감히 쫓아갈 엄두가 나지 않을 정도였다.

결국 그렇게 그들은 데미안이 코앞에서 도망치는 걸 바라볼 수밖에 없었다.

데미안은 정신을 잃은 상태였다. 그리고 지금 그의 몸을 움직이는 것은 마검의 정신이었다.

마검은 데미안의 육체를 움직여 간신히 자리를 벗어날 수 있었다.

마지막에 으름장을 놓아 간신히 틈을 만들기는 했지만 사실 더 이상 데미안은 마기를 뽑을 수 있는 몸이 아니었다. 마지막 공격도 마검에 깃든 마기를 사용해서 억지로 출수한 것이다.

그런데 막상 자리를 벗어났음에도 마검은 쉴 수가 없었다. 어느새 저택을 빠져나간 게틀린 후작이 군사들을 잔뜩 데리고 와 저택을 포위하고 있었던 것이다.

마검은 데미안의 육체에 있는 힘을 짜내 지붕 위로 뛰어올라 포위를 뚫고 달아나기 시작했다. 하지만 힘이 다한 탓에 속력은 나지 않았고, 그의 뒤를 병사들은 계속해서 쫓아왔다.

아직 병사들을 따돌리지도 못했건만 마검은 데미안의 육체엔 더 이상 아무런 힘도 남아 있지 않다는 것을 깨달았다. 결국 그의 육체가 허물어지듯이 지붕에서 한 골목으로 떨어졌다. 그런데 다행히도 그러한 사실을 병사들은 목격하지 못했는지 데미안을 찾아 헤매기 시작했다.

마검은 데미안의 육체를 골목 깊숙이 숨겼다. 더 이상 움직이기는 힘들었지만 적어도 금방 발견되지는 않을 것이다. 하지만 문제는 그것이 아니라, 마검이 억지로 잡아두고 있는 데미안의 숨결이 이대로 간다면 얼마 지나지 않아 끊겨 버릴 것이라는 거였다.

마검에 머물러 있던 마기로 아렌들을 향해 쏘아내느라 다 쓴 탓에 데미안을 치료할 방법 따윈 마검에게 남아 있지 않았다.

결국 모든 것을 포기한 마검은 그대로 주저앉아 아렌에게 마지막 일검을 뻗으려던 데미안의 모습을 떠올렸다. 아니, 그가 마지막으로 중얼거린 생각을 떠올렸다.

[힘의 한계를 알고 싶어하던 게 아니라, 그저 누군가가 죽여줬으면 싶었던 건가.]

마검은 그러한 사실을 깨달을 수 있었다.

데미안은 강함을 동경하다 마검에 의해 힘을 얻었다. 마검에 남은 수많은 검술들이 그의 머릿속으로 전해졌고, 그의 전신에는 마기가 충만해졌다.

데미안은 그렇게 강함을 얻을 수 있었다.

하지만 수많은 사람들을 죽일수록 그는 그가 원하던 강함이 이런 것이 아니라는 것을 깨달을 수 있었다. 그가 바라던 강함은 햇살처럼 빛나는 것이었지만, 그가 얻은 강함은 칙칙한 어둠 그 자체였던 것이다.

후회가 됐다. 메니데스의 손을 잡은 것부터 그에 의해 마검을 만난 것, 그리고 마검에 의해 힘을 얻게 된 것까지. 모든 것이 후회되기 시작했다.

그러나 멈출 수 없었다. 그의 마음속엔 후회의 감정이 조금씩 생겨나고 있었지만 이미 그의 마음의 대부분을 차지한 것은 증오와 복수를 향한 다짐이었다. 그 때문에 데미안은 복수를 멈출 수 없었다.

그런데 복수가 계속될수록 그런 후회는 점점 더 깊어져만 갔고 스스로 멈춰 세울 수 없는 대신 자신을 멈춰 세워줄 수 있는 이를 찾기 시작했다.

그러던 중 마침내 아렌을 만났고, 그의 강함을 느낀 데미안은 그러면 자신을 멈춰줄 수 있을 것이라 생각했다. 그래서 달아나지 않고 마지막 일격에 모든 것을 건 것이다.

만약 그의 일격이 성공하고 아렌이 데미안을 이기지 못했다면 데미안은 복수를 위해, 누군가 자신을 멈춰 세워줄 사람을 찾기 위해 계속해서 떠돌았을 터였다.

데미안. 피와 광기에 젖은 그였지만… 그는 누구보다 여렸고, 또 빛을 사랑하는 사람이었다.

[인간이란 알 수가 없다. 어째서 자신의 감정에 충실하지 못한 것이지? 어째서 스스로의 감정을 속이는 것이지?]

마검은 그렇게 자문했다. 하지만 아무런 대답도 구할 수 없었다. 그는 그저 마검일 뿐이었기 때문이다.

[이해할 수가 없는 것이 인간… 그렇기 때문에 인간은 흥미롭다. 또한 그렇기 때문에 데미안 너는 아직 죽어선 안 된다. 살아남아 내게 인간이란 무엇인가를 이해하게 해주어야 한다. 하지만… 지금 내가 할 수 있는 것은 아무것도 없는가.]

마검은 그렇게 홀로 중얼거리며 데미안의 죽음을 안타깝게 기다려야 했다. 그런데 그때 누군가가 데미안이 있는 곳으로 걸어왔다. 그리곤 데미안을 살피더니 이내 품에서 무엇인가를 꺼내 들었다.

그것은 웬 양피지 종이였다. 그 양피지 종이는 알 수 없는 이상한 기호들과 이상한 문자들이 조합되어 써져 있는 기묘한 것이었다. 그리고 누군가는 데미안을 꼭 부여잡고는 그 양피지 종이를 찢었다.

병사는 골목골목을 뒤지는 중이었다. 감히 게틀린 후작의 저택까지 침입하며 후작의 목숨을 노린 흉악범이 도주 중인 까닭이었다. 그런데 그 흉악범이 어느 사이엔가 모습을 감추었고 덕분에 그들은 골목골목을 다니며 구석구석 흉악범의 흔적을 찾고 있는 것이다.

그러던 중 한 병사가 핏자국을 발견했다.

"여기다! 여기에 핏자국이 있다!"

그는 크게 소리를 질러 주변에 있는 다른 동료들을 불렀고, 곧이어 많은 병사들이 그곳으로 몰려들었다. 그리고 병사들은 하나같이 창을 거머쥔 손에 힘을 잔뜩 주며 핏자국을 따라 골목 안 깊숙한 곳으로 천천히 들어가기 시작했다.

흉악범은 게틀린 후작의 저택에서 수십이 넘는 병사들을 단숨에 무참히 살해할 정도로 무서운 인물이었기에 병사들의 발걸음은 무척이나 신중했고 또 약간은 겁에 질린 듯 더뎠다.

그렇게 핏자국을 따라 안으로 발걸음을 옮길수록 이어지는 핏자국은 점점 더 많아졌다. 그리고 마침내 그들은 핏자국이 끝나는 곳에 도착할 수 있었다.

하지만 그곳에서 그들이 발견한 것은 땅을 홍건히 메우는 피의 웅덩이와 누군가가 몸을 눕혔던 흔적뿐이었다.

"놈은 부상을 입었다. 그러니 멀리 가지는 못했을 것이다. 주변을 샅샅이 뒤져라! 놈은 가까이 있다!"

병사들 중 대장의 위치에 있는 자가 그렇게 소리쳤고, 병사들은 다시 샅샅이 골목 이곳저곳을 돌아다니며 흉악범을 찾아 헤매기 시작했다. 하지만 그들은 끝내 흉악범도, 그가 남긴 다른 흔적도 발견할 수 없었다. 마치 그 자리에서 바로 사라진 것 같았다.

그렇게 흉악범은 밀리온에서 완전히 모습을 감추어 버렸다.

[제3권 끝]